燕歌行
卷15
一決雌雄
酒徒 著

目錄

CONTENTS

第一章

無奈結局

如果沒有那一戰，就不會有後面彭瑩玉的東征，
亦不會有倪文俊的獨攬大權，更不會有天完帝國的分裂，
倪文俊背叛投敵，徐壽輝被迫放棄帝號，
從此帶領全部天完將士接受淮安軍調遣這一無奈結局。

楊完者麾下的嫡系苗軍雖然忠勇，卻如何承受得了淮安軍如此狂風暴雨般的打擊，連續六七支倉促集結起來的隊伍都被手雷強行轟散之後，便亂紛紛地退到兩旁，三五成群地分散開，試圖以弓箭和投槍來挽回局面。

對於身穿鋼絲背心的淮安軍來說，這種遠距離攻擊簡直就是隔靴搔癢，大部分羽箭和投槍都被盾牌隔離在隊伍之外。零星三兩支幸運地突破盾牌的阻攔，卻很難刺穿鋼絲軟甲，只能徒勞地掛在目標的身體表面，隨著腳步的移動叮噹作響。

目標明確的淮安將士，絲毫不理睬周圍的散兵游勇騷擾，在團、營、連各級軍官的指揮下，繼續朝著目標突進。

「側翼攻擊，一波一波輪番上！淮賊沒幾個人，手雷也總有用完的時候！」幾名楊氏親族背上插著錦旗，在山坡上來回跑動，同時將自家主將的最新對策，傳達到每一名將士耳朵裡。

正六神無主的洞主和寨主們，習慣性地選擇了遵從，將各自麾下的牤子分成陣列，輪番衝擊淮安軍，一個百人隊被打散，就迅速再派出另外一支，完全不惜任何代價，也不在乎有多少人死亡。

淮安軍的火槍手們，毫不留情地將撲過來的敵人逐一射殺。

但火槍射擊之後，需要花費時間重新裝填，兩條巨龍的移動速度就被嚴重拖緩。

「停下，整隊！」第三軍團長史李子魚迅速察覺到了情況有變，大聲命令。

「咚咚咚，咚咚咚咚咚……」

「滴答答，滴滴答，滴答答滴答答！」

人喊聲，戰鼓聲，嗩吶聲，層層疊疊，連綿不斷。

「火槍兵，上刺刀！」李子魚深吸了口氣，大聲喝道：「鋒矢陣，刀盾兵護住兩翼，擲彈兵跟在最後，斬將奪旗！」

「滴答答滴答答！滴答答滴答答！」喇叭聲調驟然變得高亢，利刃一般刺進敵我雙方所有人的心臟，早已魂不守舍的苗軍將士聞聽，臉色瞬間變得一片灰白。

淮揚第三軍團將士們迅速調整隊伍，刀盾兵移動向兩翼。火槍兵大步向前，一邊從腰帶上抽出一根兩尺半長的鋼刺，動作俐落地套在槍管前端。

擲彈兵則是退到陣列最後，在鋒矢陣的尾端組成一個長方形橫陣，隨時上前提供火力支援。

「斬將奪旗！」李子魚迅速朝自家袍澤掃了一眼，再度將命令吼出嗓子，然後用力拉下自己的面甲。

第三軍團的風格是「穩」，作戰時很少採取貼身肉搏的方式，然而，第三軍團並非不懂得肉搏，而是以往並不需要，但是在需要肉搏的時候，第三軍團上下不會有絲毫畏懼。

同樣毫不畏懼的，還包括剛剛調入第三軍團沒多久的見習營長張定邊。相比於隔著數十步距離用火器取對手性命，他更習慣於傳統的白刃相向。

尤其是面對曾經的仇人苗軍，更是兩眼發紅。想當初，天完紅巾就是在猝不及防之下，於武昌城外遭到了苗軍的突襲，所以才被殺了個血流成河，不得不全線退縮，清理傷口。

如果沒有那一戰，就不會有後面彭瑩玉的東征，亦不會有倪文俊的獨攬大權，更不會有天完帝國的分裂，倪文俊背叛投敵，徐壽輝在輸光了全部賭注之後，被迫放棄帝號，從此帶領全部天完將士接受淮安軍調遣這一無奈結局。

張定邊不恨坐收漁翁之利的吳良謀，也不恨趁火打劫的朱重九，更不恨為了保住自家性命而放棄一切的徐壽輝。

他甚至連背叛投敵的倪文俊都不怎麼恨了；但是，他卻**恨極了楊完者，恨極那些根本不知道為何而戰，也毫無參戰理由的苗軍。**

是這夥為虎作倀的傢伙，**毀掉了天完帝國的宏圖霸業**！是這夥見利忘義的傢伙，**毀掉富庶繁華的武昌城**。然後理直氣壯的把這些罪責硬安在早已撤離的天完紅巾頭上，**讓他們至今還背負著難以洗脫的罵名**。

「天完國已經成為過眼雲煙，但是你我兄弟卻不能忘記自己的過去，必須有人能建功立業，爬入朝堂，然後才能有機會告訴人們，那些壞事不是天完紅巾幹的。否則，用不了太長時間，就會有人顛倒黑白，替韃子朝廷和韃子官員立碑做傳，而你我兄弟則和前面幾朝的造反者一樣，被寫成目光短淺，無惡不做的逆賊！至於咱們兄弟為什麼造反，以及多少鐵證說明咱們的軍紀如何嚴正，他們統統都會視而不見！」

張定邊至今仍記得，當得知自己和張必先被調往他處的時候，陳友諒的鄭重叮嚀，那一刻，陳友諒的目光中**充滿了智慧，充滿了坦誠，也充滿了無奈和認命**。

天下大勢將定，此時，他們已經不可能重新舉起天完的大旗，不可能裂土封侯，問鼎逐鹿。但是，**他們必須在新朝取得一席之地，不光為了自己，也為了曾經的天完**。

「張營長，別走神，跟上隊伍！」正胡思亂想著，耳畔傳來一聲低喝，有人用力推了他一把，令張定邊踉蹌幾步，差點一頭栽倒。

「轟！」一杆足足有四十斤重的獨腳銅人，貼著他的身體砸到了副營長劉十三的胸口處，將後者砸得口吐鮮血，仰面栽倒。

「我要你償命！」張定邊兩眼通紅，抖動長矛，朝手持獨腳銅人的土司捅去。

對手身高足足九尺，肩寬背闊，滿臉橫肉，身手敏捷地向側面斜跨，躲開了張定邊的長矛。隨即一個轉身，將沾滿鮮血的獨腳銅人朝張定邊腰部掃了過來。

就在此時，三名火槍兵結伴而至，從左中右三個角度跨步挑刺，手持銅人的壯漢迅速回防，擋住其中兩把刺刀。不料第三把從左側刺過來，刺中他的肋骨，深沒盈尺，血如噴泉般從他的腰間噴射出來。

「張營長，別走神，跟上隊伍！」已經死去的副營長劉十三的聲音，在張定邊靈魂深處響起。

「不管兩側，保持陣形，攻擊前進！」張定邊扯開嗓子，高高舉起上半截營旗，衝到了全營的最前方。

圓月開始偏西，中秋夜即將過去。

草尖上的露水與半空中落下來的血雨一道緩緩滾落，緩緩滲入腳下的大地。

無聲無息！

腳下的草地有些滑，手中的旗杆也變得又濕又黏，更為難受的是掛在鎧甲上的羽箭，不停地上下晃蕩，已經穿破的鎧甲無法阻擋箭簇，則隨著箭杆的晃動，不停地切割人的皮膚和經絡，一下接一下，無止無休。

有好幾次，張定邊都想先停下來，拔掉鎧甲上的箭矢，整理一下戰靴，再繼續衝殺。

然而，一個熟悉的聲音始終在他耳畔盤旋，「張營長，別走神，跟上隊伍！」「張營長，別走神……」

他的左側是副團長張五，手裡同樣擎著一杆旗槍，每當前面擋路的敵軍被擊潰，他就會將旗杆舉起來，左右奮力揮動，以便後面的弟兄能認清攻擊方向。

他的右側，則是一名姓鄭的特級士官，不識字，但人卻機靈得很，只憑眼角的餘光，就能跟副團長保持步調一致，同時還能騰出足夠的精力，去對付從兩翼包抄過來拼命的山民。

只見此人猛的將旗面一抖，就晃歪了攔路山民的身體。隨即又是一撥一帶，便將對手送到了自家隊伍側面，恰恰是刀盾手最佳出刀位置。

「啊——」山民嘴裡發出一聲尖叫，被刀盾手劈翻在地。飛濺而起的熱血，淋濕了張定邊的頭盔。讓他感覺自己的盔纓也開始發紅，咬咬牙，將半截旗杆舉得更高。

這個動作鼓舞了自家軍心，同時也吸引了敵軍的注意力，很快就有數十支羽箭迎面飛了過來，試圖將張定邊和他手中的營旗一併放翻。

但是倉促射出的羽箭，大部分都被旗面掃飛，然後不知去向，只有一支狡猾的漏網之魚命中了張定邊的頭盔，「叮」地濺起了幾點火星，軟軟落地。

「行進間自由射擊！」副團長張五被突如其來的箭雨激怒，揮舞著戰旗，吼出一道軍令。

「砰砰砰，砰砰砰！」凌亂的火槍聲響起，白煙滾滾，遮斷了張定邊的視線。不用看，他也知道此輪射擊的效果不會太好。

燧發槍的射速比火繩槍大為提高，但準頭一樣乏善可陳，除非是列隊齊射，否則對目標的作用通常只限於驚嚇。

果然，沒等白煙散去，又有羽箭破空而至。大部分一如既往地被頭盔、鎧甲擋住，未能給淮安軍弟兄造成太大傷害，但依舊有兩三支得償所願，將張定邊身旁的弟兄射倒在血泊當中。

後排的弟兄默默地跨過傷者，填補空缺，團部指揮旗和右側的營級認旗繼續隨風飄舞。

被夾在兩杆戰旗之間，張定邊咬緊牙關，高舉旗杆，邁動腳步向前推進，既不敢太快，也不敢太慢。

身後依舊有其他弟兄用火槍向敵軍還擊，但白煙已經無法再影響到張定邊的視線。他看見一大波敵軍，估計有五百到七百名，從山丘的側面繞了過來，努力封堵自己的前進方向。

敵軍的隊伍中，至少有兩到三百名弓箭手。此外，還有數百名手持各色奇門兵刃的山民，每個人眼裡都寫滿了恐懼和仇恨。

「應該停下來，用刀盾兵護住全軍，然後讓擲彈兵將他們轟散！」憑著直覺，張定邊腦子裡湧起了一個最佳應對策略。

但是，傳到他耳朵裡的，卻是另外一個毫無智慧可言的命令：

「全體都跟我上，白刃衝鋒！」

「白刃衝鋒！」

兩側和身後，無數人瘋狂地回應。

「如果你不知道該怎麼做，就看你周圍那些紅盔纓！」張定邊想起劉十三的話，用鋼盔迎向羽箭，手中營旗向前戟指，「二營跟我來，白刃衝鋒！」

隊伍陡然加速，邁過地上的屍體，頂著迎面而來的箭雨，風一般捲過山崗。

刀山火海，戰不旋踵。

對面的敵軍有些震驚，不安地舞動兵器，嘴裡發出淒厲的狼嚎：「嗷嗚——！嗷嗷！」

他們用這種方式給自己壯膽，然而卻無濟於事，**淮安軍就像一支鐵鎚，直搗每一個山民的眉心**，讓他們只要睜著眼睛，就能感覺到那撲面而來的壓力，無法忽略，亦無從逃避。

「啊——！」有人受不了重壓，朝著越衝越近的淮安軍前鋒丟出了兵器，卻只飛了十幾步遠就紛紛掉落於地，徒勞地砸出一團團紅煙。

山民們推搡著，咒罵著，在自家隊伍前踉踉蹌蹌。還有人調轉方向，試圖逃向自家軍陣兩翼，淮安軍立刻手起刀落，將其攔腰砍成了兩段。

「攻擊前進——！」張定邊大喊，與張五、鄭姓士官以及第一排另外七八名弟兄一道並肩而行。

沒有任何對手能夠阻擋他們的腳步，一排又一排敵軍，無論是衝上來攔路的，還是擋在他們面前的，都被迅速放翻，屍體挨著屍體，就像夏天田野裡的稻捆。

帶著幾分驚心動魄的壯麗，張定邊與兩側的袍澤們不停地突刺，速度快得宛若揮鐮割稻，每一次揮動，都令對手屍橫遍地。

張定邊不停地突刺，不知道自己究竟捅死了多少敵人，也不知道自己究竟要衝到哪裡才算結束。

忽然間，他的前方再無攔路者，只剩下一片驚恐的尖叫。張定邊驚愕地抬起頭，看見不遠處有名身穿金甲的苗軍大將，在一群親信的簇擁下狼奔豕突。

「弟兄們，跟我來！殺楊完者！」左側的張五大喝一聲，揮舞著光禿禿的旗杆，指向金甲敵將。

「殺楊完者！」

張定邊用力抖了一下破爛的旗面，快步追了上去。身側不知道什麼時候換了一名新的士官。

一排排刺刀放平，跟在三〇二四團二營的軍旗之後，跟在眾多紅盔纓之後，宛若巨龍張開了大口。

「殺楊完者！」……

聽著近在咫尺的喊殺聲，老儒張昱趴在一塊凸起的石頭旁，昏黃的眼裡，寫滿了不甘。

敗了，擁兵近十萬的楊完者，居然在苗軍最熟悉的山區敗給了外來的淮賊。

而後者，總計殺上紫雲台的兵馬不會超過四千！

若是這四千人的領軍大將，是朱、徐、胡、吳等赫赫有名的巨寇也罷，張昱也不會覺得輸得太冤枉。偏偏從雙方交手到現在，朱屠戶、徐腳夫、胡兵痞和吳幫閒等都沒露臉，出馬的只是徐賊麾下的某個無名之輩。

張昱自問算熟讀戰策，自投軍以來，追隨在楊完者鞍前馬後，經歷血戰不下百場，卻從沒見過如此醜陋又如此野蠻的戰術，沒有運籌帷幄，沒有絕糧、斷水、放火、離間等傳說中的經典巧計，甚至連排兵布陣都做得非常潦草，只是掏出刀子來衝著對手的心窩亂捅。

而老於戰陣的楊完者，居然對一個無名之輩的亂刀束手無策，只招架了不到小半個時辰就不得不倉惶撤退，然後在撤退的途中被追兵包圍，一不小心龍困淺灘！

「放下兵器，雙手抱頭！」勸降聲震耳欲聾，張昱被嚇得打了個哆嗦，本能地舉起雙手，抱住自己的後頸。

玉璧不能碰石頭，白鶴無需鬥野雞。他才高八斗，學富五車，要死，也該是捧起一杯毒酒向北而拜，不該是用大好頭顱去硬碰幾雙扶犁黑手，所以暫且忍一忍胯下之辱也沒什麼，他日未必不能連本帶利討還回來！

正鬱鬱地自我安慰著，又一隊淮安士卒平端著刺刀從他身邊跑過。帶隊的十夫長目光敏銳，一下子就注意到了張昱身上的綢緞長衫和胸前的雪白鬍鬚，衝著身邊喊道：「小安子，你留下，這好像是條大魚！」

「又是我？」隊伍中，身材單薄的一個少年大聲抗議，卻不得不將腳步停下來，向張昱喝道：「蹲下，抱好頭。你，姓什麼叫什麼？自己交代！這麼大一把年紀了，不好好在家養老，跟在楊屠夫身後瞎忙活個什麼勁兒啊！」

「老夫，老夫乃，乃是……」

張昱被明晃晃的刺刀閃得頭皮直發麻，只好按照對方的要求自我介紹：「我乃是虞文靖公門下弟子，翰林學士張蜺庵公之族侄，盧陵張氏之……」

「沒聽說過！」新兵小安子搖搖頭，臉上沒有絲毫敬仰之情，一臉不滿地道：「喂，我說老不羞，俺問你的名字，你提別人幹什麼？難道你也知道幫楊屠夫造孽，是丟先人的臉麼？」

「你才丟先人的臉！我張家世受大元皇恩，理當出力報效，倒是你們這些愚夫……」張昱面紅耳赤，想站起來與對方理論，然而看到對方手中那明晃晃的刺刀，雙膝又瞬間發軟，只好反嗆道：「倒是你們這些庶民，不知報效朝廷，反倒……」

「放你娘的臭狗屁！老子當年餓得走不動路時，朝廷在哪裡？老子的娘親、阿爺都被洪水捲走之時，朝廷在哪裡？你這老不羞，口口聲聲說世受大元皇恩，你都七老八十了，你生下來那會兒，蒙古人剛剛打到長江邊上，你一個廬州人又受的是哪門子恩典？莫非你親爹是蒙古人？所以你念念不忘認祖歸宗?!」小安子忍不住大聲喝罵。

最後一句話，罵得著實過於惡毒。把老儒刺激得額頭上青筋亂跳，從地上抓起一塊石頭，就想跟對方拼命，只可惜他的動作實在過於遲緩，剛把石塊抓在手裡，耳畔就傳來一聲斷喝，「放下，雙手抱頭，否則格殺勿論！」

張昱激靈靈打了個哆嗦，求生的本能佔據了上風，趕緊丟下石頭，抱住後頸跪倒，嘴裡含混不清地嘟囔著：「斯文掃地！真是斯文掃地！老夫自幼飽讀詩書，年不到十四便名動朝野。今日不幸落入你手……」

「別吹牛皮，你到底叫什麼名字！速速招供！」小安子才沒心思聽他自怨自艾，將刺刀往前探了探，厲聲打斷道。

張昱嚇得亡魂大冒，再也顧不上什麼斯文不斯文，一迭聲地說：

「饒命啊，軍爺，老……小老兒姓張，名昱，乃楊驃騎帳下中兵參軍，你把我交給上頭，肯定能立一個大功！」

有道是秀才遇見兵，有理說不清，這當口上，他可不敢保證對方會敬老尊賢，只能確保能活著見到朱重九、徐達等人，然後再想方設法求幾個大腕放自己一條生路。

誰料想對面的小兵根本就是剛出道的雛兒，聽他自報家門後，居然滿臉茫然道：「張昱？沒聽過，不過，你既然是楊屠夫的參軍，應該認識他吧？站起來跟我走，那邊剛剛抓到一個姓楊的，你看看他到底是真是假！」

「老夫豈是那賣主之人？」張昱勃然大怒，揮舞幾下乾瘦的胳膊，用顫抖的聲音抗議，「你乾脆殺了老夫，否則，老夫寧死也不會讓你如願！」

「咦，你居然膽子還大起來了！」小安子詫異地道：「我是在幫你，你知不知道？你給楊屠夫出謀劃策，殺了那麼多無辜的人，即便名頭再響亮，咱淮揚的律法也饒不了你，除非你能將功補過，把真正的楊屠夫給指認出來。說不定羅主事在審判你的時候，念在你一大把年紀的份上，還能讓你回家閉門思過，好歹落個善終！」

「你，你休想蠱惑老夫！」張昱拚命搖頭，但是說話音量卻不由地降低了許多，「老夫……老夫不會上你的當，楊驃騎對老夫有知遇之恩，老夫豈能為了自己不死，而背叛於他？」

小安子不屑地撇嘴道：「那就算了，你老實在地上蹲著吧！我就不信，沒了你，就找不出第二個認識姓楊的人來！不過，你這個人也真夠賤的，寧願為了一個異族去死，當那些異族殺你的同胞時，你反倒在一旁給他撫掌叫好。」

「老夫世受大元……」張昱面孔發紫，喃喃想要辯解，然而想起剛才對方那句惡毒的質問，後面的話就再也說不出來，只能顧自不斷嘟囔著：「斯文掃地，斯文掃地！老夫讀了這麼多的書……」

「**讀書多，卻不一定就懂道理，更不一定心腸就好！**」小安子數落道：「你想想你替楊屠夫做的那些事，哪一點兒對得起你們讀書人的老祖宗？楊屠夫在江南到處殺人放火，你怎麼能裝著什麼都沒看見？」

說罷，再也不理睬張昱，舉起頭來朝四下瞭望。

只見一隊隊自家袍澤在山丘最高處不停地將漏網之魚給揪出來，然後像趕鴨子般趕到指定位置收容。山坡下，則有數不清的敵軍陸續趕到，既不敢向上發動攻擊，又不願意散去，亂哄哄地如失去了目標的螞蟻般擠來擠去。

「哈哈，沒抓到！」張昱偷偷地舉目四望，看見山腳下大堆的援兵，忍不住洋洋得意，「你們高興不了多久了，這裡已經被包圍了，只要天一亮，發現楊驃騎不在你們手裡……」

「閉嘴，如果下面的人往上衝，老子就先宰了你！」小安子惡狠狠地瞪了他一眼，焦躁地來回移動，「這姓楊的真不要臉，居然跟小兵換衣服逃命！」

「行大事者，豈能拘泥小節！」張昱心裡嘀咕。

不遠處，有個淮安軍將領揮了下胳膊，大聲命令道：「把楊完者的帳篷點著！」

「是！」有人大聲答應著，投下火把，將楊完者的中軍大帳點成一支巨大的蠟燭。

騰空而起的烈焰，瞬間照亮了半邊山丘，照亮興高采烈的鍾矮子等人，照亮垂頭喪氣的俘虜以及地面上枕籍的屍骸。

「把楊完者的帥旗、頭盔、戰袍都給我挑起來！」第三軍團長史李子魚繼續不慌不忙地下令。

「是！」眾親兵接令，很快就將一干重要之物都用長矛挑上了半空。

山腳下，好不容易安穩下來的眾苗軍將士頓時又是一片大亂。

他們之所以還能強撐著不散去，就是因為心中還存著一絲僥倖，自家主帥楊完者沒有被淮安軍抓到，是偷偷藏了起來，只要大夥攻上山頂，將淮安軍全部殺死，自家主帥就能毫髮無傷地重新從某個隱蔽處鑽出！

「把所有楊完者都給我押過來，押到火堆前！」李子魚想了想，說出第三條命令。

「遵命！」親兵們答應道。

不多時，一小隊身材差不多的俘虜被推搡著走向火堆，每個人的面孔都被火光照得清清楚楚。

「啊——！」石塊旁，張昱嘴裡發出絕望的驚呼，他所效忠的主子就在俘虜中間，與臨時抓來頂包的替身們一道被綁在火堆旁，滿是血污的面孔上，不見平日的半點威嚴。

「弟兄們，給我上！」山腳下，楊完者的弟弟楊通知揮舞著彎刀，大聲叫道：「衝上去，將淮賊殺光！」

「衝上去，殺淮賊！」他的親信帶頭向山坡上跑，然而，身後的追隨者卻是寥寥無幾，幾乎所有苗軍此時此刻眼睛都集中在火堆旁，望著那一串楊完者，滿臉恐慌。

「衝上去，殺淮賊！」楊完者的弟弟楊通知揮刀亂砍，逼著周圍的苗軍發動進攻，眾人卻紛紛轉身走開，不肯服從他的命令。

楊完者就在俘虜當中，山下的苗軍衝上去，他必然會死；而其餘諸楊則不似楊完者那樣受山民們的擁戴，把弟兄們交給他指揮，大夥估計也多活不了幾天。

「老子沒功夫分辨你們哪個是真，哪個是假！」正當楊通知急得兩眼發紅之時，火堆旁，李子魚舉起鐵皮喇叭，從容不迫地說道：

「老子數三個數，如果你們不指認哪個是真的楊完者，老子就把你們全都殺掉。如果殺掉你們之後，還找不到真的楊完者，嘿嘿，老子也只好不講理一回，將今晚的俘虜都砍了腦袋，看山下的那幫傢伙還能救走誰！」

說罷，他豎起三根手指，然後一根挨著一根慢慢彎曲，「一，二……」

「他是楊完者！」

沒等第二根手指彎下，已經有三名替身跳起來，齊齊指向隊伍中一個身材最粗壯的傢伙，「就是他！長官饒命，我們都是被逼的！」

下一個瞬間，還沒等李子魚命人將真正的楊完者揪出，山腳處的數萬苗軍忽地發出「轟」地一聲巨響，四散奔逃！

「這……」李子魚被山下的奇觀嚇了一跳，兩眼呆呆發愣。

他的本意是揪出真正的楊完者，以其為人質威脅山下的苗軍，令後者投鼠忌器，不敢馬上發起進攻；誰料威脅的效果竟然好到如此地步，令紫雲台下至少三萬多苗軍不戰而逃。

「長史大人，咱們追不追？」副團長張五是個直肚腸，唯恐敵軍都跑光了耽誤自己立功，走上前問。

「追個屁！」李子魚瞬間從震驚中回轉心神，掄起胳膊，朝張五的頭盔上拍了一巴掌，「就知道追！給我帶幾個弟兄，先把下面那幾門火炮炸了去，免得有不甘心的傢伙回過神來，再找咱們的麻煩！老梁、老周，你們趕緊去集合隊伍，扼守住上山的路口，大部隊離這兒還遠著呢，咱們得確保萬無一失！」

「是！」團長梁萬石和掌功參軍周十斗齊聲答應，轉身去召集人手。副團長張五卻沒有跟著二人一起離開，而是扭著半個身子看向李子魚，一臉欲說還休的模樣。

李子魚狠狠瞪了他一眼：「有屁就快放！沒屁就去炸炮，別捨不得，韃子造的破爛玩意兒，用不了幾下就炸膛，白送給老子，老子都不敢要！」

「是！」張五給自家上司敬了個軍禮，然後期期艾艾地說：「大人，還沒給徐將軍發信號呢！黑燈瞎火的，他未必知道咱們已經得手了！」

「啊！」李子魚大吃一驚，抬腿又給了張五一腳，抱怨道：「你他娘的怎麼不早說！來人，放煙火，告訴山外頭，任務順利完成！」

「是！」接到命令的親兵們，紛紛從背心內襯下取出專門用於夜間遠距離傳遞消息的煙火，跑到紫雲台最高處點燃了引線。

須臾，一朵朵絢麗的煙花在半空中炸開，落英繽紛，照得周圍群山亮如白晝。

「傳令，三零五、三零六旅紮緊口袋，其他各旅按計劃攻擊前進！」望著夜空中綻放的煙花，第三軍都指揮使徐達大聲宣布總攻開始。

「遵命！」傳令兵迅速跑上最近的山坡，用燈球、煙火和嗩吶聲，將主將的命令傳遞出去。

早就等得心急如焚的各旅主將，見到信號，立刻按照預先的作戰計畫，將火把點了起來，一盞盞馬燈被挑上半空，一隊隊訓練有素的士卒，或端著燧發槍，或擎著鋼刀盾牌，向各自的預定目標發起了最後的攻擊。

失去了指揮中樞的苗軍，根本無法有效抵抗，最外圍的山頭迅速易手，衝上山頭的淮安將士尾隨追殺，很快就將潰兵推向臨近的另外一座山頭，然後又是幾排火槍，數顆手雷，第二座山頭上的苗軍也痛快地放棄陣地，加入逃命者隊伍。

淮安軍的攻擊速度用「摧枯拉朽」四個字來形容毫不為過，紫雲台上忽然消失的喊殺聲和騰空而起的火光，已經將楊完者兵敗的消息告訴了所有長眼睛的人。

漸漸西墜的滿月，忽然間變得極為面目可憎，在明亮月光的照耀下，戰敗者幾乎無處遁形。他們只能盲目地追隨大隊，翻過一座座原本可以用來阻擋淮安軍的山頭，連滾帶爬地衝向最低窪的山谷，然後在火槍聲和吶喊聲的逼迫下，順著山谷繼續狼奔豕突。

跑著跑著，原本寬闊荒涼的山谷變得狹窄而擁擠，從紫雲台下潰敗出來的苗軍，與丟棄了周邊陣地的逃命者不期而遇，彼此推搡著，誰也不肯讓對方先行。

原本奉命在山間製造混亂，干擾各級土司指揮的淮安斥候們，則紛紛從半山坡的石塊後，樹林裡冒出了頭，端起燧發槍，居高臨下地射殺獵物，凡是有戰馬代步，或者衣著華麗者，都成了他們的重點對象，一個接一個被子彈擊中，慘叫著跌入人群，然後被成千上萬雙逃命的大腳踩過，瞬間變成一灘灘肉餅。

逃命成了苗軍將士唯一的技能，哪怕他們只要轉過身來進行一次反衝鋒，就能將那些淮安軍斥候殺散，讓其他所有逃命者擺脫威脅，他們只將手中鋼刀砍向擋在自己前面的袍澤，然後踩著對方的屍體繼續撒腿狂奔。

很快，淮安軍的三零一、三零三旅就從後面追了上來，缺少了一部分兵力的三零二旅，則在其旅長的靈機一動下，果斷迂迴到苗軍側翼的山坡，然後借助地形的優勢，毫不費力地將成排的手雷丟入山谷。

「轟！」「轟！」「轟！」持續的爆炸聲，沿著直線兩側響起，數不清的苗兵被炸得筋斷骨折。

聞聽近在咫尺的手雷爆炸聲，正在埋頭逃命的苗軍徹底崩潰了，他們互相推搡，互相踐踏，只為能比同夥多跑出三五步距離，**沒人再管誰是自己的同寨兄弟，所有秩序和等級，親情或者族規，這一刻都被徹底地打了個粉碎，只要能跑得更快。**

前後不到半個時辰功夫，山谷裡就躺滿了兩眼圓睜的屍體，血流漂杵。

「投降，小人當兵不到三個月，沒殺過人，願意出錢自贖！」眼看著自己面前的同夥被殺，幾名掉了隊的潰兵，果斷丟下兵器，跪倒求饒道。

淮安軍不會亂殺俘虜，這是人盡皆知的事，即便遠在江南的苗軍將士，對此也是深信不疑，所以在走投無路的情況下，他們寧願把自己的性命交給對方，至少能死得明白些，不至於像其他袍澤那樣背後挨刀，稀裡糊塗地上路。

「投降！小人是被土司逼著當兵的，小人願意出錢自贖！」

「投降……」

既然有人帶了頭，接下來潰兵們的反應就順理成章，一個個放下兵器，主動跪倒在地。

「雙手抱在腦後，棄械不殺。」淮安軍一個負責招呼三到五個，熟練俐落地將投降者用他們自己的腰帶綁了起來，押到一旁臨時設立的收容點看守起來。

更多的潰兵陸續從山谷裡出來，趴在地上，雙手抱頭，哭喊求饒。

當朝陽在不知不覺間躍上山頂，整場戰役已經接近了尾聲，**縱橫江南數載，屠殺無辜百萬的苗軍，在淮安第三軍團的打擊下，全軍覆沒。**

楊完者被俘虜，他的兩個弟弟：楊通泰和楊通知死於逃命途中，麾下心腹愛將李才富、肖玉、蔣英、劉震等人或死或降，全部落網。只有平素非常受其器重的猛將鍾矮子，因為臨陣倒戈，得到了善終。

「賣主求榮之輩，不得好死！」張昱衝著鍾矮子的方向用力吐了口吐沫，大聲詛咒。

徐達的目光果然被他的舉動所吸引，皺著眉頭上下打量。

張昱來了精神，扯開嗓子叫嚷道：「老夫乃虞文靖公門下弟子，翰林學士張蛻庵公之族侄，廬陵張光弼，今日不幸落入你手……」

徐達不屑地撇嘴道：「率獸食人之輩，有何資格讓徐某記住你的名姓？老實在地上蹲著，別汙了徐某的耳朵！」

說罷，不搭理被氣得搖搖欲墜的張昱，轉向身邊的王弼道：「敬夫兄，煩勞你派人給胡大海送封信，告訴他後路已靖，儘管奮勇向前！」

「這徐天德早已卸了兵局主事，卻又管起老子的閒事來！」胡大海將徐達和王弼兩人的信朝桌案上一丟，哼聲道。

數月前的刺殺案雖然表面上是他的兒子胡三舍主使，但實際動手的死士，卻大多來自徐達麾下的第三軍團輔兵各旅，因此，胡大海心中就留下了一個疙瘩，總覺得刺客能找到下手機會，與徐達有脫不開的干係，若是徐達能早加提防，而不是一味地信任他的濠州老鄉，也許主公和自己根本就不會受傷，自己的兒子胡三舍也不至於落到身首異處的下場。

人心中一旦有了偏見，自然看對方任何作為都不順眼，所以徐達的好心，非但沒收到任何感激，反而被胡大海當做了對自己的侮辱。

倒是第二軍團副都指揮使伊萬諾夫，站在旁觀者的角度，看得更清楚些，走上前，拉了一下胡大海的披風，低聲提醒道：

「胡將軍，比起第三軍團來，咱們第二軍團的推進速度的確差強那個人意，若不想辦法打破眼前僵局，恐怕主公的作戰計畫……」

「我知道，但你也不看看，咱們這一路上都是些什麼地形！」胡大海橫了他一眼，如困獸般在中軍帳內焦躁地踱步。

這次南征，樞密院給出的作戰方案非常簡單明瞭，第二軍團擔任前鋒，借道張士誠控制的昌化、富陽，攻略婺州，然後再沿婺州的金華、武義繼續向南，取處州、壽寧、閩清，直抵泉州城下，沿途的蒙元兵馬不出來攔路就一概不管。

第三軍團的任務，則是護住第二軍團的右翼和後路，凡是第二軍團丟在身後的敵軍只要敢輕舉妄動，就盡數殲滅之。

與第三軍團相呼應，朱重九親自率領的第一軍團，則承擔保護胡大海左翼的任務，同時威懾張士誠和方國珍二人，令後兩者不敢輕舉妄動。

整體說來，到目前為止，這個計畫的執行情況還算順利，第三軍團將第二軍團右後方最大的威脅楊完者部苗軍給徹底消滅了個乾乾淨淨，第一軍團也將張士誠、方國珍以及蒙元紹興路守將邁里古思給堵在各自的老巢中不敢露頭。

只是擔任前鋒的第二軍團，在經歷了最初的勢如破竹之後，如今卻被阻於樊嶺，遲遲無法向前再多進半步。

造成如此尷尬局面的最大原因，是由於**敵將的狡詐**，率部擋在第二軍團正前方的對手，名叫石抹宜孫。此人乃契丹名將之後，自幼受父輩的薰陶，熟讀兵書，成年後又多次領兵與海盜和山賊作戰，積累了足夠的經驗，再加上此人心胸開闊，做事豪爽大氣，素得軍心，因此憑著仙霞嶺、樊嶺一帶地形的優勢，竟然與胡大海鬥了個旗鼓相當。

「元軍的確佔據了地利，但咱們也沒必要非從這一帶死磕，稍微向東再走一些，繞路仙居……」見胡大海急得團團轉，伊萬諾夫想了想，又主動進言。

「那還不是一樣？繞過了桃花嶺，繞不過括蒼山！」胡大海停住腳步，目光在輿圖上來回移動著，「括蒼山的地勢比樊嶺還要險峻，石抹宜孫只要扼守住幾處要地，就能讓咱們進退兩難。況且仙居眼下是方國珍的地盤，那廝素來小氣，丟根稻草都要跳起來跟人拼命，此番主公南下，原本就有假道滅虢之嫌，萬一嚇得方國珍與主公反目，我淮揚肯定得不償失！」

「嗯……」伊萬諾夫眉頭緊鎖。

他只顧著考慮避實就虛了，卻沒考慮到自家主公與方國珍之間的「友誼」，單薄得竟比不上一張糊窗紙。特別是在淮安軍有可能一鼓作氣席捲整個江浙的情況下，與張士誠或者蒙元地方勢力聯手自保，幾乎成了方國珍的最佳選擇。

「不過你的辦法也不是毫無用處！」不忍一再讓老搭檔難堪，胡大海死盯著地形模擬圖，喃喃道：「王長史，現在咱們手裡還有多少六斤炮，還可以用幾天？」

後半句話是對新任長史王凱問的。

此人乃第一屆科舉選拔出來的英才，對軍中事務極其熟練，立刻給出了答案：「六斤炮除了前天不小心被石抹宜孫派死士炸毀的那三門之外，剩下的十七門還都能用，就是炮彈少了些，每門大概還能配六十發左右吧。再想多，就只能等下一批輜重運過來了！」

「四斤炮呢？」胡大海又問。

王凱沉吟了一下，「四斤炮倒是有許多，每個旅下面都有百十門，炮彈也遠比六斤炮充足。但是末將不建議用四斤炮，射程太短，地形又不占任何優勢。」

四斤炮自誕生以來，雖然經歷了多次改進，但在射程方面，卻差強人意，平地上勉強能達到四百步，仰攻山頭目標的話，射程就會隨著高度的增加而大幅減小，偏偏敵軍在樊嶺、桃花嶺等要地上，又配備了大量的床弩和弩車，居高臨下，足以用前端綁上了火藥包的巨箭，與淮安軍的四斤炮展開對射，以命換命。

胡大海久經戰陣，自然知道王凱說的是實話，思索許久道：「如果先用六斤炮開路，然後再以四斤炮補位，能不能壓制住敵軍手中的床弩？只要能轟開一個缺口，我就可以派一個團弟兄上去，牢牢將其占住！」

「難！」王凱和伊萬諾夫雙雙搖頭，道：「石抹宜孫早在山上挖了大量的壕溝。」

「石抹宜孫那廝是個耗子精，就會到處鑽洞，他的兵只要鑽進洞裡不露頭，六斤炮就很難要他們的命！」

「嗯——！」胡大海陷入沉思。

第二章

皇家血脈

「石抹氏，奚人，後入契丹，在遼為述律氏，
與蕭姓並為后族，金滅遼，改述律為石抹……」
家譜裡的記載每一個字都清清楚楚，他以前沒有深究，
現在卻發現自己其實是大遼國的貴胄之後，
骨頭裡流著大遼國皇家血脈……

戰爭是最好的磨刀石，這些年，不光是淮安軍在飛速成長，淮安軍的對手們，包括最為腐朽落後的蒙元，也在努力完善自己。特別在火器的使用和防禦方面，新的武器和戰術層出不窮。

四斤炮的優勢在於輕便，陣地戰中遇上居高臨下的弩車，沒任何優勢可言。六斤炮的威力和射程倒是將優勢占盡，可準頭卻很難保證。若是守軍戰術應對得當，無論四斤炮還是六斤炮，都很難再像前些年剛剛面世時那樣所向披靡。

「臨行前，大總管倒是說過，若遇到敵軍嚴防死守，不必過於著急尋求突破，反正……」知道胡大海心情煩躁，王凱安慰道。後半句屬於機密，他四下看了看，沒有直說，但臉上所露出來的態度已經非常明顯。

胡大海聞聽，眉頭皺成了一個疙瘩，用力搖頭，「不行，石抹宜孫不過是個小雜碎，咱們第二軍真正要對付的是陳友定和賽甫丁，如果連處州都拿不下來，陳友定和賽甫丁兩個根本不用動窩。」

「如果實在不成的話，明天就集中起全部六斤炮來，先試著朝樊嶺西邊的打虎口處轟上幾輪，然後我親自帶著鐵甲營殺上去，通甫，你派一個火槍營給我掠陣，我就不信，沒了火炮，咱們第二軍團就打不了仗了！」

眼看著一個個辦法相繼被否決，伊萬諾夫跺了下腳道。

聞聽此言，胡大海眼睛驟然一亮，「不必等到明天了，你現在就去把六斤炮集中起來，給我猛轟樊嶺西側的打虎口。別惜血本，把炮彈砸完了拉倒！老子這些天憋屈夠了，乾脆跟石抹宜孫玩個狠的，看最後誰收拾了誰！」

「將軍！」王凱大驚失色，立刻舉起手來反對，「領軍打仗並非兒戲，將軍不可意氣用事！」

「你幾曾見胡某意氣用事來著？」胡大海看了他一眼，臉上忽然湧起幾分得意。「你說得其實也沒錯，胡某今天一定要意氣用事一回。你等著看吧，沒了火炮，老子照樣把處州給大總管拿下來！」

王凱雖然兼任第二軍團的政務監軍，但是按照淮安軍的規定，卻沒有干涉主將指揮的權力，見胡大海固執己見，只好搖搖頭，默默地退在了一邊。

須臾之後，隸屬於第三軍團的十七門六斤炮，就被伊萬諾夫給集中在了樊嶺西側的打虎口下。隔著七百餘步距離，朝著山上敵軍的藏身之處猛轟，很快就將目標區域砸得濃煙滾滾，血肉橫飛。

「他娘的，這胡大海今天是發瘋了！怎麼辦，大帥，咱們老挨打不還手，軍心用不了多久就全散光了！」樊嶺後山，義兵萬戶胡深氣急敗壞地說。

話音剛落，浙東宣慰使司從六品都事葉琛就大笑道：「黔驢之技耳！胡將軍何必如此沉不住氣？只要我軍頂住今明兩日，到了第三天，胡大海肯定要麼退兵，要麼繞路，根本沒有第三種辦法可選！」

「不是你的人在挨炸！」胡深撇嘴道。

按照石抹宜孫的佈置，打虎口正好是他的防禦地段，此刻在壕溝裡咬著牙苦捱的，也是他的嫡系弟兄。按照蒙元地方官府對義兵的一貫態度，向來是死了非但半點撫恤不會給，萬一丟光手中兵馬，他這個萬戶頭銜還得歸了別人。

「丟光多少，我給你補多少！」石抹宜孫笑道：「葉大人說得沒錯，淮賊已經是黔驢技窮了，只要我們能再堅守一到兩天，他必然退兵！」

「這……」胡深老臉微紅，解釋道：「大人，末將不是那個意思，末將的意思是說，胡賊囂張，咱們不能光挨打不還手！」

「沒辦法，賊軍器械精良，兵卒訓練有素，咱們只能暫且採取守勢，扼住他的鋒頭，然後再想辦法徐徐圖之！」石抹宜孫回道。

葉琛深以此話為然，搖了搖手中摺扇，道：

「正所謂強弩之末不能穿透魯縞，淮賊此番洶洶而來，半個月橫掃婺州全境，據說其步卒每日行軍都不下八十里，到了此處還能馬上向我軍發動攻擊，其實完全憑一口氣在撐著。而我軍憑藉地利以逸待勞，只要自己不出疏漏，就不會讓賊軍再繼續前行半步，如此，不出五日，賊軍勢必衰，氣必沮，待其兵無戰心，將有退意之時，便是我軍取勝之機！」

兩人你一言我一語，配合得默契無比，根本不給胡深訴苦的機會，更不肯現在就另派兵馬將他的部曲替換下來。

胡深一肚子小算計落了空，急得心頭火燒火燎，喃喃求道：「大帥，末將麾下的弟兄這兩天一直頂在最前頭，末將不敢破壞大帥的部署，但是末將可否讓他們也退到山後，待淮賊的火炮打紅了，然後再讓他們頂回去？」

「不可！」沒等石抹宜孫做出決定，葉琛搶先回道：「胡賊雖然已經技窮，卻是身經百戰的老將，萬一被他用千里眼看出來我軍在戰壕裡沒多少弟兄，他必然會派遣死士強行突入，屆時，胡將軍再想將隊伍頂上去就來不及了！」

「你怎麼知道來不及？老子手中的千里眼也不是擺設！」胡深忍無可忍，跳起來指著葉琛的鼻子大罵，「姓葉的，我看你就是沒安好心眼，想把老子的兵馬全打光了，然後自己好再支一個攤子！」

沒想到對方說翻臉就翻臉，葉琛被逼得後退了半步，鐵青著臉反駁道：

「胡將軍這話什麼意思？葉某自入宣慰使大人幕府以來，幾曾跟爾等爭過兵權？況且此番北上阻敵，若不是葉某給你出了主意，讓你深挖壕溝，上蓋乾草和泥土，你又安能堅守到現在？」

「是啊，胡將軍，你這話就說得太過了。」參軍林彬祖看不過眼，上前仗義執言，「防炮壕是葉都事親手摸索出來的，各部都認為其對付淮賊的火炮有奇效，怎麼到了您這兒，非但對葉都事絲毫不領情，反而總想著倒打一耙呢！」

這幾句話陳述的是事實，浙東宣慰使司的兵馬之所以能頂住胡大海的強攻，最大功勞，就該著落在葉琛頭上。正是他，通過反覆觀測，發現了火炮的各種缺陷，進而制定出一整套的克敵方略。其中，**深挖戰壕**就是實施起來最方便，效果也最明顯的一種。

除非恰巧砸進戰壕裡，否則實心炮彈砸在戰壕外挖出來的軟土中，根本無法繼續起跳，當然就無法給防守方造成任何殺傷，而威力巨大的開花彈，炸開之後彈片也是向上飛或者橫飛，奈何不了躲在濠溝裡邊的人分毫。

換句更直接的話說，無論淮安軍的炮打得多猛多烈，只要防守方按照葉琛的辦法應對，未必就會被傷筋動骨。

只是某人做事情時總喜歡偷奸耍滑，挖出來的壕溝深度不夠，該採取的其他輔助措施，也沒有徹底落到實處，所以今天胡大海忽然調集大量的火炮朝著打虎口狂轟濫炸，某人就不得不為他此前的偷懶行為付出代價了。

「你動動嘴巴當然容易，弟兄們又不是農夫，用刀子掘土，倉促之間怎麼可能掘得太深？」胡深心虛，趕忙轉移話題道：「況且，你瞪大了狗眼仔細看看，那淮賊的火炮到底有多強悍！即便不砸在身上，隔著十幾步遠落地，照樣將人震得五臟移位，口吐鮮血！」

「葉某明明交代過，在壕溝底下要多挖一層軟土出來，然後再墊上一些青草或者樹葉便可有效防禦。」葉琛冷冷地道。

「管個屁用！」胡深揮舞著胳膊大喊大叫道：「你別光站在這裡說，自己去試試挨炮的滋味有多難受！老子從開戰到現在，至少拉下去兩百多具屍體！」

這話就是完全在強詞奪理了，壕溝和各種防禦設施的作用，只是減少傷亡，而不是讓對方的炮火完全失靈；況且對於一個萬人隊來說，兩百來號傷亡幾乎可以忽略不計，根本沒必要跳起來大吵大鬧。

所以不光葉琛一個人聽了皺眉，石抹宜孫也無法再縱容麾下的人互相傾軋，用力咳嗽幾下，喝斥道：「行了，胡將軍，老夫都答應給你補充人馬了，你又何必揪住葉都事不放？趕緊回去約束隊伍吧，放心，只要打退了淮賊，該記在你頭上的功勞，肯定不會比別人少。」

「末將也沒說要跟他爭功！」胡深不敢跟石抹宜孫硬頂，眨巴了幾下眼睛，強辯道：「末將只是想先把弟兄們從戰壕裡拉出來，待淮賊打完了，立刻再頂上去。末將一眼不眨地看著，保證不給胡大海任何機會！」

石抹宜孫搖頭道：「葉都事剛才的話我都聽見了，他說得沒錯，胡大海老於行伍，不會連送上門的機會都抓不住。你還是讓弟兄們再努力頂一會兒，反正馬上就要天黑了。」

受家教和個人閱歷的影響，他對手裡沒絲毫兵權的葉琛遠比手握近萬「義軍」的胡深倚重，因此在做決策時，難免會向前者傾斜。

「況且那淮賊遠道而來，所攜帶的炮彈數量定然有限，頂多再囂張一到兩天，炮彈就會用光。你也就用不著再哭天搶地了！」

「這……」胡深被說得臉色發黑，咬了咬牙，恨恨地道：「是，末將遵命！」說罷，又狠狠瞪了葉琛一眼，揚長而去。

望著他的背影，葉琛忍不住道：「無恥匹夫，居然也能混到萬戶之位，若是朝廷只是依賴爾等，朱賊……」

「景淵，不要非議朝政！」石抹宜孫提醒道：「朝廷也是迫不得已才如此，給他一個出人頭地的機會，總好過他也學著朱屠戶一樣去做反賊！」

說到這兒，石抹宜孫自己又喟然嘆氣，像胡深這樣的將領，如果換做其他時候，早就該被推出去嚴正軍法了，眼下他卻不得不對其委以重任，否則麾下的其他義兵統領就會離心，甚至叛逃投敵，局勢將愈發不可收拾。

非但地方上的形勢混亂如此，朝廷那邊的種種舉措也令人無法看懂，朱屠戶的兵馬已經打到處州了，眼看著就要將整個江浙行省鑿個對穿，而朝廷至今卻沒做出任何反應，彷彿長江以南各地早已不歸大元管轄一般，死活誰也沒功夫管。

作為身繫地方安危的重臣，石抹宜孫心中即便有再多的困惑和茫然，卻不能宣之於口，他是浙東宣慰使，是繼董摶霄之後，整個浙系軍隊的擎天一柱，如果連他都對朝廷失去了信心，全體將士就更不知所措，浙東萬里膏腴之地轉眼將淪入「淮賊」之手。

正當他強打精神苦撐之際，耳畔傳來葉琛低沉的聲音，「大人，最近有人謠傳，朝廷準備將此戰視作朱賊與泉州蒲家的私人恩怨……」

石抹宜孫聽得心裡一哆嗦，立刻咆哮著打斷，「沒有的事情，你從誰嘴裡聽說的這種荒唐之言?!滿朝文武又不都是傻子，怎麼可能任由朱屠戶毫無牽掛地吞下整個浙江！」

「屬下也認為朝中諸位柱石不會糊塗如此！」葉琛嘆息：「但是人言可畏

啊，特別是在此風雨飄搖時節，我的大人！自朱屠戶率領群賊渡江之日起，到現在已經整整一個月了。一個月時間，朝廷的決策即便再謹慎，也該做出一些反應了！」

「這……」石抹宜孫環視了一下左右，然後壓低了聲音道：「你別亂猜，朝廷不像地方，做什麼事情都需要考慮全域，也許哈麻丞相早已在調兵遣將了，也許朝廷正在下一盤大棋，你我只是距離遠，消息閉塞，無法揣摩到朝廷的長遠用意而已！」

話雖然這麼說，事實上，他心裡卻愈發地感覺迷茫。脫脫丞相雖然性子跋扈了些，卻是個殺伐果斷的治亂之臣；而哈麻卻是個溫吞性子，上任以來，除了在充盈國庫方面做出了一些成績之外，其他各方面都稀裡糊塗，一味由著底下各部和地方各行省隨便折騰。

眼下「淮賊」南侵，朝廷最急需做的事情是當機立斷，哪怕派一支義兵到徐州城對面兜兩圈，無論打得贏也好，打輸也罷，至少表明了一個態度，不會任由淮賊吞併浙閩。而身為丞相的哈麻，偏偏沒有這種決斷力，居然連一份斥罵朱屠戶挑起戰端的檄文都沒發出來，更甭說派出一兵一卒。

「大人，卑職有幾句話，不知道當講不當講！」葉琛的話再度從耳畔傳來，像是黎明前的秋風，字字句句都帶著無盡的寒意。

「說吧，你我之間還客氣什麼？」石抹宜孫素來有兼聽之量。

「胡深此人，行走之間狼顧鷹盼，恐怕不堪委以重任！」葉琛整理了一下思路，用只有兩人能聽見的聲音說道。

「好歹他也拉起了一萬義兵！」石抹宜孫不置可否。

讓手下漢將和漢人謀士之間保持一定程度的矛盾，是他的馭下之道，所以無論葉琛如何「構陷」胡深，他都不會真的放在心上。

「這年頭到處都是食不果腹的流民，只要打起招兵旗，還愁沒有吃軍糧的麼？」葉琛撇了撇嘴。

「胡家在處州也是數得著的高門大戶，他又飽讀聖賢之書，戰功赫赫。」石抹宜孫看了他一眼，「老夫若是連他這樣的文武雙全之將都容不下，這浙東各地豪傑，還有誰敢跟著老夫?!」

這才是問題最關鍵所在，胡深雖然身為武將，卻是讀書人中的翹楚，家裡也有良田數千頃，所以無論從師承角度，還是從家業角度，他都萬萬沒有放著可以免稅免糧的士紳大戶不做，卻去投奔朱屠戶，被分走大半地產，然後像普通百姓一樣繳糧納稅的道理。

如果沒有抓到任何確切把柄，石抹宜孫就處置了胡深，等同於主動宣布自己不再是浙東各路士紳豪門的保護者，那樣的話，從軍糧、軍餉、兵源、器械到底層將佐，他都不會再得到足夠的支援，跟朱屠戶交手之時，愈發沒有勝算。

有道是**撫琴聽意，打鼓聽音**，石抹宜孫雖然沒把話直接挑明，葉琛也理解他的難處，於是嘆了口氣，將話題轉向別處：

「既然大人心裡已經有了定論，卑職就不再囉嗦了，但卑職依舊想勸大人未雨綢繆，萬一朝廷不肯從北面攻擊朱屠戶，或者兵馬根本攻不過黃河，而陳友定和蒲家的援兵又遲遲不至，光憑著大人自己，可未必能守得長久！」

「你這話什麼意思？朝廷怎麼會不肯出兵？陳友定和蒲家怎麼可能袖手旁觀？」石抹宜孫聽得心臟又是一緊，瞪圓了眼睛問。

「卑職只是假設！」葉琛擺了擺手回道：「假設出現這種情況，大人該如何應對？兵法有云，**多算勝，少算者不勝**，多設想幾種不利情況，對我浙東將士無任何壞處！」

「嗯——」石抹宜孫沉吟著。

朝廷方面做事拖拉，照目前情況看，恐怕即便出兵，也遠水解不了近渴，但**陳友定和蒲家袖手旁觀圖的又是什麼**？那朱屠戶此番南下，可是擺明了要直搗蒲家的老巢泉州，陳友定身為福清宣慰使，蒲家身為泉州市舶司的實際掌控者，他們怎麼可能束手待斃？

「卑職聽人說，**亂世當中，智者當獨據一方，牧守其民，以待真命天子；若真命天子出，則為開國功臣。若真命天子不出，亦可問鼎逐鹿！**」見石抹宜孫被自己說得心動，葉琛緩緩道出自己的真實意圖。

「你是勸老夫……」石抹宜孫的心臟第三次抽搐，額頭上冷汗淋漓而下。「休得胡言，老夫乃是開國名臣之後，怎能做如此不義之事，此話今後休要再提，否則老夫一定不會放過你！」

「卑職知道，大人的五世祖也先，是太祖的御史大夫！」葉琛毫無畏懼，看著石抹宜孫侃侃說道：「但是大人，五世祖也先之前呢，大人是何人之後？石末這個姓氏，恐怕不是蒙古人吧？」

這句話，如刀子般直戳石抹宜孫心底。

「石抹氏，奚人，後入契丹，在遼為述律氏，與蕭姓並為后族，金滅遼，改述律為石抹……」

家譜裡的記載，每一個字都清清楚楚。他以前沒有深究，現在卻發現**自己其實是大遼國的頂級貴胄之後，骨頭裡流著大遼國皇家血脈……**

但是很快，自小讀過的儒家經典又在他腦海裡湧現。吞沒了族譜上有關大遼的文字，吞沒了他心裡剛剛被葉琛點起來的帝王雄心，他用力搖了幾下腦袋，眼神變得明澈，堅定地道：

「葉都事不必多言，你的心思，老夫非常明白，但義莫重於君親，食祿而不事其事，是無君也；母在難而不赴，是無親也，無君無親，尚可立天地間哉?!」

這幾句話理直氣壯，無一字不符合儒門真意，把試圖勸他擁兵自保，以待尋找時機問鼎逐鹿的葉琛說得面紅耳赤，好半晌才幽然發出一聲長嘆，道：

「唉，食人之祿，忠人之事，葉某乃是石抹大人一手提拔起來的文官，葉某自然要替大人謀，既然大人已經決定將性命交給朝廷，葉某也只好陪著大人做個亂世忠臣，不離不棄！」

「老夫知道！」聽葉琛說得如此坦誠，石抹宜孫紅著眼睛道：「老夫知道你待老夫是一片真心，老夫發誓，這輩子與你福禍與共。」

「能追隨大人，是葉某今生之幸！」葉琛做了個揖，轉過頭看向窗外，不再多說一個字。

石抹宜孫知道葉琛是出於回報自己的知遇之恩，才決定與自己同生共死，事實上根本不看好蒙元朝廷，便走過去打氣道：「即便朱賊領傾巢之兵而來，咱們也未必就會輸給他！前幾年，各路豪傑紛紛敗於朱賊之手，主要是因為對火器不適應，只能排好隊伍，受其屠戮，現在，火器的缺陷已經盡在你我心中，只要咱們不把隊伍拉到平地上跟他們列陣而戰……」

正自信的說著，忽然覺得山的另外一側好像少了些已經習慣的聲音，愣了愣，問道：「怎麼回事，胡賊怎麼不開炮了？莫非他現在就將炮彈打光了？」

「不該這麼快，胡賊麾下的炮手雖然訓練有素，但六斤炮每發射一次，也得兩三分鐘！」葉琛的目光朝重金買來的座鐘上掃了一眼，回道：「才區區一個時辰，頂多是四十輪炮擊，淮賊的火炮，每次至少能打六十輪……」

「去山頂看看！」石抹宜孫當機立斷，轉身衝出中軍帳，在親衛的簇擁下直奔山頂。

葉琛跟在他身後，二人來到樊嶺的最高處，手舉望遠鏡，居高臨下觀察著，只見幾群淮安軍的炮手丟棄了炮車和炮彈，亂哄哄地朝更遠處逃去，而一哨穿著蒙元號衣的兵馬，卻風馳電掣直撲淮安軍的火炮。

「是胡深，他不肯蹲在戰壕裡挨炸，帶著麾下弟兄殺下山去了！」義兵萬戶陳仲貞嘴快，驚詫地發出一連串低呼：「他衝到淮賊的炮陣當中了！殺了淮賊一個措手不及！」

「該死！」石抹宜孫臉色沒有任何喜色，大聲喝令陳仲貞道：「快，帶著你的人馬去封堵打虎口。該死，若是讓淮賊越過打虎口，繞道你我身後，整個處州危在旦夕！」

此刻天色已經漸漸發暗，憑著望遠鏡和肉眼，只能看見胡深率部殺向淮安軍的炮陣，將對手殺了個措手不及，所以另一個義兵萬戶陳仲貞根本無法理解石抹宜孫焦急的原因何在，驚詫地說：「啊！大帥您……」

「快帶著你的人馬去封堵打虎口，否則你我都死無葬身之地！」石抹宜孫沒時間跟他解釋，手朝胡深先前負責防守的區域指了指，聲嘶力竭地道：「胡大海老於兵事，巴不得咱們出去跟他決戰，趕緊去，再耽擱，老子先殺了你！」

「是！」陳仲貞這才恍然大悟，抽出腰刀，跑向山後召集麾下的兵馬。

石抹宜孫四下看了看，咆哮道：「鳴金，命令胡深趕緊撤回原地，如有違抗，軍法從事！」

「諾！」親兵飛跑去山後的中軍帳內尋找銅鑼。

石抹宜孫用目光估算了一下自己與胡深目前位置之間的距離，一跺腳，斷然發出新的指令：「不用鳴金了！他不可能聽得見。傳令，讓所有將領，除了陳仲貞外，都速速到山頂集合！」

正在飛奔的親兵腳底下絆了一下，趕忙跑向後山軍帳。

石宜抹孫咬了一下自己的左手食指，用疼痛趕走心中的慌亂，右手舉起望遠鏡，繼續向淮安軍的炮陣觀瞧。

微薄的暮色中，他看見胡深騎在一匹圓滾滾的戰馬身上，「慢吞吞」地朝淮安軍的炮陣衝去。跟在此人身後的，是胡家軍的幾個義兵千戶，緊緊地拉著各自坐騎的韁繩，唯恐自己跑得太快，胡大海不能及時調整戰術一般。

「蠢貨，下山時居然還騎著戰馬！」葉琛急得直跳腳。

戰馬在下坡時最容易失蹄，所以這種情況下騎著戰馬趕路，未必比用兩條腿跑得更快，而胡大海不可能眼睜睜地看著他的寶貝火炮被人炸毀，接到警訊後，肯定會以最快速度調集兵馬前來爭奪。

「快點，快點，胡大海麾下的戰兵馬上就衝過來了！」其他浙軍將領趕到樊嶺頂部，看到遠處正在發生的情景，急得張牙舞爪。

胡深的戰術不是完全沒有實現的可能，胡大海再老於兵事，如果是真的被胡深打了個猝不及防，也需要花費一點時間才能做出正確反應，胡深如果把握住機會，就有希望將十七門六斤重炮全部炸毀，替整個浙軍徹底解決掉最大的麻煩。

至於胡深和他麾下的部曲能不能在炸掉了火炮後全身而退，就沒幾個人在乎了，姓胡的平素仗著他麾下兵馬充足，說話做事趾高氣揚，沒少得罪了同僚，如果這回真的死在淮安軍刀下，只能算將功贖罪。

「蠢貨！這廝自己找死，怪不得老夫！」聽到身側的叫喊聲，石抹宜孫勃然大怒，將望遠鏡摔到一名親兵懷裡，咬牙道：「爾等當胡大海是傻子麼？**這麼明顯的引蛇出洞之計都看不出來？**曲瀚、王章、劉毅，你們三個速速點起各自麾下的兵馬去支援陳仲貞，死守打虎口；黃權、周通、慕容子瞻，你們三個點起兵馬，準備切斷打虎口到樊嶺之間的山路，其他人，也各自點起所部，嚴防淮賊趁機攻山！」

「是！」將領們愣了愣，帶著滿腹狐疑答應著。

胡深的兵馬已經衝進了淮安軍的炮陣，而淮安軍到現在還沒做出任何應對，從樊嶺這邊望過去，此番反擊得手的可能性超過了八成，為何自家主帥認定胡深不會成功？

正猶豫著是否奉命的時候，猛然間，耳畔傳來一陣嘹亮的喇叭聲「滴滴答答，滴滴答答，滴滴答答……」穿雲裂石，氣沖霄漢。

距離炮陣兩百步遠的左側，幾叢野草被從睡夢中喚醒，動了動，舉起了銳利的長矛，緊跟著，距離炮陣右側大約兩百步遠的位置，數叢灌木也魚躍而起，對準已經衝到火炮旁的胡家軍，穩穩地端正了火槍。

下一個瞬間，正對著炮陣一百步遠，也有**無數山精樹怪被喚醒，借著秋日最後的微光，朝獵物亮出銳利的牙齒。**

「滴滴答答，滴滴答答……」號角聲連綿不絕，無止無休。

蒼茫暮色中，數不清的淮安將士，頭上頂著野草編成的偽裝，身上披著灌木織就的掩飾，從距離炮陣一百到兩百步遠的石塊後，草叢中，樹林裡站了起來，在都頭、連長、營長門的指揮下迅速整隊，長槍在前，火銃靠後，堵住胡家軍的正面、左側和右側。

「有埋伏！」胡深麾下一些將領的反應也不算太慢，不待自家主帥做出決斷，就調轉身形，帶頭向來路潰逃。

「滴滴答答，滴滴答答，滴滴答答……」又是一陣激越的號角，打破了胡家軍所有人不切實際的幻想，兩大隊淮安軍從半山腰處跳起，一左一右，如兩扇大門般堵住了胡家軍的退路。

「滴滴答答，滴滴答答，滴滴答答……」號角聲**宛若鬼哭，聲聲碎，聲聲催人老。**

淮安軍從四個方向緩緩朝中間開始移動，速度不快，卻踩得地面上下起伏，而落入陷阱的胡家「義兵」，則像受驚的羊群般，拚命朝自家隊伍最中央靠攏，彷彿能比身旁的袍澤多活一會兒，就可以逃出生天一般。

「哥！怎麼辦啊！」眼睜睜地看著淮安軍的長矛越來越近，幾個義兵千戶急得冷汗滾滾。臨出發之前，他們誰都不看好此番逆襲的結果，然而胡深卻固執己見，非要冒一次險。

「閉嘴，不試試怎麼知道！不試，咱們就得一直蹲在那條溝裡挨炸，直到所有人死光！」當時胡深的話依舊迴蕩在大夥的耳畔，**顫抖的聲音背後，帶著如假包換的瘋狂。**

對於葉琛，死個三五百雜兵，不過是無關痛癢的一筆數字；對浙東宣慰使石抹宜孫而言，三五百人的犧牲也是微不足道的，然而對他們龍泉胡家，損失的卻是自己的子弟、佃戶、奴僕，自己的家產，自己作威作福的憑藉。

一天五百，十天五千，用不了二十天，他們這些義兵萬戶、千戶，一個個就全都成了光桿將軍，而龍泉胡家在整個浙軍中，也再發揮不出任何影響。

所以石抹宜孫可以耗，葉琛可以耗，唯獨他們這些胡家嫡系子侄不敢繼續乾耗下去。別人屬於旁觀者，說話從來不腰疼，而他們卻必須想方設法給胡家留下更多的籌碼。

所以，他們明知此行是一次賭博，當時也都沒勇氣再勸阻胡深不要冒險，現在，他們全都追悔莫及，**卻沒有令時間倒流的可能**。

「慌什麼慌，老子還沒著急呢，你們著急什麼？」正當幾個義兵千戶恨不得以頭搶地的時候，胡深卻瞪圓了眼睛呵斥道。

隨即，只見他從馬鞍橋上抽出一面雪白的大旗，舉在半空當中，「處州義民胡深，在此恭迎王師！」

「啊！」剎那間，義兵將士都愣住了，誰也不敢相信自己的眼睛，胡深卻毫不猶豫地將白旗挑在了長槍上，迎風抖動，唯恐別人看不清楚。

「處州義民胡深，恭迎王師。」胡深的親衛們扯開嗓子大聲宣告，彷彿事先排練過千百遍一般整齊。

「投降！」陷入重圍的胡家軍兵卒原本就沒剩下多少士氣，此刻見自家主帥都主動向對手輸誠了，更不願意白白丟掉性命。紛紛放下兵器。

他們如此識實務，反倒把淮安第二軍團將士弄得措手不及，原本扣在扳機上的食指也再扳不下去，一個個面面相覷。

非但普通兵卒不知所措，負責指揮兩個戰兵旅打埋伏的第二軍團副都指揮使伊萬諾夫，也花了好大力氣才接受敵軍不戰而降的事實，策馬上前斷喝：

「你們這幫傢伙到底打的是什麼鬼主意？要舉義也該事先派人聯絡一下才對，怎麼如此魯莽？」

「大人教訓得是，小可孟浪了，但那石抹宜孫爪牙遍佈全軍，萬一走漏風聲，小可死不足惜，卻會耽誤胡元帥的大事，所以小可才不得不冒此險。」胡深朗聲回應：「此間種種，且容末將過後解釋！機不可失，大人請速遣精銳跟我去接管打虎口，末將在那邊留了兩千心腹，淮安天兵不到，他們絕不會將打虎口交給別人！」

「啊！」已經吃了一次驚的伊萬諾夫，再度被天上掉下來的餡餅砸了個目瞪口呆，張大嘴，眼神發僵，手中戰刀不知道該向哪邊指。

「事不宜遲，末將孤身帶路，這些弟兄就有勞伊萬將軍看顧了。」胡深抖了抖白色大旗，獨身穿過自家軍陣，逕自奔向打虎口而去。

「站住！哎，你急什麼，趕緊站住！哪個說不相信你了？趙不花，你帶著我的親兵趕緊去追胡將軍！如果他被傷到一根汗毛，老子拿你是問！」

伊萬諾夫不再懷疑此人的誠意，趕緊指派自己的親兵連長去追趕胡深，又衝著身邊的戰兵團長都石頭令道：「都校尉，你帶著二〇三二團去搶打虎口，拿下此口後，立刻原地駐防！我會儘快派人去支援你！」

「諾！」

「遵命！」

親兵連長趙不花和戰兵團長都石頭連聲答應，各自帶領所部弟兄，急匆匆地去追趕已經跑出老遠的胡深。

伊萬諾夫又深吸了口氣，將命令連珠炮般發了下去：

「李校尉，你挑選有力氣的弟兄，把虎蹲炮全都送上去，協助都校尉防守！」

「王旅長，你們二〇五旅攜帶所有輕重兵器，向打虎口行軍，隨時準備支援二〇三二團。」

「黃長史，你派人給胡將軍送信，告訴他，情況有變，打虎口有可能不攻而克！」

……

按照胡大海原來的計畫，浙軍上下誰都不清楚第二軍團手中還有多少六斤炮的彈藥，看到六斤炮的陣地過於突前，肯定會有人不甘心一味地挨炸，選擇鋌而走險，所以胡大海才於炮陣周圍布下陷阱，靜待浙軍入套，只要有人從打虎口衝下來試圖炸炮，淮安軍就立刻將其當作獵物困住，然後再派遣精銳逆衝而上，趁浙軍來不及調整戰術的當口強行奪取打虎口。

這個計畫**一環扣著一環**，原本算計得頗為周密，**誰料對手卻不按常理出招**，挨了一頓火炮之後，居然**選擇了投降**，甚至主動將打虎口雙手獻上。伊萬諾夫措手不及，只能憑著多年領兵經驗去調整部署，以免錯過了從天而降的戰機，好在淮安軍上下都訓練有素，所以很快就適應了新的戰場情況。

伊萬諾夫跳下坐騎，緩步走到還在原地等候處置的降兵當中，和顏道：

「大夥不要害怕，既然你家胡將軍誠心來降，我淮安軍就不會虧待他；至於你們，都是本鄉本土的人，想必未曾禍害過家鄉父老。待打完了這一仗之後，老夫自然會放爾等回家！如果有人不想回家，想繼續馬上博取功名，我淮安軍也歡迎之至，不過要先接受訓練才行；當將的，也得先進講武堂去讀上幾個月的書。」

「讀書？」幾個胡家主支出身的義兵千戶又喜又驚。

喜的是，投降後居然還有機會當官，無論大小，待遇終究跟身邊的佃戶、僮僕們有所不同；驚的則是，當一名領兵打仗的武將居然還得去上學堂？

「當然要讀了，否則我淮安軍的軍令你們聽得明白麼？」早猜到眾人會有此一問，伊萬諾夫將腰桿挺直，非常自豪地說：「不過你們也不用太擔心，講武堂不是縣學、府學，不教什麼四書五經，而領兵打仗的本事，多學一些總沒什麼壞處，況且，連我這藍眼睛的西域人都能順利卒業，你們難道還用擔心自己當一輩子學生麼？」

「這，哈哈哈哈……」幾個義兵千戶被逗得轉憂為喜，紛紛向伊萬諾夫致施禮，「不敢，將軍大人您是天縱之才，我等豈敢跟您相比！」

「狗屁個天縱之才，老子當年是雇傭兵！」伊萬諾夫搖頭道：「雇傭兵你們懂麼，就是別人出錢，我負責賣命的那種，要不是遇到咱家都督，老子恐怕早就不知道埋在哪裡去了，怎麼可能會有今天的風光！」

後幾句話，他的確是有感而發，因此聽起來情真意切。

眾胡家千戶心頭的惶恐和不安也減輕了許多，一個個陪笑說道：「那也是因為將軍您良材美質，最終得遇下公。」

「將軍何必妄自菲薄，古語云，天遇降大任於斯人也，必將苦其心志，勞其身形……」

一個個引經據典，說得搖頭晃腦。

伊萬諾夫的漢語只學了個皮毛，眨著眼聽了好半晌，最後用力一揮胳膊，道：「行了，你們就別拍老夫馬屁了。咱們淮安軍看的是真本事，不是誰更能說會道，而行動……」

話說到一半，他忽然停住，踮起腳尖，目光越過人群去追逐胡深的背影。當看到打著白旗的胡深被自己的親兵馬上要送進打虎口，打虎口上，也紛紛舉起了白旗的時候，再度扯開嗓門：

「你家胡將軍已經殺上打虎口了，我淮安軍的一團一旅差不多也快趕到了，你等真的想建功立業，不妨趕緊去把各自麾下的弟兄約束起來，然後跟著老子一塊去支援打虎口，萬一那石抹宜孫不甘心，咱們就一起上，打他個屁滾尿流！」

「是，末將遵命！」眾胡家千戶們聞聽，順從地接受命令，然後一個個興沖沖地去召集人手，準備大幹一場。

伊萬諾夫當然也不能只靠著這群降兵去打仗，轉身走回自家隊伍，繼續調整部署。

趁著他身邊沒有外人，二〇五旅長史黃子德走到近前，低聲提醒道：

「將軍，那群胡家的人靠得住麼？與其讓他們去打虎口上添亂，不如將他們留在這邊！」

「其中肯定有人靠不住，但**一道見過了血，就靠得住了！**」伊萬諾夫朝幾個正在摩拳擦掌的降將掃了一眼，「混蛋，胡深居然敢把老子當傻瓜耍，老子現在總算明白過味道來了，**他根本不是真心投降，他是眼看著插翅難逃了**，**才果斷恭迎王師的**，若是剛才讓他偷襲得手，他肯定掉過頭回去當他的蒙元功臣，根本不會將白旗掏出來！奶奶的，這小子無非就是想保住他手下這點兵馬，老子就不信，如果淮安軍有更好的出頭機會，有誰還願意繼續當他的私兵！」

片刻後，伊萬諾夫整理出兩個團的精兵，帶著剛剛反正的胡家軍，快步衝向打虎口。

走了一小半路，耳畔就聽聞「砰砰砰」的火槍射擊聲，趙不花等親衛已經跟前來接替胡深守衛打虎口的浙軍各部廝殺了起來。

話說那奉了石抹宜孫之命前往打虎口接管防務的陳仲貞，與胡深算得上是半個同鄉，彼此間還是不出五服的姑表兄弟，聽聞石抹宜孫一口咬定自家表哥胡深有去無回，心裡頭難免產生了一些排斥心理，所以在召集兵馬和趕路的時候，也是拖拖拉拉。

好不容易順著後山腰走到了打虎口南側，正要去接管防務，卻又被胡深同父異母的胞弟胡亮給擋住了去路。

後者雖然是庶出，但是在龍泉胡家也是數得著的少年才俊，以往跟著胡深，沒少與陳仲貞、曲瀚、王章等人喝過花酒，彼此算是有不淺的交情，故而陳仲貞見他擋在通往陣地的山路上，也不好立刻就翻臉，將令箭向半空中舉了舉，喊道：「胡老七，你發什麼瘋？老子奉大帥之命前來增援，你憑什麼不讓老子的人上去？」

「呀！是陳四哥！」胡亮聞聽，趕緊跳下來馬來，「怎麼把您給驚動了？我哥帶人去炸淮賊的火炮，臨行前吩咐，只要他沒回來，就不准放任何人進寨。您也知道他的火爆脾氣，我要是隨隨便便把您給放進去，他回來後，我還有得活麼！」

陳仲貞聞聽，撇嘴道：「放屁！你少糊弄人！你哥是什麼性子我還不清楚？他動誰也不會動你！況且老子還奉了石抹元帥的將令！」

「誰的將令也不成啊，陳四哥您又不是不知道，那石抹宜孫身邊的葉都事向來跟我哥不對盤，眼看我哥就要立下驚天大功了，他就趕緊派人來分一勺子，但陳四哥您不是那種人啊，您跟我哥是什麼交情，犯得著為了這一勺子功勞把多年兄弟情分都冷了麼？」胡亮的謊言被當眾戳破，卻不尷尬，衝著陳仲貞深深施了一個禮，舌燦蓮花地說。

「這……」

陳仲貞朝山前看了幾眼，卻因為所在位置稍低，目光無法翻越山脊，而耳畔傳來的嗩吶聲，分明又預示著胡深正率領兵馬跟淮安軍亡命廝殺。

在勝敗沒分出來之前，自己就去抄胡深的後路，的確不那麼仗義，況且石抹宜孫只是擔心淮賊逆襲打虎口，如今打虎口上分明還有胡家的人駐守，自己稍等片刻，待山前分出了勝負再去接管防務，想必也來得及。

想到這兒，陳仲貞微微一笑，「奶奶的，你小子這張嘴巴，死人都能說翻了身，有這麼好的口才，你先前怎麼不勸住你哥，叫他不要衝出去冒險？那胡大海的炮是好炸的麼？雖然你們五百年前都姓胡，他也不會把大炮白送給你哥啊！」

「不是我沒勸啊，陳四哥，您不知道，我哥這幾天被姓葉的欺負的有多慘啊！明明把弟兄門從山脊上往後撤十幾二十幾步，就能躲開淮安賊的炮轟，可他就是不讓我哥躲，敢情死的不是他葉家的子弟，他不心疼，把我們這一萬胡家子弟全填進去，他照樣加官晉爵！」胡亮把嘴巴一撇，訴苦道。

這話可是說到了很多人心裡去，陳仲貞身後響起了一片竊竊私語聲。

與胡家軍相似，他們這些「義兵義將」，大多出身於處州望族陳家，要麼為陳姓子弟，要麼為陳氏的莊客佃戶，這些年來跟在陳仲貞身後對抗土匪流寇，算是為了保衛父老鄉親，可無緣無故拉到樊嶺周圍來挨炸，又是圖個啥？

陳仲貞心裡其實也覺得胡深冒險出擊之舉是被葉琛所逼，但是他心性敦厚，不願意背後議論人，因此說道：「葉大人讀了一肚子聖賢書，心腸應該沒那麼壞，咱們守在這裡，也是為了守各自的家。你沒聽說麼？那淮安軍每到一地就要攤丁入畝！」

「人心隔肚皮，誰知道呢！」胡亮搖搖頭，「我倒是聽說，**仗義每多屠狗輩，負心多是讀書人**，至於攤丁入畝，倒也無所謂，那淮安軍不是還有個按軍職和軍功授田麼？大不了老子去當兵吃糧，待搏他個將軍出來，少不得又給家裡頭賺回來幾千畝！」

陳仲貞感覺到對方的話不對勁，但是又不知道從何駁斥起。拜四下流傳的報紙所賜，淮揚那邊的各項政令他亦有所耳聞，特別是一兩個月前推出的那條按軍職和軍功授田，簡直讓他羨慕得眼睛發紅。如果朝廷也按照這種辦法，他和他身邊的這些陳族子弟就能給家族賺回幾十萬畝良田，足以抵償攤丁入畝和減租減息所帶來的損失。

當初這個念頭只是在他心裡一閃，就被他本能地給壓了下去，此刻猛然又被人提了起來，便像野火般開始吞噬他的心。

繼續死守下去，就能打敗淮安軍麼？說實話，陳仲貞心裡對勝利不抱任何希望。那朱屠戶與泉州蒲家有不共戴天之仇，石抹宜孫這回即便逼走了胡大海，用不了多久，徐達、吳良謀、吳熙宇甚至朱屠戶本人都可能親自殺過來，到那時浙軍該怎麼辦？胡亮剛才說得好，死的可不是他石抹宜孫和葉琛的族人。

正被燒得魂不守舍間，身後忽然傳來一陣劇烈的腳步聲，曲瀚、王章、劉毅三個平素深受石抹宜孫器重的義兵將領也帶著各自的族人趕到了。

見陳仲貞部居然還沒進入打虎口陣地，不覺都是微微一愣，質問道：「陳四哥，你怎麼還在這裡？趕緊上去奪回打虎口，快啊，別耽誤功夫了！胡老三他反水了！」

「反水？」陳仲貞被嚇了一大跳，想找胡亮核實，卻見胡亮將身體縮進了胡家子弟身後，同時喊道：「陳四哥，剛才我的話你仔細想一想，放著能分地的好事不幹，咱們憑啥非要拿腦袋跟炮彈硬頂啊？打跑了胡大海，姓石的和姓葉的加官晉爵，咱們能撈到什麼好處？」

說罷，帶著麾下弟兄緩緩縮入山道兩側的亂石之後，角弓硬弩上弦，閃著寒光的箭簇，直指三尺寬的羊腸小徑。

第三章

驅逐韃虜

紅巾賊之所以能夠蔓延得這麼快，
在蒙元君臣看來，有一個非常重要的原因就是，
他們提出了「驅逐韃虜」這一極具蠱惑性的口號。
投靠朝廷，對付朱屠戶，會令許多豪傑失去道義上根基，
進而受到其各自麾下將士和百姓的唾棄。

「姓胡的沒一個好玩意！」義兵副萬戶曲瀚不用細看，也知道陳仲貞剛才中了胡亮的拖延之計，抽出腰間鋼刀，高舉過頭，「弟兄們，給我殺，拿下打虎口，生擒胡深！啊——！」

一句話沒喊完，至少有兩百多支羽箭劈頭蓋臉地射向了他，嚇得他趕緊將身體一歪，跌下馬背，然後雙手抱頭，藏於馬腹之下，同時嘶叫道：「給我防住冷箭哪！盾牌手，趕緊上前擋箭！」

「啪啪啪，砰砰砰！」早有盾牌兵拼死上前，將他的人和坐騎一併護住。

「進攻，進攻！」曲瀚頂著一腦門子冷汗，從盾牌後探出鋼刀，用力朝嶺上揮舞。

羽箭一落，雙方就徹底翻了臉，再也沒有任何人情可講，所以王章和劉毅兩個義兵將領也相繼舉起了鋼刀，派遣各自麾下的兵馬上前助戰，發誓要趕在淮安軍上來之前奪下打虎口。

只有本該最先率部投入戰鬥的陳仲貞，依舊有些遲疑，目光看向扼守在山路兩側以寡敵眾的胡亮，再看看打虎口陣地上不知道什麼時候豎起來的幾十面白旗，手按刀柄，喟然長嘆：「唉——！」

「大哥！」陳家軍的義兵千戶陳仲義見到此景，趕集湊上前，用力拉住自家主將的戰馬轡繩，「你倒是速做決斷啊，這樣遲疑下去，無論最後誰輸誰贏，咱們都沒好結果！」

「打不贏的！」陳仲貞失魂落魄地道：「曲瀚他們雖然人多，但是一時半會兒攻不上去，只要淮安軍從山那邊衝上來，此戰就結局已定！」

「那咱們就學胡深！」陳仲義年輕膽大，跺著腳諫言：「好歹站在一頭，萬一站對了，多少也能撈點兒回來！」

「是啊，大公子，您趕緊做決定吧！我們都跟著你！」其餘陳家翹楚也紛紛附和。

作為地方豪紳家的子弟，他們跟朱重九原也沒什麼深仇大恨，跟淮安軍廝殺下去的理由，不過是想保住家族的特權和家族手中的巨額田產罷了。按照眼下淮安軍的政策，特權肯定不可能繼續擁有，但田產卻有辦法保住一大半，甚至還能在原來基礎上翻番，如此一來，他們作戰的動力自然就弱了一大半，在取勝無望的情況下，誰也生不起與陣地共存亡的心思。

面對族中子弟殷切的目光，陳仲貞按在刀柄上的手開開合合，胡深的舉動無疑聰明至極，但石抹宜孫平素相待的恩義，又令他無法割捨得下。

想來想去，終於下定決心，「算了，咱們去龍泉，樊嶺肯定守不住了，咱們守住龍泉，好歹也能給石抹宜孫大人留一條後路！」

說罷，將戰馬向南一撥，既不去攻打胡亮，也不回樊嶺向石抹宜孫覆命，帶著麾下部眾揚長而去！

反攻的各路浙東義兵原本就沒多少鬥志，猛然發現自己這邊最大的一股力量陳仲貞部居然不戰而走，立刻洩了氣，連滾帶爬地從山道上逃了下來。

「給我上去！」曲瀚氣急敗壞，揮刀朝潰兵頭上亂剁。

好不容易鼓舞起了士氣，再度發起進攻。哪裡還來得及？負責保護胡深的二十幾名淮安軍精銳衛士已經飛馬趕至，居高臨下就是一通火槍。

「砰砰、砰砰、砰砰……」

他們人數雖然少，可帶來的效果卻是一錘定音，非但令正在反撲的「義兵」再度狼狽而退，曲瀚、王章、劉毅三個將領也瞬間失去了獲勝的信心，一個個滿臉灰敗，相顧說道：「這回麻煩大了。打虎口一失，淮賊就可以繞到樊嶺背後，將大帥活活困死在山上。」

「怪就怪那胡深居然忘恩負義，臨陣倒戈！」

「都到這時候了，你們倆還說這些沒有的東西幹什麼？要緊的是，咱們哥仨該怎麼辦？」

「對啊，怎麼辦？陳仲貞怎麼往南去了，他準備逃到哪裡去……」

正急得如熱鍋上的螞蟻般，忽然又聽見頭頂不遠處傳來一個熟悉的聲音，「各位兄弟，別打了，回家去吧，朱總管找泉州蒲家報仇，關咱們兄弟鳥事？咱們兄弟明知道擋人家不住還要攔在這裡，圖的又是什麼？」

「胡深，你個忘恩負義的狗賊！」曲瀚指著朝自己高喊的人破口大罵。然而話說了一半，腰間猛然傳來一陣刺痛，愕然轉頭，看見好友王章猙獰的面孔。

「對不起，曲大哥，兄弟我不想死在這兒！」王章擰動短刃，抱歉地道：「兄弟我知道你跟石抹大人走得近，所以直接送走你，免得你為難，兄弟我就不奉陪了！」

說罷，將短刀猛地向外一抽，高高舉起，「投降，我們也要投降！不打了，我們願為王師先導！」

「投降！我等願為王師開路！」劉毅先是愣了愣，隨即也高高地舉起腰刀。

曲瀚疼得說不出話，瞪圓了眼睛，看著兩位平素跟自己發誓同生共死的兄弟，緩緩栽倒。

他的親兵到這時才發現事情不對，哭喊著拼命，然而失去了主心骨的他們，又怎是王章和劉毅兩個的對手，很快就被二人帶著的嫡系擊潰，被砍死在山道旁。

剩餘的兩千多曲家「義兵」，根本來不及做出任何反應，就被王章和劉毅二人的部屬給分別包圍了起來，奪走武器，成為獻給新朝的投名狀。

用最快速度將內部反抗勢力鎮壓掉後，王章抹了一把臉上的血，向著打虎口上的胡深喊道：「老胡，咱們兄弟往日無怨，近日無仇，你投了個好東家，總不能連條活路都不給弟兄們留吧？我跟劉七兩個也棄暗投明了，接不接納，你看著辦！」

「這……」胡深扭過頭，目光看向淮安軍親兵連長趙不花探詢著。

剛剛目睹了王章毫不猶豫地誅殺舊日同僚，趙不花打心眼裡看不上此人，然而戰場上畢竟要以大局為重，因此他想了想，道：「可以先答應他們，但是不要放他們進寨，等伊萬都指揮使帶著大隊人馬過來後，再做下一步定奪！」

「明白！老王、老劉，棄暗投明的事情好說，我身邊這位就是胡大海將軍的親信，他可以替你們二位引薦，但眼下還請二位先約束好各自麾下的弟兄，在山道兩邊等上片刻。胡大海將軍已經到門外了，我得先過去迎接他老人家的大軍！」

說罷，胡深也不管王章和劉毅二人如何叫嚷，先調集弓箭手上來嚴陣以待，隨即將身影縮回了寨牆後，再也不肯露面。

王章和劉毅當然是滿腹委屈，但是路已經走到這一步了，想回頭已經沒有任何可能，因此猶豫再三，最終只能認命地在山路旁約束隊伍。

片刻後，淮安軍第二〇三二團趕到，快速接管打虎口防務，王章和劉毅兩個就更沒有機會再做任何掙扎。過了幾分鐘，第二〇五旅、虎蹲炮連也先後到位，將各類長短火器架在打虎口的山頂。

當伊萬諾夫把胡深麾下的兵馬也帶上來後，**打虎口正式宣告易手**，王章和劉毅也徹底放棄了心中的多餘考慮，跳下戰馬，把兵器丟給身後親兵，結伴走向寨門，任憑勝利方宰割。

伊萬諾夫已經從胡深和趙不花嘴裡聽聞了王章和劉毅兩個人的事，忍不住皺眉道：「這兩個傢伙連自家袍澤都下得去手，恐怕不是什麼良善之輩，這回投靠咱們是被逼無奈，下回萬一遇到什麼緊急時刻，保不準又得在背後捅咱們的刀子！」

「畢竟他們是陣前倒戈，咱們沒有再把他們推向蒙元的道理，要我說，還是放進寨子裡來，至於今後怎麼用，自然由胡將軍和王長史他們兩個決定！」副長史黃潛怕伊萬諾夫寒了起義者的心，湊上前道。

「也罷，反正他們需要先去軍校讀一輪書才能再出來領兵！」伊萬諾夫斟酌了一下，硬著頭皮做出決定，隨即吩咐胡深打開寨子後門，親自前去迎接兩名降將入內。

那王章和劉毅雖然從未跟伊萬諾夫見過面，但也知道淮安軍第二軍團的副都指揮使是名藍眼睛黃頭髮的羅剎人，因此遠遠地就拜倒在地，一邊磕頭，一邊大聲說道：「罪將不知順逆，投降來遲，死罪，死罪！」

伊萬諾夫見了，趕緊伸手去攙扶，「兩位將軍這是哪裡話來，二位肯放下武器歸降，不知道避免了多少弟兄流血，僅此一舉，就該在功勞簿上大書特書！快快起來，把弟兄們也趕緊都帶進寨子裡，石抹宜孫說不定還要反撲，別讓弟兄們被他打個措手不及！」

「大人如此慈悲，我二人必將銘刻五內！」王章和劉毅順勢站起身，互相看了看，咬牙道：「罪將斗膽，請求大人給我二人一哨兵馬。我二人趁著石抹宜孫不備去偷襲桃花砦，明天一早，定然把此砦獻於大人馬前！」

「大人，某願領本部兵馬去攻打葛渡！」沒等伊萬諾夫做出反應，胡深也猛地單膝跪倒，大聲求道。

樊嶺、葛渡和桃花嶺三地，乃為扼守處州北側的三道門戶，如今樊嶺已經一半歸了淮安軍，如果能趕在石抹宜孫做出調整之前，再順勢攻破桃花嶺和葛渡，胡大海就能將重炮直接擺到處州的治所麗水城下，屆時，即便石抹宜孫長出三頭六臂，恐怕也無力回天了。

但是如果王章、劉毅和胡深三人帶領兵馬離開後又突然變卦，淮安軍就等於幫了石抹宜孫的大忙，非但放走了剛剛投誠過來的一萬多「義兵」，並且還將錯失攻打桃花嶺和葛渡的最佳戰機。

「讓他們各自帶領麾下的兵馬放手去做！」正在伊萬諾夫不知道自己該不該賭一回的時候，耳畔傳來一個熟悉的聲音。

「胡將軍？」他愕然回頭，剛好看見胡大海那坦誠的笑臉。

「讓他們放手去做，你我率軍切斷樊嶺到那兩個地方的道路，給他們壓陣！」胡大海點點頭，隨即親手將王章、劉毅和胡深三個攙起。「你們三個馬上出發，需要什麼儘管提，胡某盡力補充！」

「謝過大將軍！」王章瞄了一眼胡大海的肩牌，舔舔自己的嘴唇。

需要的東西太多了，特別是曾經讓浙軍吃過大虧的火炮，對他來說簡直是夢寐以求。然而，沒等王章把自己心中的渴望說出來，卻被他的同伴劉毅踢了一腳。

「大人，我等只帶本部兵馬就行了，請大人在此靜候佳音！」劉毅抱拳說道。

「末將也只帶本部精銳就夠了，一些老弱和輔兵就拜託大人代為照顧！」胡深的態度更誠懇，乾脆直接把軍中老弱「抵押」給了對方。

好不容易才在淮安軍中有了立足之地，他無論如何都不能讓後來者將自己比下去，這非但涉及到一名武將的尊嚴，對戰後各自的家族在處州的利益劃分也有不可忽視的影響。

「葛渡和桃花嶺地勢險要，未必那麼容易攻破！」明明有機會利用兩支降兵之間的競爭將他們一一削弱，胡大海卻不屑利用，笑道：「這樣吧，我給你們各派一個炮營，二十門四斤炮，四百發彈藥，不過只能算借用，等葛渡和桃花嶺拿下之後，你們得將火炮和炮手全數送回來！」

「謝大將軍！」王章、劉毅和胡深三人又驚又喜，再度跪倒拜謝。

因為位置相對靠後，桃花嶺和葛渡兩砦內所留的兵馬原本就不太多，他們出其不意殺過去，再借用四斤炮狂轟，根本沒有打不贏的道理。

「一家人不說兩家話，你們儘管放手去做。」胡大海揮了下胳膊，霸氣十足地道：「待掃平處州全境，胡某會親自向大總管給三位請功！」

「請大將軍靜候佳音！」王章、劉毅和胡深又重重磕了個頭，站起身，抖擻精神，點齊麾下精銳，搶在夜幕降臨之前直奔各自的目標。

胡大海則依照先前的承諾，派出兩營炮兵為胡深等人提供支援，同時調遣兵馬，擺出一副要連夜攻打樊嶺的姿態，威懾石抹宜孫，令其不敢輕舉妄動。

待虛虛實實的一連串招數施展完畢後，天色已經全黑，半眉金黃的彎月從天邊緩緩升起，將崇山峻嶺全都籠罩在一片柔柔的光芒當中。

「胡將軍，那三個傢伙……」如水月光下，伊萬諾夫靠近胡大海，小聲道。打心眼裡他不贊成胡大海的做法。能拿自家袍澤作為投名狀的傢伙，反噬任何人的時候，心中恐怕都不會猶豫分毫，淮安軍派出去協助對方的那兩個炮營，極有可能被後者一口吞下，有去無回。

然而，出於對老搭檔的尊重，伊萬諾夫當時沒有出言反對，直到胡大海清閒下來時，才找了個獨處的機會，將心中的擔憂說了出來。

「無妨，他們三個雖然都不是好人，但都夠聰明！」彷彿早就猜到伊萬諾夫的擔憂，胡大海搖頭道：「**聰明人往往難成大事，但絕對不肯做任何虧本買賣，**更不會冒著自家滅族的風險，去替註定要塌的房子修修補補！」

「這……」伊萬諾夫漢語雖然說得流利，但是於人性和權謀方面，造詣卻非常有限，望著老搭檔胡大海，滿臉困惑。

「蒙元大廈將傾！」知道伊萬諾夫的道行不夠，胡大海笑道：「有蠢貨如石抹宜孫，還幻想著能一柱擎天，所以最後只會落個粉身碎骨的下場；還有咱們一路上遇到的那些昏官和庸吏，發現事情不妙立刻撒丫子逃走，獨善其身。**最聰明者，發現大廈將傾，就該拆大梁，管他最後砸死多少人，只要自己能趁機賺個盆滿缽溢便行，等到塵埃落定，剛好在原來的地基上起高樓！**嘿嘿，連材料都是現成的，不用自己花錢去買！嘿嘿……」

「嘿嘿……」伊萬諾夫聽得似懂非懂，只能訕訕地陪著老搭檔一起笑。

老搭檔胡大海變了許多，自從再度出山掌管淮安第二軍團起，他就**彷彿換了一個靈魂般，原先寫在臉上的光明和坦誠，一天比一天少，取而代之的，是令人冷到骨頭裡的陰暗和狡詐。**

「嘿嘿……」胡大海越笑，聲音越漸低沉。臉色的表情也越來越陰冷，「而你我，日後會跟越來越多的這種聰明人打交道，趕不走，也殺不絕，日後也是這種人活得最滋潤，不信，你等著瞧！嘿嘿嘿嘿……」

「這，嘿嘿……」伊萬諾夫不知道該怎麼回答，紅著臉繼續傻笑。

仔細算下來，他也不是朱重九的原班人馬，也是在走投無路的情況下，才選擇效忠於後者。也算是在投誠後賺了個盆滿缽溢。

「你來得比我還早，咱們的情況和他們也完全不同！」敏感地猜到伊萬諾夫尷尬的原因，胡大海立刻說道：「咱們投奔都督的時候，他麾下戰兵和輔兵全都加起來還不到五千，能帶兵打仗的將領也就十幾號，論實力，非但跟劉福通、徐壽輝等人沒法比，連趙君用都能甩得他看不到馬尾巴，然而如今，**放眼天下，還有幾人堪稱他的對手？**這會兒急匆匆投奔過來的，肯定都是天下少有的聰明人！」

「那倒是！」伊萬諾夫笑著點頭，「不過這樣也挺不錯，如果全天下的狗官都像胡深這般聰明，咱們用不了多久就能打到大都了，到時候趕走了蒙古皇帝，換都督來做。以他那重情義的性子，你我說不定都能當上公爵。嘿嘿，**除了在咱們都督麾下，誰能得到這等好處？誰能奢望有這等奇蹟發生在自己身上?!**」

伊萬諾夫沒讀過多少書，但是他的經歷和見識卻遠遠超過淮安軍中除了朱重九之外的任何人，所以他的話令胡大海無言辯駁，勉強笑了笑，道：「你這話其實也沒錯，**對手那邊越是聰明人多，咱家都督問鼎逐鹿也就越容易。**唉，你是個有福氣的，不像我，唉……」

一番沒頭沒尾的話，把伊萬諾夫弄了個滿頭霧水，淮安軍一統天下容易不容易，跟自己有福沒福之間到底有什麼關係？老伊萬抓破了腦袋都弄不清楚，偏偏胡大海不想跟他繼續這個話題，很快就找了個理由去巡視軍營了。

無論他理不理解，胡大海的話很快就得到了證實。在蒙元的文臣武將當中，聰明人的確夠多，主動請纓去攻打葛渡的胡深，居然一箭未發，光憑著伶牙俐齒，就說得守將王世元當場舉起了義旗。另外一路去攻打桃花嶺的隊伍，也只是拔掉守軍擺在半山腰的幾處據點，嶺上的幾名千戶就殺死了主將，獻砦而降。

葛渡和桃花嶺兩處戰略要地一下，處州門戶大開，當即，王凱便派少許兵馬在樊嶺附近監視石抹宜孫動靜，第二軍團主力立刻拔營南進，直撲處州的治所，五十里外的麗水城。

「不必！」胡大海依舊是一副心事重重的模樣，臉上不見半點喜色。「傳令給胡深和王章，讓他二人放火燒掉桃花砦和葛渡砦，帶領各自麾下的兵馬以及新降之軍聯手去攻麗水，第二軍團立刻全體翻過打虎口，到樊嶺正南方的桃花渡紮營。咱們在那等著石抹宜孫下來決戰！」

「這……」王凱愣了一下，臉上露出了幾分狐疑。

在朱重九的參謀部裡頭歷練了兩年時間，他多少也學了一些軍略，知道兵貴神速這一古今顛撲不破的至理，胡大海的做法，卻是反其道而行之，放著唾手可得的麗水城不去拿，偏偏要在已經不成為障礙的樊嶺附近，跟註定戰敗的石抹宜孫糾纏不清。

「接連遇到幾個孬種，這一路上打得可真沒勁！咱們第二軍團好歹也得打幾場硬仗，磨礪一下刀鋒！」伊萬諾夫跟胡大海搭檔多年，毫不猶豫地就站在了老朋友的一邊。「況且那石抹宜孫在處州盤踞多年，威望不可低估。他要是不死的話，誰知道又會弄出什麼亂子？」

「多謝伊萬大人指點迷津！」王凱點點頭，拱手致謝道：「王某先前想得淺了，好在沒干擾兩位將軍的決斷！」

話雖然說得客氣，但是內心深處，他依舊覺得非常困惑。按照出征前總參謀部的安排，第二軍團的任務就是長驅直入，攻城拔寨，而遺留在身後的敵人，則交給徐達第三軍團負責收拾，胡大海不應該過多浪費時間。

「第二軍團的目標不光是石抹宜孫！」彷彿猜到了他口不對心，胡大海忽然道：「誰事先都沒想到胡深會投降，更沒想到葛渡與桃花嶺會不戰而克，所以咱們第二軍團的南進速度，已經遠遠超過了劉樞密的預估，你我現在必須將推進的速度減緩，等一等蒙元那邊的反應。無論是陳友定還是泉州蒲家，必須讓他們有足夠的時間動起來！」

「等？」王凱雙眉皺成了一團疙瘩。

在朱總管帳下做參軍時，他見的都是如何佈局謀劃，如何計算權衡，恨不得將敵我雙方的每一步動作，都先在紙上推演個清清楚楚，到了胡大海這裡，卻是另外一種風格，好像所有招術都是信手揮出，非但令敵軍無法預料，自己人同樣也被弄得滿頭霧水。

「劉樞密算無遺策，胡某不能及，都督更是天縱之才，等閒人難望其項背！」正困惑間，又聽胡大海道：「所以胡某無論如何都學不得他們，勉強為之，則無異於邯鄲學步！」

「陳家和蒲家都在地方經營多年，根基遠非石抹宜孫可比，而我軍火藥即將耗盡，攻堅能力必然大打折扣，稍微在處州停留數日，剛好可以等等後面送上來的補給！」伊萬諾夫所考慮的，則是淮安第二軍團自身的戰鬥力下降問題。

既然正副都指揮使的意見一致，王凱這個長史也只能遵從，想了想道：

「那就先幹掉石抹宜孫，然後再繼續南下。只是不知道需要耽擱多少天？補給能不能及時運上來？」

「臨出發前，都督曾經與方國珍有約，我淮揚水師的貨船可以在溫州停靠，然後借水路向第二軍團運送補給。」伊萬諾夫解釋道：「如果現在就派快馬去集慶那邊催運的話，估計有個七八天也就足夠了！」

七八天的時間不算太久，王凱自己預計，石抹宜孫不耗到手頭糧盡，也沒那麼容易主動從樊嶺上衝下來跟第二軍團一決生死，所以便不再置喙，把心擱回肚子裡頭，踏踏實實等著胡大海放手施為。

事實很快證明了，胡大海用兵的確有獨到之處，三天後，胡深、王章和劉毅等人就送回了捷報，麗水城被將士們血戰攻克，蒙元處州路達魯花赤也先投水自盡，鎮撫賴不花、麗水知府李國鳳等人率闔城剩餘文武官吏高捧帳簿戶籍而降。

王凱聞訊，又驚又喜，趕緊寫了表章向樞密院告捷，然後再度找到胡大海，提議道：「胡將軍，都指揮使行轅是否移駐麗水？依末將之見，那石抹宜孫恐怕早就做好了長期堅守的準備，在樊嶺之上預先存了足夠的糧草！」

「不急，你替我傳令，讓王章留守麗水，胡深去攻打松陽、龍泉和遂昌。劉毅去收復青田！」胡大海搖搖頭，再度給出了一個令人難以置信的答案。

「那……」王凱語塞，腦門隱隱有煙霧來回翻滾。

處州路治下的大小城池加在一起不過才七座，除了最南邊的慶元之外，胡大海居然把剩餘的六個，全交給了新降的胡深等人去攻打，武裝到牙齒的第二軍團，到現在為止，相當於一座城池都沒去收復，只留在軍營裡坐享其成。如此下去，胡深、王章等降將的功勞豈不是越立越多？再加上他們各自身後的家族原本於地方上所具有的影響力，難免會造成尾大不掉之勢。

「再等等！」看到王凱一頭問號的模樣，胡大海難得拍了一下他的肩膀，道：「結果快出來了，你即便不相信我，也該相信都督，他自打出道以來，哪一仗如同這次一般冒險？居然根本不考慮周邊各方勢力的反應，直接讓第二軍團奔襲千里?!」

「這……」長史王凱不聽還好，聽罷之後，愈發地如墜雲霧。

「等，放心地等！」胡大海又拍了拍他的肩膀，大笑而去。

他對自己，對麾下的淮安第二軍團，對朱重九都有信心，所以不在乎花點兒時間去等待。然而，遠在數千里外，蒙元皇帝妥歡帖木兒卻再也等不下去了。

接到處州門戶大開，石抹宜孫被困樊嶺的消息，他立刻派人連夜將幾個文武重臣全都從被窩裡揪了出來，見了面後二話不說，將有關戰局的最新密報擲到丞相哈麻的臉上，怒喝道：「這就是你說的驅虎吞狼？這就是你說的千里奔襲必撅上將軍？前後不過才一個多月，胡大海都快打進建寧了。你還要朕再等多久，才能想出一個妥當的辦法？」

「陛下，陛下息怒！微臣料敵不明，罪該萬死！」哈麻被打得鼻子發酸，頭皮發緊，顫抖著身體跪了下去，低聲請罪。

南京與泉州相隔兩千餘里，沿途還有張士誠、楊完者、方國珍等人虎視眈眈，所以按照他最初的判斷，朱重九不可能從陸地上向蒲家發起進攻；而如果淮安水師像當年偷襲膠州那樣，從海上展開行動，誰勝誰負卻是未必可知。

畢竟那蒲家從宋代開始，就把持了整個東南沿海的航運，旗下大小戰艦逾千，經驗豐富的水師將士數以萬計，憑著對海戰和水文的熟悉，完全有可能彌補與淮安水師在火器方面的差距。

但千算萬算，他卻沒料到**朱屠戶的「賭性」如此之重**，竟然冒著糧道被別人切斷的風險，命令胡賊大海率領孤軍千里奔襲；更沒有想到，經歷了將近兩年的休整之後，淮安軍的實力比先前又提高了一大截，只拿出六大主力中的一個來，就能打得江浙行省的各路官兵潰不成軍。而此刻朱屠戶手中居然還握著另外兩支勁旅，用其中之一來死死看住了張士誠，另外一個則專門替胡大海清理後路……

如今看來，指望蒲家在海面上跟淮安軍拼個兩敗俱傷，顯然已經不可能了。胡大海蕩平處州之後，就可以翻越算不上險峻的洞宮山，取道壽寧，直撲福安。

而當他再順利地將福州路也拿到手之後，泉州路就已經近在咫尺，稍作休整之後，與淮賊徐達兩個聯手撲將過去，蒲家在水面上的優勢再強，到了陸地上，也擋不住徐、胡兩賊的連袂一擊！

形勢糜爛到了如此地步，作為丞相的哈麻，也早就明白自己不小心又鑄成了大錯。然而，仔細權衡之後，他卻沮喪地發現，自己拿不出任何辦法來補救。整個江浙行省的兵馬，無論是陳家軍、蒲家軍，還是眼下已經被徐達擊潰的苗軍，早就不再聽從朝廷調遣，臨近的江西行省，這兩年也是處處烽煙。官兵四下救火還力有不逮，更甭說騰出手來去支援江浙。

所以今天被妥歡帖木兒當面質問，哈麻除了請罪之外，做不了任何事情。

大元皇帝妥歡帖木兒卻被他這種耍死狗的行為，刺激得火冒三丈，「萬死？朕怎敢讓你去死！我的丞相大人！」

他用力拍了下桌案，森然反問：「你可是我大元朝的擎天一柱，非但再度令國庫有了盈餘，這滿朝文武誰人沒得過你的好處？哪個提起你來不挑一下大拇指？朕要是真的敢冤枉了你，恐怕第二天這大明殿就得換了主人！」

這話說得可就太狠了，非但令哈麻一個人汗流浹背，同為朝廷重臣的太尉月闊察兒、左相定柱、侍御史汪家奴、樞密院同知禿魯帖木兒、全普庵撒里等，也紛紛拜倒於地，爭先恐後地辯解道。

「陛下息怒！非臣等判事不明，臣等也沒想到，那朱屠戶做事如此膽大包天！」

「陛下，那胡賊大海雖然已經攻入了處州，但朱賊所部嫡系此刻卻依舊盤踞於集慶，其下一步是走陸路還是水路，現在判定還為之過早！」

「陛下，非哈麻大人應對失當，實乃地方漢將背信棄義，連累石抹宜孫有力難出！」

「陛下息怒，那泉州蒲家多年未曾向朝廷運送一粒糧食，一錠金銀，其狼子野心昭然若揭，若是朱賊能跟他鬥個兩敗俱傷，我朝剛好坐收漁翁之利！」

……

「胡扯！閉嘴，爾等全都給我閉嘴！」妥歡帖木兒越聽心裡越煩躁，抓起桌案上的鎮紙、硯台、筆墨，朝著眾人挨個猛砸，「都到了這種時候，爾等還指望朱屠戶跟蒲家在水上鬥個兩敗俱傷！爾等以為朱屠戶是傻子麼？集慶距離泉州水路有多遠，處州距離泉州陸地上才多遠？那朱屠戶放著自己最得意的兩支賊軍不動，卻要冒險從水面去偷襲泉州，他是吃飽了撐的，還是腦袋被馬蹄子踩過？」

「這……」眾文武大臣們被罵得無言以對，低下頭，目光盯著地板發呆。

妥歡帖木兒見到此景，愈發急火攻心。

「怎麼都不說話了，都變成啞巴了，還是吃人嘴短了？朱屠戶只用了五十萬貫，就收買得你等將江浙行省拱手奉上，如果他再多拿出一百萬貫來，朕是不是現在就得遠走塞北？」

「陛下！」受不了妥歡帖木兒的肆意栽贓，哈麻哭泣著叩頭道：「朱屠戶花五十萬貫買羊毛，雖然為臣弟雪雪暗中與其麾下馮國用交涉的結果，但這一筆錢的具體去向，臣卻早有帳本奉上！臣可以指天發誓，若有一文入了臣的口袋，臣願受五馬分屍之刑，生生世世永不喊冤！」

「陛下，朱賊當初承諾五十萬貫，是為了給其手下的工坊購買羊毛，而臣等陸續拿到了錢財之後，也都將其花在了百姓身上，未曾貪墨分文！如果陛下查出臣貪贓，臣願意與丞相一道領五馬分屍之刑！」侍御史汪家奴也趕緊磕了個頭，陪著平素跟自己不怎麼對盤的哈麻一道賭咒發誓。

「老臣冤枉！」

「微臣以身許國，絕無半點私心！」

「老臣家中雖貧，卻也不屑動這筆羊毛錢！」

「微臣……」

其他文武重臣們也紛紛開口，誰都不肯認領妥歡帖木兒憑空扣下來的罪名。

不是他們聯合起來欺君，而是妥歡帖木兒這做皇帝的，行事實在有些過於荒唐，默許淮安軍去找泉州蒲家算帳，而大元這邊對此裝聾作啞，是經過廷議之後才拿出來的決斷。今天在場的所有人，包括妥歡帖木兒自己，當時都抱著支持態度，誰也未曾試圖將淮賊送上門來的五十萬貫拒之門外。

雖然大夥當初都判斷錯了淮賊的下一步舉動，一廂情願地期待朱屠戶與泉州蒲家在海面上拼個兩敗俱傷，然後朝廷剛好去獲取漁翁之利，但卻不能說大夥都受了朱重九的收買，才故意錯判形勢；況且那五十萬貫足色淮揚大銅錢，已經到帳的部分，至少有兩成是與皇商在交易，所獲利潤都進了內庫，你當皇帝的不能剛剛收完了錢，轉頭就倒打一耙。

「你，你們……」

妥歡帖木兒被眾文武的態度氣得眼前一陣陣發黑，手扶桌案，身體前後搖晃，「你們都是忠臣，你們都是比干和諸葛亮，朕是商紂王，是扶不起來的阿斗還不行麼？來人，喊太子來，朕這就寫傳位詔書，當著爾等的面，把皇位傳給他，徹底遂了爾等的心願！」

「陛下！」哈麻等人聞聽，再度哭泣驚呼，「臣等冤枉！」

「臣等絕無此念，若是言不由衷，願遭天打雷劈！」

「陛下，臣等只是據實以奏，絕非有意觸您的逆鱗！」

……

說一千，道一萬，眾人就是不肯奉詔，包括站在妥歡帖木兒身邊的心腹朴不花，都哭泣著拜倒，請求他收回成命。

然而，妥歡帖木兒卻横下了心，發誓要立刻將皇位傳給太子，然後自己削髮遁入空門，青燈古佛，了此殘生。

實在被逼得沒了辦法，哈麻只好咬著牙道：「陛下，您非得現在就對朱屠戶動手？臣若是勉強拼湊，倒能拼湊出十萬大軍來！只是……」

「只是什麼？難道為國平亂，不是你分內之事麼？還是你捨不得來年那五十萬貫，寧願把整個江浙行省都一併賣給了朱賊?!」妥歡帖木兒聞聽，頓時來了精神。瞪圓了眼睛，厲聲打斷。

「不是！」哈麻紅著眼睛，用力搖頭。「陛下莫急，聽臣把話說完。臣先前遲遲不肯有所動作，一則是判斷錯了朱賊的用兵方向，二來，是想借助朱賊之勢強壓蒲家，也好從蒲家敲出此番興兵的錢糧來，以節省朝廷的花銷，既然陛下不想再等，臣只好白白讓蒲家撿一個便宜，臣這就去調集錢糧，整軍備戰。半個月之內，一定讓朝廷的兵馬殺過黃河去，逼迫朱屠戶從江浙回師自救！」

「錢糧？你是說打算讓蒲家自出錢糧？」一聽到「錢糧」兩個字，妥歡帖木兒肚子裡的無名業火就迅速減弱。

「的確，微臣先前確有此意！」沒想到自己隨口編造出來的理由，居然能讓妥歡帖木兒恢復理智，哈麻咬了咬牙，硬著頭皮繼續將謊言補充完整，「那蒲家仗著朝廷這幾年無力難顧，趁火打劫、要麼藉口海上航路不暢，肆意截留市舶司的抽水；要麼就隨便派一隻船過來，應付了事。臣查過戶部帳冊，這幾年蒲家最多一次，才給朝廷上繳了三百兩金子，而微臣剛剛開設的海津市舶司，每月遞解到國庫的抽水都有足色赤金一千餘兩！」

「當真？可惡，這蒲家的狗賊真是該死！」妥歡帖木兒聞聽，又恨恨地拍案。不過這次針對的不是腳下群臣，而是遠在數千里之外的泉州蒲家。

大元朝立國以來，對海上貿易一直處於不聞不問狀態，所以當初建立的十幾個市舶司，在有心人的運作下，迅速就被消減成了兩個，而這兩家市舶司上繳給國庫的收入，也是逐年遞減。

先前妥歡帖木兒因為距離遠兼事情多，還以為泉州市舶司真的商情凋敝，舉步維艱呢，如今跟剛剛開設的海津市舶司一比較，才知道自己即位這二十餘年來，到底被泉州蒲家給坑走了多少！

彷彿唯恐他不會算帳，哈麻的妹夫，禿魯帖木兒也磕了個頭，絮絮叨叨的道：「啟奏陛下，海津市舶司所停泊的商船主要跑的是淮揚和高麗，即便如此，每月都能給陛下賺回一萬貫銅錢。而那泉州市舶司，據聞與南洋諸國，天竺，乃至天方諸地都有商船往來，每月應得抽水恐怕是海津這邊的十倍不止，那蒲家卻仗著距離大都遙遠……」

「行了，別說了！朕知道了！」妥歡帖木兒用前所未有的力氣拍了下桌案，咆哮道：「爾等先前驅虎吞狼之策沒錯，錯的是朱屠戶，他居然放著蒲家不去搶，反而專搶朕的江浙諸路！該死，朱屠戶該死，蒲家更是該死，從世祖皇帝時就欺騙朝廷，一直欺騙到現在，應該被誅滅九族！」

對大元朝來說，十萬貫不能算多，但每月至少十萬貫，一年下來，可就是百萬貫之巨。蒲家當初以三千趙家皇室子弟的腦袋做投名狀，從大元世祖皇帝那裡騙取了信任，而後其家族掌控泉州市舶司近八十載，如果每年按照貪墨一百萬貫計，那，那又是何等龐大的一筆鉅款！

如果妥歡帖木兒這輩子都過得順風順水，他也許對金錢沒那麼敏感，但他偏偏是從小顛簸流離，即位初期又受制於權臣和瘋子太后，任何開銷都無法自主；前些年還兩度親眼目睹了國庫見底的窘境，因此，越算越生氣，越算越傷心。

到最後，甚至忘了自己今晚將哈麻等人召進皇宮中斥責的來由，一邊不停地咬著牙，一邊冷笑著補充道：「也罷，既然蒲家從沒拿朕當皇帝看，朕又何必替他家的興亡操心？等著，就依照你現在的策略，繼續等著。蒲家不主動向朝廷上繳錢糧，你就一兵一卒都不要發！」

「這……」

沒想到妥歡帖木兒被自己和妹夫二人臨時編織出來的幾句瞎話就說得出爾反爾，哈麻一時間非常不適應，雙手扶著地面抬頭張望，眼中寫滿了遲疑。

「起來說話，你還有什麼難處，儘管起來說。還有你們，定柱、汪家奴、月闊察兒，你們幾個也統統給我滾起來！」妥歡帖木兒被看得臉色微微一紅，喝令道。

當初決定驅虎吞狼的人是你，今晚怪我等遲遲不出兵的是你，現在又決定不出兵的還是你！都登基二十五六年了，居然還沒個準主意！月闊察兒等人俱是微微一愣，苦笑著磕頭，「是，臣等叩謝陛下隆恩！」

比起先前的翻臉不認帳，此刻勇於「改正錯誤」的妥歡帖木兒更令他們失望。皇帝是長生天的兒子，偶然翻雲覆雨一次，就像四季變化一樣，所有人都會認為正常，但**一天之內就連續變化好幾次，就遠遠脫離正常範疇了**，非但子民們會抱怨，其他「世間萬物」也會大受影響。

妥歡帖木兒卻絲毫沒察覺到諸位重臣的心理變化，扶著桌案喘了一會兒粗氣，又皺著眉頭問道：「雖然蒲家之惡絲毫不亞於淮賊，但朕卻不能眼睜睜地看著淮賊把江浙給一口吞下。諸位愛卿，汝等可有良策，能令淮賊跟蒲賊鬥得兩敗俱傷之後，卻無法於江浙立足？」

「這……」哈麻、定柱、月闊察兒等人以目互視，低聲沉吟。

俗話說，**捨不得孩子套不住狼**。鑒於眼下國庫的空虛情況和官兵的具體實力，**朝廷的最佳選擇，恐怕就是把早已收不上一文稅銀和一石糧食的江浙行省丟給朱屠戶，好給大元換取兩到三年的喘息之機，若想不動用刀兵**，就令朱屠戶將已經吞下去的地盤再吐出來，則無異於癡人說夢。

但有些想法可以心照不宣，卻不能據實以奏，特別是涉及到捨棄國土和「姑息」反賊這兩方面。一旦哪天當皇上的又不認帳了，提出建議的人，恐怕就得成為整件事情的罪魁禍首，弄不好，被戴上一頂「通淮」的罪名，滿門抄斬都極有可能。

「陛下，微臣有一策，也許能夠給淮賊致命一擊！」正當幾位重臣不知道該如何回應之時，在大夥的身後傳來一個年輕的聲音。

「胡鬧，哪有你說話的份！」侍御史汪家奴立刻轉過身去，衝著說話者大聲斥責，又向妥歡帖木兒躬身謝罪，「陛下，微臣管教無方，令犬子不分輕重，信口開河，請陛下將他逐出宮門，然後治微臣之罪，切莫聽他一派胡言！」

「無妨！桑哥失里雖然年少，但見識和謀略卻絲毫不遜於你！」妥歡帖木兒瞪了他一眼。

前一段時間，他開始佈局削弱哈麻，而汪家奴的兒子桑哥失里，恰是一枚非常可靠的棋子，既能感激皇恩，主動替皇家監視群臣的動靜，又頗有理財治政之能，可以令朝廷在拋棄哈麻之後，不至於沒有管理國庫之人可用。

所以，在能給桑哥失里創造展露頭角機會的時候，妥歡帖木兒絕對不會吝嗇，哪怕桑哥失里所獻之策沒有絲毫可行之處。

而桑哥失里這次也不負所望，向前躬身道：「陛下，微臣以為，那朱屠戶此刻非但是我大元的心腹之患，其他紅巾諸賊恐怕也恨他的多，敬他者少，否則數月前，他就不會遭到當街刺殺！」

「嗯，言之有理。」妥歡帖木兒點頭，「說下去，你到底有什麼辦法對付朱屠戶？儘管說，無論對錯，朕都替你撐腰！」

「謝陛下！」桑哥失里又躬了下身子，臉上露出幾分得意，「紅巾群賊想爭的是我大元江山。而眼下，朱屠戶的實力卻遠遠超過了他們，所以，請恕微臣說句喪氣的話，哪怕天命不歸我大元，恐怕也落不到他們頭上，因此，他們心中對朱屠戶之恨，恐怕更超過恨我大元。」

「有理！」妥歡帖木兒聽得眉飛色舞，撫掌稱道：「那群扶犁者能有什麼長遠見識，不過是恨人有，笑人無，眼下他們心裡所想，恐怕正如愛卿所言！」

「所以，微臣懇請陛下傳一道聖旨給天下群賊，凡是起兵與朱賊相攻者，朝廷盡恕其前罪，並且以其所占之地封之，以其所立之功賞之，許其封茅列土，子孫世襲，如此，朝廷不必發一兵一卒，定然可令朱屠戶四面受敵，轉瞬步西楚霸王後塵！」

「不可，陛下，此計萬萬不可！」話音剛落，哈麻就跳了起來，雙手如車輪般用力揮動。**「此乃禍國之計，滅掉一個朱屠戶，則再起來一個劉屠戶，張屠戶，即便僥倖成功，天下亦將永無寧日！」**

「臣也以為桑哥失里此策過於莽撞，且不說群賊會不會上當，即便他們真的與朱屠戶反目，陛下難道就如約封賞他們，准許他們永遠為禍一方麼？」太尉月闊察兒也站出來反駁。

接連遭到兩位老前輩的質疑，桑哥失里卻絲毫不驚慌，繼續道：「諸位可知西楚霸王死後，韓信、彭越之流的下場？我大元所忌，不過朱屠戶一人而已，待朱屠戶一死，劉福通、朱乞兒和彭和尚之流，不過砧上之雞爾，朝廷欲割其首，何患無辭？」

話音落下，宛若霹靂般照亮了大殿內所有人的眼睛。

入主中原七十餘年來，雖然每一任皇帝都在極力地確保蒙古人的「獨特」與「高貴」，但事實上，蒙古民族迅速地被同化，卻是誰也逆轉不了的趨勢，在場眾人，包括妥歡帖木兒這個皇帝，提起草原上那些古老的神怪傳說恐怕都會覺得陌生，反而提起一千五百多年前楚漢爭霸的諸多典故，卻個個如數家珍。

當年西楚雄兵威甲天下，漢高祖劉邦自覺不能力敵，就聯合各方力量，一道謀楚。封遠道來投的執戟郎中韓信為大將軍，用王爵和領地收買支持項羽的其他諸侯，令後者不斷倒向自己。最後垓下一戰，終於逼死了項羽，奠定了兩漢四百餘年基業。

而取得江山之後，劉邦就迅速翻臉，將韓信、英布、彭越等人盡數剷除，將其他異姓諸王殺的殺，廢的廢，把當初捨棄的土地和權力都收了回來。

如今大元朝所面臨的形勢，與當初劉邦所在漢國的形勢何其相似？朱屠戶一樣是兵威甲於天下卻不得豪傑之心，朝廷一樣是沒有能力單獨面對敵人，必須向外合縱連橫。而其他紅巾群雄，則同樣是爭鼎無望，惶惶不可終日，所以只要大元朝廷肯放下身段，像當初劉邦對待韓信、英布、彭越等人那樣許給國土和顯爵，未必就不能令紅巾群雄迅速站在自己的這一邊。

只要先滅掉朱屠戶這個最大的敵人，其餘紅巾諸侯就都不足為慮，朝廷可以徐徐圖之，分而制之，早晚有連本帶利都收回來的那一天！

「那劉福通、張士誠等輩，可都視我蒙古為異族！」哈麻用力吸了口氣，提醒道。

紅巾賊之所以能夠蔓延得這麼快，在蒙元君臣看來，其中有一個非常重要的原因，就是他們提出了「驅逐韃虜」這一極具蠱惑性的口號，而投靠朝廷，轉身去對付朱屠戶，則會令許多豪傑失去道義上的根基，進而受到其各自麾下將士和百姓的唾棄。

「當年許衡有云，夷狄入華夏則華夏！」桑哥失里的反應非常迅速，「天下讀書人都為孔子門生，而孔家卻在四十年前，受我大元皇恩，重新得正衍聖公之位！此外，朱屠戶沉迷平等之夢，重草民而輕豪傑，而我大元，卻願與豪傑名士共治天下，兩相比較，**支持誰更為有利**，紅巾諸賊理當一目了然！」

在場君臣聞聽，眼睛愈發明亮，瞳孔中簡直要冒出冰冷的寒光來，沒錯，紅巾賊造反的時候，的確都採用了「驅逐韃虜」這一煽動性的口號，但口號不能當飯吃，怎麼選擇對自己最為有利，最終還是要看現實。

現實中，朱屠戶試圖建立起來的，是一個**人和人之間無分高低貴賤的上古之治**，一旦其獲得成功，紅巾群雄不僅從中撈不到足夠的好處，想保住現在的地位和權力都難比登天，而大元朝卻正好與朱屠戶那邊相反，尊重每一位有本事的豪傑，尊重每一位替他搖旗吶喊的士大夫，可以將皇權給他們共用，大夥一道來統治全天下的草民。

已經**嘗過權力滋味的群雄，怎麼可能甘心放棄**？他們肯定要抗爭到底，即便不在明面上爭，暗地裡也會全力以赴，這一點在朱屠戶推出他的平等之約時，已經無法挽回。其他恩怨和衝突，都可以暫且靠後。所以，從長遠來看，大元朝與紅巾群賊才該是天生的盟友，而朱屠戶則是全天下人上人的死敵！

第四章

明君能臣

「明君」和「能臣」的設想非常完美，
只是聖旨被詔告天下後，收到的結果卻不太理想，
妥歡帖木兒和桑哥失里兩個期待中的
朱重八倒戈來投的情形遲遲沒有出現，
倒是打著紅巾軍旗號的土匪草寇，紛紛宣布「奉詔勤王」。

「萬一朱屠戶惱羞成怒，斷絕與朝廷這邊的商貿往來，京畿各路今年秋天才開闢的牧場豈不要白白荒廢？各家莊園剛剛購買的紡車，豈不也要被束之高閣？」實在被逼得沒辦法，哈麻不得不將自己最關心，也最不便公開的問題拋了出來，以期能喚起在場同僚的警醒。

與淮揚做買賣的收益，朝中群臣或多或少都有分潤，上百萬斤羊毛的收購合同，大多數也被當朝重臣名下的田莊和牧場瓜分。至於由奇皇后帶領六指郭恕等人開發出來的新式人力紡車，如今更賣得到處都是，萬一南北貿易切斷，羊毛和紗線就會無人問津，數十萬，甚至上百萬的小家小戶就要失去生計，鋌而走險。

所以**惹惱了朱屠戶，最可怕的不是發生戰爭，而是戰爭導致南北貿易中斷，**從奇皇后往下，一直到京畿附近的普通百姓，誰的利益都要蒙受損失，**誰都不可能獨善其身！**

然而這個問題，依舊沒難住胸有成竹的桑哥失里，只見他輕輕拱了下手，笑著向哈麻請教，「敢問丞相，朱屠戶麾下的第三軍團攻入建德路之時，南北貿易可曾斷絕？」

「這，當然沒有！」哈麻被問得微微一愣，旋即鐵青著臉搖頭。

早知道哈麻會如此回答，桑哥笑了笑，再度問道：「那朱屠戶麾下第三軍團與驃騎大將軍楊完者在山區血戰時，朝廷可曾封鎖運河，以為楊大將軍張目？」

無論年齡還是官場經驗，他都遠不及哈麻，然而兩個問題拋出之後，卻徹底掌握了場上的主動，逼得大元朝丞相哈麻額頭見汗，嘴唇發黑。

「沒，當然也沒有，朝廷這兩年歲入不及支出的一半，這一點，想必你也非常清楚，若是切斷了運河，不准商船往來，後果絕非你我所能承擔得起！」

「這就對了嘛！」桑哥失里得意洋洋地點頭，然後翹著下巴，目光掃視全場，「陛下，諸位前輩同僚，朱屠戶縱兵劫掠江浙，而朝廷卻不肯切斷運河，切斷雙方貿易往來，這是為何？無他，**捨不得財稅之利爾**！敢問光是朝廷從雙方貿易中獲利，朱屠戶那邊就一直賠本賺吆喝麼？顯然不可能！據晚輩所知，朱屠戶那邊對商貿之利的依仗更深，所以，只要雙方沒再度陳兵黃河，恐怕運河上的商船往來就不會斷，而晚輩先前所獻之策，朝廷只需要出一道聖旨，公然詔告天下便可，無需出一兵一卒，亦無須出任何錢糧。」

在場眾權臣們，除了面如土色的哈麻之外，全都兩眼放光，只要商路不斷，他們自家利益就沒有什麼損失，畢竟朱屠戶把羊毛買走，也是為了紡線織布，不會屯在倉庫裡任憑其爛掉，只要羊毛面料繼續像眼下這般熱銷，那商販之國淮揚就絕不會主動停止生產，進而拒絕從北方購買羊毛。

「善，大善！」就在大夥對桑哥失里佩服得幾乎五體投地的當口，御案後又傳來了妥歡帖木兒的拍案讚嘆之聲。

貿易中斷不中斷無所謂，作為大元天子，他可以再想其他辦法來充實國庫，失之桑榆，收之東籬，他更在乎的是桑哥失里先前所說的最後一句話，**朝廷無需出一兵一卒，亦無需出任何錢糧**。

「若能憑一紙詔書安定天下，朕何樂而不為？桑哥失里，這道詔書就由你來擬。擬好之後，朕立刻用印，然後轉付有司頒行天下。丞相、御史、太尉，你們三個不必再質疑，即便此計最終失敗，對朝廷來說也沒什麼實際損失！」妥歡帖木兒根本不想再聽到任何反對之聲。

「微臣願為陛下捉刀！」桑哥失里立刻屈膝跪倒，欣然領命。

「臣等遵命！」哈麻、汪家奴、月闊察兒等人不敢再有異議，紛紛躬身回應。

「汪家奴，你養了個好兒子！」妥歡帖木兒大讚：「無論此計是否奏效，至少，朕看到了他的一片赤膽忠心。如此少年才俊，朕不能不用。朴不花，你也替朕擬旨。從明天起，桑哥失里入中書省，為中書省事參議，輔佐哈麻，掌管天下錢糧，其弟天昊、寶童，入宮為怯薛，伴太子讀書習武！」

「謝陛下隆恩！」侍御史汪家奴喜出望外，先前心中因為有可能得罪哈麻而產生的擔憂，瞬間一掃而空。

中書省事參議雖然才是正四品官，遠不如他這個侍御史，但位置卻非常關鍵，非但可以隨時參與朝政決策，同時還負責監督六部運轉，管轄軍國重事的預算，而他的另外兩個兒子入宮陪太子讀書習武，則等於皇帝對汪家下一代的富貴也做出了保證，可以預計今後二十年內，只要大元朝國祚不衰，汪家就富貴綿長。

他這般喜不自勝，丞相哈麻心裡卻是五味雜陳，身為百官之首，自己對於日益發展壯大的淮揚反賊無計可施，而一個後生晚輩桑哥失里，卻能將妙計信手拈來，舉重若輕。今晚過後，在皇帝和諸位同僚眼裡，**他的小心謹慎全成了昏庸糊塗，而汪家奴的兒子，卻成了銳意進取，聰明果決的後起之秀。**

有這樣一個後起之秀在，恐怕自己先前預料的結局，會比原先大為提前了！而曾經與自己共進退的汪家奴，想必也找到了更好的選擇，再也不用唯自己馬首是瞻。

想到這兒，哈麻不覺一陣陣發冷，兩眼望著正在興頭上的妥歡帖木兒和桑哥失里二人，再也不想多說一個字。

右丞相乃大元百官之首，桑哥失里和汪家奴父子的迅速崛起，主要分權對象也是哈麻，所以，既然連哈麻自己都不願意計較，其他文武重臣，如左相定杜、太尉月闊察兒，以及哈麻的妹夫禿魯帖木兒等人，也都沒必要故意跟妥歡帖木兒對著幹，於是乎，桑哥失里的「絕計」迅速就被付諸實施，大元朝中書省、樞密院以及相關各部門迅速行動了起來，以前所未有的明快速度，將妥歡帖木兒的聖旨貼遍了蒙元朝廷所控制區域內的每座城池。

「明君」和「能臣」的設想非常完美，只是聖旨被詔告天下之後，收到的結果卻不太理想，妥歡帖木兒和桑哥失里兩個期待中的劉福通、朱重八、彭和尚等人倒戈來投的情形，遲遲沒有出現，倒是流竄於中書、陝西、甘肅和雲南等地，一些打著紅巾軍旗號的土匪草寇，紛紛宣布「奉詔勤王」。

其中最大的一夥，規模才五萬上下，其中能提刀上陣的青壯不足一萬，其餘全都是老弱病殘，顯然，這些人是發現自家地盤距離朱屠戶很遠，無論怎麼叫囂都沒有危險，所以才趁機出來撿現成便宜。

而只要他們接受招安，蒙元朝廷和地方官府按照白紙黑字的詔書，就不得不捏著鼻子承認他們對各自所控制地盤的合法統治權，並且從此之後，很長一段時間內再也不能派兵去征剿，任由他們從先前的奄奄一息的邊緣上慢慢恢復實力，死灰復燃。

「千金買馬骨而已！他們既然肯奉詔，朕又何必苛求太多？搠思監，明日起，你代朕去巡視來歸群雄，核實其麾下兵馬的真實數量、鎧甲兵器裝備情況，以及這些人的才能授官！若有切實可用之兵，則酌情整理之，自成一軍，補給、糧餉皆照察罕帖木兒和李思齊兩人舊例！」

心裡明白自己行事又莽撞了，但是妥歡帖木兒卻不願意著手補救，相反，他乾脆將錯就錯，派遣樞密院知事搠思監去收編新降各路土匪流寇，以備將來之需。

「是！」搠思監與哈麻等人一同鬥垮了脫脫之後，卻沒得到足夠的分潤，這兩年日子正過得委屈，此刻聽妥歡帖木兒將領兵的機會直接賜給了自己，無法不喜出望外，當即出列跪倒，大聲領命。

「桑哥失里，你從御史臺中找幾個膽大忠心的漢臣，派他們出使紅巾各部，當面明示朕的求賢若渴之心！」

妥歡帖木兒再接再厲，公開表明對桑哥失里的支持，成功地給哈麻又樹立了一個勁敵。

「微臣願意親自前往汴梁走一遭！」桑哥失里不甘心自己好不容易才想出來

的絕殺妙計居然變成了一個大笑話，主動請纓。

「這……」妥歡帖木兒原本對桑哥失里有些失望，在對方懇求的那一瞬間，不禁又刮目相看。

「愛卿，你又不是漢人，那劉福通狼子野心，萬一他……」

要知道，眼下盤踞在汴梁的劉福通、韓林兒部，是除了朱屠戶之外，第二有進攻性的勢力，並且，劉福通可不像朱屠戶那樣假道學，講究什麼兩國交戰不殺來使的規矩，萬一哪句話說得不妥當惹惱了他，桑哥失里恐怕就沒有機會再活著回來。

然而，桑哥失里卻是豪氣干雲地道：「陛下對微臣有知遇提拔之恩，臣正愁無以為報，此行若能說得劉福通來降，微臣縱然粉身碎骨又何足惜？此行即便不能說得劉賊倒戈，微臣亦可以送回汴梁那邊的詳實情報，若能讓朝廷今後在剿賊的時候知己知彼，微臣縱死亦死得其所！」

「這……」妥歡帖木兒眼裡隱隱泛著幾分淚光，這就是我大元的少年才俊，勇於擔當，為國不惜殉身，相比之下，脫脫、哈麻之流，哪個不是行將就木，貪生怕死?!

想到此處，他斷然拍案，「也罷，你去，朕在大都城裡為你祈福，若是你能成功歸來，朕必不惜平章之位；若是你此番捨生取義，朕亦不會辜負你一腔熱血，必讓你的兩個弟弟，還有你剛剛兩歲的兒子富貴終生！」

「謝陛下！微臣這就去挑選人手，為陛下招攬群雄！」聽妥歡帖木兒說得激動，桑哥失里也紅著眼跪倒叩頭再拜，然後昂首出門，義無反顧。

君臣兩個都悲壯到如此地步，哈麻原本預先安排的一些針對桑哥失里的手段，就全都成了昏招，沒等發出就宣告胎死腹中；而妥歡帖木兒也不準備給群臣們太多的「掣肘」機會，草草過問了幾句東南方向的戰事，就宣布散朝。

哈麻沒能報復到政敵，愈發地心灰意冷。出了大明殿，連跟老朋友月闊察兒、定柱等人打招呼的精神都提不起來，跳上坐騎，揚鞭便走。

本打算回到家中，迅速聯絡自己的弟弟雪雪，儘早安排整個家族的退路，免得事到臨頭措手不及，誰料剛剛走過一個街口，就看見工部侍郎、軍械局大使、百工坊主事郭恕，笑吟吟地朝自己的衛隊走了過來。

「丞相，暫且留步。下官有要事相稟！」

「吁——！」哈麻拉了下韁繩，心中雖然憋著一肚子無名業火，卻不會發洩在無辜的人頭上，特別是像郭恕這種對自己沒任何威脅，卻又經常能出入皇宮的「后黨」頭上。

「丞相，下官幸不辱命，已經揭開了燧發火銃之秘，如果丞相有空，請移步往軍械局。」郭恕急追幾步，滿臉期待地發出邀請。

「是那種不用藥撚，扣動扳機就可以擊發的木器？」哈麻為之精神一振。

這些年，朝廷的武力之所以被淮賊越甩越遠，最大問題就出在火器上面，四斤炮，六斤炮，火繩槍，燧發槍，朱賊就像魯班轉世一樣，不斷地造出神兵利器，而朝廷這邊投入了巨大的精力和財力，卻始終追趕不及。

如今，燧發槍之秘居然被六指郭恕給破解出來了，怎能不讓人喜出望外？如果真的能裝備上數萬支燧發槍，自己和雪雪兄弟兩個又何必仰人鼻息！

「正是！」被哈麻熱辣辣的目光看得心裡發虛，郭恕將頭側開道：「太子殿下此刻也正在軍械局。如果丞相現在就過去，剛好能指點他幾句！」

「太子殿下？」哈麻警覺地四下看了看，心中的火熱迅速變涼。

太子愛猷識理達臘，為妥歡帖木兒與奇皇后的長子，甚受寵愛，於至正十三年被正式立為儲君，詔告天下。

最近兩年妥歡帖木兒沉迷修煉「演蝶兒」秘法，騰不出足夠的時間來處理政務，太子「當仁不讓」地開始替父分憂，非但在中書省、御史臺、樞密院內大肆安插自己的嫡系輔臣，送給妥歡帖木兒親自批閱的重要奏摺，也要求先交給他看一遍，在丞相的意見下補充自己的意見之後，才准許送入皇宮。

剛剛才年滿十六歲的人，即便再天縱之才，見識和政治水準仍非常有限，所以太子的很多批示，其實是幾個東宮輔臣代為捉刀，那幾個輔臣其實能力也很一般，因此很多時候，他們的意見充其量只是在彰顯太子的存在感，其他方面不值得一提。

但妥歡帖木兒不這樣麼看，他自幼喪父，登基後又因為沒有任何經驗和私人班底，長期受制於權臣，因此總想避免兒子吃同樣的苦頭，對太子大肆安插私人、胡亂插手朝政的行為，不僅不制止，反而持默許甚至鼓勵的態度，以防某天自己受到了佛祖的召喚，太子因為經驗不足或者班底不夠雄厚，導致皇權再度落入奸臣之手。

如此受自家父親的信任，按理說，太子殿下應該知足才對，但事實上並不是如此。這位剛剛年滿十六歲的黃金家族翹楚，今天居然恰好「巡視」到了軍械局，並且信心十足的等待當朝丞相哈麻前去指點自己，**其真實目的，明眼人一看便知。**

哈麻算不上什麼驚才絕豔之輩，卻也不至於昏庸糊塗，聽到郭恕的提示，心中警覺頓生。

郭恕也猜到了他的反應，笑了笑，將聲音壓低，「時局糜爛如斯，有志者皆痛心疾首，偏偏那桑哥失里跳脫孟浪，居然妄圖以一紙詔書來滌蕩天下，太子知其必不能成事，卻礙於孝道，無力當面阻止，所以想跟丞相問一良策，如何才能將此等小人逐出朝中，以免其繼續蠱惑聖君！」

哈麻內心開始飛快地盤算，**如果自己與太子聯手，鬥垮汪家奴父子，重新扳回局面的機會就可能倍增**；但重新扳回局面之後呢，接下來的**愛猷識理達臘與妥歡帖木兒父子之間的對決，自己是否還穩操勝券？**

甭看眼下妥歡帖木兒對著兒子滿臉慈愛，並且放心地將許多權力交給兒子來代管，那是因為他有把握將這些權力隨時收回去；如果發現愛猷識理達臘試圖推翻他，或者讓他去做太上皇，恐怕**所謂的父慈子孝立刻就變成兩把血淋淋的鋼刀**。

作為妥歡帖木兒的奶兄，哈麻深知皇宮中那位奶弟的內鬥本事，從權相伯顏、太后卜答失里，再到另外一個權相脫脫，每一個曾經輕視過妥歡帖木兒的人，最後都死無葬身之地，其餘被碾壓成齏粉的小魚小蝦，更是不計其數。

這也是他明明察覺出妥歡帖木兒已經著手對付起自己，卻生不出任何反抗之心的一個重要原因。**雙方的實力根本不在一條線上**，既然怎麼反抗都反抗不贏，還不如找個機會逃之夭夭。

但是這些想法和打算，哈麻卻無法跟郭恕明言，更無法直接告訴太子。**沉浮官海多年的他，知道什麼叫做「翻雲覆雨」**，如果他敢以「毫無勝算」為理由拒絕太子的拉攏，恐怕今天晚上郭恕就會走入汪家奴府內，代表太子與對方結成聯盟，齊心協力將自己推入萬丈深淵。

「對於制器之道，某可算是一竅不通！」反覆權衡之後，哈麻陪著笑臉做出了抉擇，「所以，郭大使還是直接將此事上報給陛下，由陛下來定奪是否大肆製造為好。至於太子那邊，陛下指定由李好文輔導，並由禿魯帖木兒傳授弓馬兵略，某雖然為大元丞相，亦不便越俎代庖！」

「這……」這回輪到郭恕發傻了，臨行前，他與太子討論過，認為如今哈麻在疲於招架之際，絕對不會拒絕來自東宮的強力招攬，**誰料哈麻卻如此不識時務，寧願被汪家奴父子踩得灰頭土臉，也不肯與東宮結成聯盟。**

「其實，還有一個人，太子理應多向她請教！奇皇后手中有的是能人異士，如果太子心中有惑，何不向她請教一二，即便是三言兩語，也勝過外人廢話一車！」

看到郭恕滿臉震驚的模樣，哈麻心裡隱隱浮現一股報復的快意，常言道，有其父必有其子，你妥歡帖木兒生性涼薄，防賊一樣防著相權做大，威脅到你的皇位。卻萬萬想不到，**真正試圖將你從皇位上拉下來的，卻是你的親生兒子。他跟你一樣，眼睛了除了皇位之外，再無其他。**哪怕是自家老父攔了路，也要揮刀劈之。

這對父子無論跟著哪個，哈麻都不認為自己會落到好下場。所以，他乾脆選擇後退一步看戲，至於如何才能不遭太子的報復，他已經想好了。**父子相殘的戲碼還不夠分量，按照自己多年看戲的經驗，最好再加上一個夫妻反目，台上的悲情才會贏得台下如雷喝彩之聲。**

一番話，說得郭恕直發愣。哈麻卻不肯再給對方過多思考時間，抖動韁繩，策馬遠去。

直到馬蹄聲都快從盡頭消失了，郭恕才勉強緩過神來，望著遠去的煙塵喃喃道：「老狐狸，居然連挑撥人家夫妻反目的損招都敢出，真是奸猾透頂，不過……」

忽然間，他又啞然失笑，「倒也值得一試！若能得皇后出手相助，太子必然穩操勝券！」

笑過之後，也不再去跟哈麻糾纏，撥轉坐騎，徑直返回軍械局，向在那裡翹首以盼的太子愛猷識理達臘覆命。

後者雖然年紀輕輕，卻殺伐果斷，聽完後，立刻吩咐：「這個哈麻居然能出如此陰損的主意。此計雖然可行性甚高，卻白白便宜了他，**想獨善其身，哪那麼容易?!**六指，你立刻派人去追趕桑哥失里，替我送他寶劍一把，烈酒三罈，以壯行色！」

寶劍只適合拿在手裡把玩，在戰場上的作用還比不上一根短矛；烈酒在大元朝的頂級權貴圈子裡，也不是什麼稀罕貨，遠比不上大食人從海上萬里迢迢運來的葡萄釀，但是太子殿下相贈的寶劍和烈酒就完全不一樣了，那意味著桑哥失里同時受到了兩代帝王的賞識，個人前途不可限量。

畢竟是後起之秀，桑哥失里不像哈麻那樣熟悉皇家內部的秘辛，得到太子愛猷識理達臘的贈禮之後，感動得熱血澎湃。恨不得插翅飛到汴梁，憑著三寸不爛之舌說得梟雄來歸，以酬太子和皇帝對自己的器重。

只是這兩年大元朝國庫空虛，各地館驛資金嚴重短缺，所以出了京畿之後沒多遠，他便找不到合格的坐騎供沿途更換了。

憑著一股熱情硬撐著又向南走了六百餘里，好不容易才趕到了順德，耳畔忽然又傳來一個噩耗，江浙行省平章政事、信州路達魯花赤邁里古思提兵救援石抹宜孫，誤中胡賊大海圈套，全軍覆沒。

「該死！」桑哥失里從腰間抽出太子所贈寶劍，狠狠砍在餵馬的石頭槽子上，火星四濺。

連續奔行多日的坐騎被嚇了一大跳，抬起頭悲鳴抗議。

「你這光吃草不幹活的廢物，別叫了！再叫，老子一劍捅了你！」桑哥失里側轉劍身，狠狠抽了坐騎兩下，咬牙切齒地道。

圍點打援，這麼簡單的策略，滿朝文武居然沒一個人看出來，沒一個人想到給邁里古思提個醒，**那幫尸位素餐的老匹夫們，整天都在琢磨什麼**？還是他們真的像民間傳言的那樣，都早已被朱屠戶買通了，巴不得大元朝早日亡國？

後一種說法，最近在大都城內的茶館酒肆中流傳甚廣，桑哥失里原本覺得傳言荒誕不經，但隨著他越來越接近大元朝的權力中樞，他就越發覺得謠言未必全都是空穴來風。

眼下大都城內把持著南北貿易的是哪幾個家族，幾乎人盡皆知，桑乾河畔鱗次櫛比的水力作坊，都是誰出資興建？所產的貨物又都賣給了誰家，基本上也都一目了然，如果哈麻、月闊察兒、定柱、禿魯帖木兒等人未曾與朱屠戶暗通款曲的話，**朱屠戶怎麼可能每年讓他們都賺到那麼多的金銀？**退一萬步講，如果不是貪圖羊毛、紡織以及其他南貨分銷所帶來的巨額紅利，哈麻等行將就木的老臣又怎麼可能會千方百計阻止朝廷向淮揚用兵？

正所謂先定其罪，就不愁找不到證據，**越是順著某種陰暗思路琢磨，桑哥失里越發覺得眼下大元朝廷內站滿了奸臣**。而想要讓朝廷重新振作，恢復蒙古人先輩們的輝煌，就必須**換上新鮮血液**，換上像自己這樣精力充沛且對朝廷忠心耿耿的少年俊傑。

然而自己正奉命出使劉賊福通，不能立刻回頭，所以唯一的辦法，就是效仿蜀漢丞相諸葛亮，上表陳詞。

想到這兒，桑哥失里小心翼翼收起寶劍，邁步走回驛站大堂，「拿筆來，本官要給陛下和太子上書！」

驛站的小吏哪敢招惹這個看上去來歷極為不凡的傢伙，慌忙找來筆墨紙硯供其使用。

桑哥失里也不在乎別人看自己的眼神怪異不怪異，借著滿腔熱血，潑墨揮毫：「陛下以重任託臣，臣不勝惶恐，沿途每夜輾轉反側，所思無非如何剪除群賊，重鑄九鼎，以酬陛下與太子知遇提拔之鴻恩。然臣嘗聞『欲攘外者，必先安內』，蓋內疾先除，外邪自然難侵，而醫者之謂內疾，乃五臟疲敝，經絡凝滯，血脈不通也，是以……」

一篇文章寫得情深意切，切中時局，隱隱將當朝幾個權臣都比作了五腑六臟中的沉痾，必須下猛藥果斷剝離，然後引入新血，革除舊弊，由內而外自強自新，然後招攬天下豪傑，將群寇逐個剪除……

寫完奏摺，桑哥失里用皮囊封好，交給自己的心腹侍衛，命令他星夜返回大都，請求自家父親急速入宮，面呈大元皇帝陛下。

本以為奏摺被皇帝陛下預覽之後，自己就會立刻奉詔還都，換一個不太重要的人來繼續出使汴梁，故而接下來七八天，他一改先前急匆匆的模樣，將腳步放得極為緩慢。

誰料想期待中的詔書沒有來，第九天卻接到了他父親汪家奴的親筆信，拆開信囊，裡邊只有四個大字：「**少管閒事**！」

「這怎麼是閒事？怎麼可能是閒事？」桑哥失里一看，知道自己一腔熱血寫就的奏摺被父親汪家奴給吞沒了，根本沒送入皇宮，氣得牙齒緊咬，兩隻眼睛噴煙冒火。

「老大人說了，你要是不想讓全家死於非命，就老老實實去出使汴梁。那劉福通雖然惡名在外，但既然自稱為宋國丞相，就不會做得太難看。」

那家將顯然早有準備，迅速四下看了看，正色相告，「如果你想繼續一意孤行的話，麻煩你，等回到大都之後，先把自己家搬出去，跟他父子兩個恩斷義絕，從此各不相干！」

「胡說，我對大元忠心耿耿！」桑哥失里大怒，揮起馬鞭朝著家將猛抽。後者被打得滿臉是血，卻不閃不避，直勾勾地看著他，道：「大人您若是不信，自管再派人回去問，這些話是不是老大人親口教小人說的，如果小人背錯了一個字，願遭天打雷劈！」

「你這奴才分明是偷懶，才自作主張扣了老子的信，來回空跑！」

明知對方說的可能是實話，桑哥失里卻像發了瘋一般，繼續揮動鞭子。如果他父親汪家奴寧願跟他斷絕父子關係，也不肯幫他送奏摺入宮，只能說明一件事，**他父親也是那群誤國奸臣的同黨，而他，早晚需要在大元和自家父親之間做一個抉擇！**

「大人，您稍微省些力氣吧，接下來還要趕很遠的路呢！」其他幾名家將見桑哥失里準備將送信人活活打死，未免有些物傷其類。紛紛圍攏過來，拉胳膊的拉胳膊，扯馬韁繩的扯馬韁繩。

「你們都是一群混帳，懶鬼！尸位素餐的廢物！」桑哥失里鞭子被奪走，心中餘怒無處發洩。衝著眾隨從破口大罵，直到嗓子出了血，才吐了口鮮紅色的吐沫，恨恨地策馬繼續前行。

這一回，他不再故意拖拉，而是走得風馳電掣，眼看就要到黃河邊上，正要找當地官府協助徵調船隻，卻看見數名背著角旗的信使急匆匆地從衙門裡衝了出來。

桑哥失里一看到角旗的顏色，就知道又出現了緊急軍情，想都不想策馬擋住對方的去路，同時嘴裡大聲喝問：「站住，到底發生了什麼事，令你等如此慌張？」

他知道幾個信使的大致情況，幾個信使卻不認得他這位快速崛起的朝中新貴，見有人居然敢把馬擋在官道中央，氣得揮動皮鞭，兜頭便抽，「哪裡來的孤魂野鬼！活得不耐煩了，來，老子成全你就是！」

「找死！敢打我家大人！」眾家將見了，趕緊上前護駕，無奈動作稍慢了些，眼睜睜地看到桑哥失里被人從馬上抽了下來，頭破血流。

「不要打，我家大人是中書省正四品參議，你等擔待不起！」情急之下，一名家將從馬鞍後抽出桑哥失里的官袍，迎風抖動，「不要打，再打，老子讓皇上抄你九族！」

「狗屁個正四品參議，要是沒我家大人在黃河邊上頂著，早讓紅巾賊給殺了，沒事不在城裡蹲著養膘，到老子面前抖個屁威風！」信使們知道闖了禍，卻不肯服軟，高舉著馬鞭，繼續喳喳呼呼。

「好，好，你們有種！」桑哥失里打著趔趄從地上站起來，伸手抹了一把臉上的血，咬牙道：「有種，就報上你家大人名號，老子自己找他去問個公道！」

「報就報，怕你怎地？」那信使頭目膽子也大，撇著嘴挺了下胸脯，大聲回道：「我家大人就是皇上欽封的河南江北行省平章，保義軍都元帥，姓李名思齊。小子，你敢攔我家大人的軍情文書，罪該萬死！」

「我是中書省參議，有權參與過問軍國諸事！」桑哥失里氣得直哆嗦，但說話的語調不得不先降低幾分。「你且說到底有什麼緊急軍情，讓你連本大人的車駕都敢衝撞？」

李思齊原本為趙君用麾下的愛將，前幾年脫脫征剿紅巾軍時才斷然投降了朝廷，如果換做太平時節，像這種沒根腳的降將，即便職位再高，桑哥失里也敢打上門去。然而，現在畢竟不同於以往，李思齊手裡養著四、五萬大軍，駐防位置又臨近黃河，萬一他把對方逼急了，再度倒向紅巾軍，恐怕妥歡帖木兒即便再欣賞某人，也不得不借他的人頭來平息眾怒。

那群信使得知桑哥失里的身分之後，心中也是惴惴，聽對方先鬆了口，立刻順勢下坡，「非小人們有眼無珠，而是軍情實在要緊，那浙東宣慰使石抹大人，三天前被胡大海給陣斬了，所部兵馬再度全軍覆沒！如今，胡、徐二賊已經會師，併力殺進了建寧路，陳友定大人獨木難支，江浙全省岌岌可危！」

「你說什麼？石抹宜孫死了？」桑哥失里打了個哆嗦。

「你這位大人可真有意思！這麼大的事情，誰還能騙你不成?!」信使像看傻子一樣看了他一眼，不耐煩地回應，「再說，石抹大人被困樊嶺都快一個月了，內無糧草外無援兵，怎麼還可能堅持得下去！」

「就是麼，可惜了一條好漢子。硬是被泉州蒲家給坑死了！」其他幾名信使也撇著嘴道。

「蒲家又怎麼坑了他？」到了此時，桑哥失里再也顧不上在乎對方態度倨傲不倨傲了，扯住一名信使的馬韁繩，繼續刨根究底。

冷靜下來仔細斟酌，石宜抹孫戰死，實在沒什麼值得奇怪之處，畢竟他被困在樊嶺上那麼久，朝廷方面沒能做出任何替他解圍的動作；而數日前，自發趕去救援他的信州路達魯花赤，契丹人邁里古思，又中了胡大海的圍點打援之計全軍覆沒，在這種絕望的情況下，哪怕是孫吳轉世，都無法指點石抹宜孫轉危為安，更何況胡賊大海那邊還得到了徐賊天德的增援，兵力陡然又暴漲了一倍。

但把石抹宜孫的死算在泉州蒲家的頭上，就有些令人生疑了，雖然朱屠戶此番南侵，打的旗號是向蒲家復仇，但事實上，誰不知道他是看中了江浙的膏腴之地，想借道伐虢?!

「你這位大人一看就是剛剛從大都城下來的，根本不知道底下的彎彎繞！」信使扯了下馬韁繩，沒好氣地回道：「若不是蒲家在江浙行省一手遮天，跟丞相拜柱哥一道逼著他去送死，石抹宜孫犯得著把兵馬拉到樊嶺上去麼？稍微向後躲一躲，去信州與邁里古思大人會合，胡大海難道還能追著他不放？結果石抹宜孫大人戰死了，邁里古思大人也戰死了，陳友定大人在慶元苦苦支撐，而他泉州蒲家至今還跟沒事人一樣，連一兵一卒都沒有發！」

「啊！」桑哥失里再度聽得目瞪口呆。

在朝堂上，他只知道石抹宜孫忠勇無雙，泉州蒲家富可敵國，卻不清楚石抹宜孫率部跟淮安軍死磕，居然**後面還藏著這麼多玄機。那蒲家在江浙行省一手遮天到底是怎麼回事？丞相拜柱哥大人不是黃金家族的嫡系麼？他怎麼能置國事於不顧，任由蒲家操縱擺佈？**

一肚子疑問找不到答案，想再仔細瞭解一些詳情，那信使卻已經不耐煩，又用力扯了幾下韁繩，道：

「大人，這事你不該問我，多停留幾日，你就什麼都明白了。不過，明白了也沒用，胡大海都馬上打到福州去了，太不花大人連我們保義軍的糧餉還欠著好幾個月呢！都這時候了，誰還有本事救得了江浙？」

說罷，猛地一夾馬腹，帶頭從桑哥失里的身邊急衝而過。其他幾位信使迅速拍馬趕上，轉眼間，就將大都城裡來的一行人拋在了馬蹄濺起的煙塵當中。

「胡哥，你平素謹言慎行，怎麼今天跟那廝說了那麼多？」直到跑出了四、五里遠，信使隊伍中才有人向自家頭目請教。

被喚作胡哥的信使頭目回頭看了看，確信周圍已經沒有了外人，冷笑道：

「說那麼多幹什麼？我是想讓他心裡有個譜，別指望咱們保義軍再去跟朱屠戶拼命。都是爹娘養的，誰比誰賤多少？奶奶的，為了救一個蒲家，把多少好漢子都搭進去了？憑什麼？老子們又沒收蒲家的好處，誰收了，自己拎著刀子上便是！」

「那是，那是，咱們連糧餉都得自己去弄，憑什麼替蒲家去賣命？」其餘一眾信使也撇著嘴，連連點頭。

「不過這招能行麼？」其中一個看似年齡稍長的信使想了想，遲疑著說道：「那小子一看就是剛出道沒幾天的愣頭青，你跟他說這些，他除了自己叫喚兩聲之外，難道還能捅上天去？」

「老李，你這就錯了，越是這愣頭青才越不管不顧！」被喚做胡哥的頭目又撇了撇嘴，繼續冷笑著道：「要是換了個老成持重的，反而又該考慮什麼狗屁大局了，誰會把咱們的生死當一回事！」

「那是，胡哥不愧是大人一手調教出來的，就是看得長遠！」眾信使紛紛點頭，拍著自家頭目的馬屁。

他們幾個放了一把火，就不問結果了，桑哥失里心中卻再度義憤填膺。

泉州蒲家與江浙行省丞相拜柱哥沉瀣一氣，陷害忠良。太不花私吞糧餉，消極避戰；保義軍都元帥李思齊釁張跋扈，縱容屬下，**放眼大元治下各地，居然無一處不糜爛**，若是哪天朱屠戶從江浙撥轉馬頭，揮師北犯，誰人能為朝廷扼守黃河防線？

指望哈麻等一干老朽是指望不上的，太不花、雪雪等悍將恐怕也早就跟朱屠戶暗通款曲，朝廷必須儘快整軍備戰，撤換將領，未雨綢繆。

在等待船隻的間隙，桑哥失里又揮動如椽巨筆，給妥歡帖木兒上了一道奏摺。不過，這回他汲取了上一次的教訓，沒有委託自家父親轉遞，而是直接派心腹，命令其將奏摺送給太子愛猷識理達臘，然後沐浴齋戒，換上全新的四品參議袍服，打起全套儀仗，登船向西南而去。

懷著「風蕭蕭兮易水寒」的壯烈，逆流走了一個時辰，來到汴梁城外，早有紅巾軍的戰船迎上前來，用黑洞洞的炮口指著，詢問來意。待得知大元官船上坐的是韃子皇帝的使節，便立刻調整了風帆和船舵，從兩側包夾著，護送桑哥失里登岸。

「若是那劉福通不識好歹，出言威脅，我就是立刻去死，也不能掉了天家顏面！」

「若是劉福通漫天要價，我就據理力爭，斷不能讓他得了太多便宜，卻遲遲不肯出兵！」

「若是他肯以禮相待，我不妨虛與委蛇一番，跟他義結金蘭，慢其心志，然後……」

一路上，桑哥失里不停地設想自己如何隻身進入虎穴，心中的對策準備了成百上千，然而當雙腳踏上黃河南岸的碼頭的瞬間，他的膝蓋卻忽然軟了軟，差點一跤栽倒於地。

好在前來迎接的紅巾軍文官手快，迅速架住了他的胳膊，才使他避免當眾出醜。

「哈哈哈哈……」其他在碼頭上圍觀的紅巾軍將士們，見有個朝廷來的大官一下船就差點趴到地上，忍不住放聲狂笑。

「行了，行了，沒見過人摔跤麼？北人善馬，南人善船。人家這位大人是騎著馬來的，平時沒坐過船，自然不太容易適應！」紅巾軍文官抬起頭，衝著周圍的士卒低聲呵斥：「要是你們第一回騎馬，恐怕也一個德行！」

教訓完了周圍的下屬，他又將目光轉向桑哥失里，「在下盛文郁，敢問這位大人姓名？來我大宋何事？」

「見過盛大人，在下桑哥失里，乃大元中書省參議，奉陛下之命，有要事想與劉丞相商談！」桑哥失里四下看了看，故意將嗓音提高了幾分回應。

周圍的紅巾將士聞聽，笑容立刻凝結在了臉上，**韃子皇帝派使者來，如此大張旗鼓地拜見劉丞相，他安的是什麼心？要事？雙方兵馬眼下正在襄樊一帶打生打死，韃子高官與劉丞相坐在一起，能有什麼要事可談？**

桑哥失里要的就是這種效果，見周圍有人上當，信心陡然大增，正準備再多挑撥幾句，一直攙扶著他的盛文郁卻仰頭大笑了起來：

「哈哈哈哈，我還以為你是來送降書呢，原來不是！你家皇帝準備跟我家劉丞相商量什麼？他終於肯承認我大宋是與蒙元並立之國了麼？」

「這……」沒想到區區一個盛文郁就如此難對付，桑哥失里立刻額頭見汗。大元君臣當然永遠都不可能承認，汴梁紅巾建立的大宋，是與大元平起平坐的國家，但如果連這個問題都解釋不清楚的話，他前來拜見劉福通就名不正言不順了，畢竟在大元朝的官方文告裡，眼下沒有主動接受朝廷招安的還都是賊寇，而汴梁紅巾，就是其中規模最大，實力第二的一支。

「你家皇帝不肯承認大宋？」盛文郁卻根本不給他足夠的反應時間，撇了撇嘴，大笑著說道：「也罷！我家殿下和丞相也從沒承認過大元，雙方繼續戰場上見真章便是，彼此都省去了許多麻煩！」

說著話，一甩袖子就準備掉頭而去，把個桑哥失里急得火燒火燎，再不敢玩一些上不了臺面的小伎倆，趕緊追了數步，扯著盛文郁的衣袖大聲說道：

「且慢，盛大人切莫著惱，咱們什麼事情都可以慢慢商量，我家陛下不是派我來了麼，自然是準備跟劉丞相，跟你家宋王暫罷兵戈，以讓百姓恢復生息。至於名號，我家陛下曾經說過，可循**周公伐武庚**之舊例也！」

「周公伐武庚之舊例？」饒是博學多聞，盛文郁也被桑哥失里說得微微一愣。不是因為對方所引用的典故包含著多麼深刻的內容，而是沒想到自己眼前這個貨真價值的蒙古人，居然對華夏史書比在場的大多數漢人都要熟悉。

昔日武庚叛亂，周公聯合諸侯討之，過後在原來武王分封的基礎之上，又加封了七十一國，從此徹底確立了周朝的權力框架。

周天子名義上為天下共主，實際上除了直轄之地外，並不干涉各國內部之事，而各國諸侯只要定期向周天子繳納一些供奉，就可以在自己的封地上為所欲為，關起門來，權力並不比周天子小多少。

「這妥歡帖木兒君臣真是被朱屠戶給逼急了，居然什麼事情都敢答應！」在場眾人對歷代典故瞭若指掌的不止盛文郁一個，平章政事趙君用的臉色也是瞬息萬變。

因為在劉福通和杜遵道兩人的爭鬥中，他果斷的站在了前者一邊，過後論功行賞，被韓林兒加封為平章政事，一舉踏入「宋國」的權力中心。

然而，隨著時間推移，他心裡卻是越來越失落，因為憑藉當初在揚州被「軟禁」的經歷，他可以輕而易舉看出汴梁紅巾與淮揚系之間的差距，並且日漸堅信，隨著時間的推移，雙方之間差距只會越來越大，而不是慢慢縮小。

而**朱重九的位置原本該是他趙君用的**，如果當初在徐州，唐子豪不裝神弄鬼，說什麼九九圓滿的胡話；如果後來在淮安，芝麻李不打亂次序，將東路紅巾的指揮權拱手相讓；如果當初自己再殺伐果斷一些，而不是猶豫不決；如果……那個殺豬的小賊就不可能有今天。

現在好了，淮安軍一家獨大，天下群雄莫不在朱屠戶面前俯首貼耳，萬一哪天這個殺豬的小賊做了皇帝，新朝之中，可能有自己這些人立足之地麼？甭說分茅裂土，按照那小賊的吝嗇性格，恐怕自己連做個百里侯都不可能！

所以，趙君用打心眼裡巴不得朱屠戶去死，**只有朱屠戶死了，他才有希望東山再起；只有朱屠戶死了，他才有機會取而代之**。至於行將就木的蒙元朝廷，趙君用相信，即便沒有朱屠戶，自己有朝一日照樣能夠率部直搗黃龍，差別只是帶隊的人不同，時間要稍微晚上幾天而已。

想到這兒，趙君用趕緊給周圍的其他文官使眼色，暗示大夥想辦法插手此事，至少要讓桑哥失里能夠見到劉福通，而不是在半路上就被盛文郁給擋了駕。

只可惜，他在「宋國」的官職雖然高，威望和影響力卻遠不如當年在芝麻李帳下，目光所及之處，眾同僚紛紛扭頭，肯果斷向他表示支持者寥寥無幾。

正急得百爪撓心之時，耳畔卻傳來一聲響亮的咳嗽聲：「嗯哼！」緊跟著，樞密院同知，定北軍都指揮使關鐸大步上前，冷笑道：「你這韃子，休要拿瞎話來忽悠人，我家丞相等打垮了答矢八都魯，就立刻誓師北伐，直搗大都。到時候全天下都可以囊括在手，誰稀罕給你家韃子皇帝當驢子？」

「關同知，此乃軍國大事，你還是不要替丞相做主的好！」趙君用嚇得心裡一哆嗦，再也顧不上遮掩，側身擋住桑哥失里，厲聲駁斥。

「我跟了丞相這麼多年，還不如你個外來戶？」關鐸瞪了他一眼，「丞相平生最恨就是韃子將大夥當驢子，要不然，他也不會帶著大夥造反！至於榮華富貴，只要趕走了韃子皇帝，他和咱們自然有宋王來封，還用得著向這韃子搖尾乞憐？」

幾句話雖然說得粗糙，卻是擲地有聲，把個趙君用憋得兩腮發紅，嘴唇發紫，兩隻三角眼眨巴了半天，竟找不出任何反駁之詞來。

第五章

一決雌雄

漢高祖劉邦也是先奪下了關中，
才有機會積蓄下足夠的實力跟項羽一決雌雄。
退一步講，哪怕朱重八真的如願奪下了四川，
汴梁方面如果搶先一步將陝甘握在手裡，
依舊有希望跟兩個姓朱的將天下鼎足三分！

「這位將軍之言差矣！」

見對方群雄被自己一句話就說得各說各話，桑哥失里心裡頓時找到了感覺，向前邁了幾步，笑道：「劉丞相固然智勇過人，但如今汴梁之武力卻遠不如淮揚。即便北伐成功，也不過是昔日高祖初入長安之勢，而那朱屠戶卻遠非項羽般豁達，他若是隨後領兵趕至，豈會將權柄與諸君共用？恐怕第一件事，就是先擺下鴻門宴，殺了你家丞相，然後再派人害了宋王，自己黃袍加身！」

「你胡說，朱重九乃為我大宋左相！」

「賊子，休要挑撥離間！」

「賊子，朱丞相義薄雲天，豈是你說的那種勢利小人？」

……

彭大、潘誠、沙劉二等人也紛紛開口反駁，然而說出的話聽上去卻欠了許多底氣。

「諸位將軍才是真正的義薄雲天！」桑哥失里心中暗暗冷笑，表面上卻做出一副非常尊重對方的模樣，「那朱屠戶卻是人面獸心，我聽說他雖然遙領左相之位，卻從沒來過汴梁。他淮揚富甲天下，但糧食賦稅也從沒交給過宋王一分！此刻天下未定，他都做得如此明目張膽，若是哪天紅巾軍真的能打敗我等，他豈會與諸位將軍共用榮華富貴?!」

「嘶——!」眾紅巾將領聽了，臉上齊齊變色，原本燃燒在心中的怒火，也迅速被澆熄。

大夥最初造反，是因為被韃子朝廷逼得沒了活路，但現在，已經不再是當年，除了求一條生路之外，幾乎每個人心裡都多少裝了一些其他東西，諸如功名富貴，諸如嬌妻美妾，諸如子孫後代的前程，而真的被朱重九得了天下，大夥卻未必能夠如願！

趙君用心裡此刻立即樂開了花，然而，他卻不想讓周圍的人看出來，他恨朱重九更甚於蒙元，向前擠了擠，裝模作樣地反駁道：

「非也，你這話大錯特錯。趙某先前阻止關將軍對你無禮，是因為你遠來是客，然而你此刻當著大夥的面挑撥我汴梁與淮揚的關係，卻實在小瞧了天下英雄，且不說朱左相並非你所說的那種人，即便他將來真的做了西楚霸王，我等與他兵戎相見就是了，鹿死誰手尚未可知！」

「對，我們打我們的，說不定誰笑到最後！」

「快滾，我等不聽你嚼舌頭，有本事，咱們戰場上見！」

彭大、潘誠、沙劉二等人立刻又來了精神，再度大聲喝罵。

那桑哥失里聽了愈發信心十足，擺了擺手，鎮定自若地道：

「諸位誤會了，非下官有意挑撥，而是趙大人與諸君身在局中，看不清楚局勢爾！誠然，我大元前些年政令有失當之處，對不起諸位甚多，但那都是奸相脫脫所為，與聖天子無關，如今，聖天子已經誅殺權臣脫脫，重新執掌朝政，當然要給天下豪傑一個交代！」

「諸位莫急，且聽我把話說完！」不待眾人反駁，他將嗓音提高道：

「我大元雖然崛起於塞外，然立國之後，卻尊儒重禮，治國皆以漢法，文武百官之中也有近半乃為漢臣，雖然祖宗遺法，漢人命賈如驢，但那是針對群氓，而不是豪傑。」

「我大元自世祖之時就曾經有令，與世間才俊共治天下，不拘他是大儒、名將、富商，還是高僧、道士，皆以高官顯爵封之，厚祿待之。張弘範乃降將之子，世祖卻將其視為親子，以九拔都稱之；留夢炎奉表出降，與大元無尺寸之功，依舊官拜左相，位極人臣；其他，如呂文煥、蒲壽庚，我大元亦重用之，厚待之，終身不疑，試問，上至天子下到庶民，誰人曾視他們幾個為犬馬？試問，自古以來，除了大周天子，哪朝哪代曾經如此禮遇英才？而諸君如今皆威名赫赫？又怎能依舊自視為草民？」

將肚子裡準備已久的話一口氣說完，他傲然掃視全場。

周圍紅巾群雄果然如他希望的那樣，幾乎人人臉色大變，滿眼茫然，偶爾一兩個神智還清明者，如關鐸、盛文郁和趙君用等，也是眉頭緊鎖，顯然陷入了沉思之中。

他有信心，因為他看到了趙君用心底的惡毒，沙劉二臉上的憤懣，還有關鐸、潘誠、盛文郁等人眼睛裡的迷茫。

也許這些人當年都懷著滿腔熱血，也許這些人在提刀造反的那一瞬間，都已經將生死置之度外。但那是因為他們當初生無可戀，是因為他們還沒品嘗到作為人上人的美好與快意。如今，他們已經品嘗過了，已經習慣了一呼百應，他們怎麼可能還肯後退回原來的地方？怎麼可能把用性命賭回來的權力拱手讓與他人?!

至於「驅逐韃虜，恢復華夏」，桑哥失里相信那不過是一句漂亮的藉口，也許曾經蠱惑過許多人，但現在，與群雄的切身利益相比卻是不值得一提。

正當他信心膨脹到馬上就要爆炸的當口，忽然間，不遠處傳來了一個渾厚的聲音：「不用廢話了，老子現在就可以告訴你，老子寧願將來死在朱屠戶手裡，也絕不會跟你個蒙古韃子勾三搭四！」

眾人齊齊抬頭。只見一個八尺多高的壯漢，昂首闊步而至，指著桑哥失里的鼻子喝道：「老子跟朱重九是兄弟分家，誰多一些，誰少一些，都可以商量，哪怕是最後商量不出結果來動了手，也是兄弟之爭，與外人無關，但老子跟你們這些韃子卻是不共戴天之仇。」

說罷，也不跟任何人商量。單手抓住桑哥失里的腰帶，將其像小雞一樣拎起來，大步走回碼頭棧橋。

「住手！我是來見劉丞相的，你趕緊放手，兩國交兵不殺來使。」桑哥失里嚇得亡魂大冒，一肚子說辭再也用不上，奮力掙扎。

壯漢聞聽，哈哈大笑，「見劉丞相？老子就是劉福通！不過，老子沒功夫聽你放狗屁，至於兩國交兵，老子謝謝你家皇帝承認我大宋國，但是老子卻不承認你家大元！在老子眼裡，你們就是一群外來強盜，不把你們趕回漠北，老子的兄弟，老子和子子孫孫，誰也甭想過上安生日子！你要答覆，這就是老子的答覆！滾！」

隨即，將桑哥失里如同死狗般丟回了船上，將他摔了個頭破血流！

「滾！」碼頭上的紅巾軍士卒，每個人都笑得酣暢淋漓。

他們當中九成九都沒讀過書，所以先前根本聽不明白桑哥失里到底說的是什麼意思，只是覺得這個韃子大官來汴梁，大夥不直接宰了他祭旗就已經是高抬貴手了，根本沒必要聽他囉嗦，而先前盛文郁也好，關鐸、趙君用等人也罷，卻著實有些昏庸糊塗，非但給韃子官員大放厥詞的機會，好像還被此賊給繞迷糊了，根本沒有招架之力。

只有劉丞相，眼睛看得透澈，來了之後根本不與韃子客氣，直接一個「滾」字解決一切，這可比先前盛文郁的婆婆媽媽痛快多了，比起先前趙君用的假模假式，更強了不止一百倍！

「水師今天誰當值，給我押著他們過河！」一片酣暢的叫喊聲中，劉福通抬起頭，四下張望，「倘若他再敢呱噪，就直接把船擊沉了，這幾年死在老子手裡的韃子狗官不下一百，老子不在乎再多殺幾個！」

「是！」先前「護送」桑哥失里過河的汴梁水師頭目答應一聲，抓起令旗，左右上下擺動。轉眼間，幾艘戰船就對著桑哥失里的座艦露出了炮口，押著它一步步朝黃河北岸折返。

劉福通自己則站在岸邊親自監督水師的行動，直到桑哥失里的座艦被押過了黃河中線，才暗暗鬆了口氣，回過頭，對著湊在自己身邊的盛文郁等人責怪道：「你們也是糊塗，居然給他說話的機會！這些狗韃子，眼看著戰場上贏不了啦，就開始玩這些邪招歪招，大夥若是沒有提防，難免會被他的花言巧語攪亂心神！」

「這……」盛文郁的臉色頓時憋得鮮紅欲滴。深深俯首下去，謝罪道：「丞相責怪的是，下官先前沒考慮周全！不小心給了他可乘之機！」

「下次記住就行了。這種舌辯之徒，最好的對付辦法，就是根本別給他機會開口！」劉福通和氣地衝著他笑了笑，隨即，又快速將目光轉向趙君用、彭大、沙劉二和關鐸等人，正色道：

「諸位弟兄千萬別上此人的當，咱們弟兄現在手裡的地盤，難道不經韃子朝廷冊封，他就有本事奪回去？韃子手裡的地盤，咱們如果想要，自己帶兵去搶就是了，又何必看狗皇帝的臉色？他不同意，難道咱們就不去搶了麼？或是咱們接受了他的冊封，他就會再多白送幾個州郡給咱們？顯然不可能！那麼，韃子朝廷到底打的什麼鬼主意，不就很清楚了麼？**無非是慫恿咱們跟朱重九拼個兩敗俱傷，然後他好養精蓄銳，找機會把咱們兩家全收拾掉。**這種早就用爛了的伎倆，傻子才會上當！」

「嘿嘿，嘿嘿嘿……」眾紅巾將領們聽了，紛紛紅著臉訕笑，對各自先前心裡的愚蠢想法慚愧莫名。

唯獨趙君用，心裡頭對劉福通的說法不屑一顧，然而他又不敢當面跟對方硬頂，略作沉吟之後，滿臉堆笑道：「丞相慧眼如炬，我等望塵莫及！不過那韃子狗官剛才雖然沒安好心，但有句話，他卻說得未必全錯，朱重九重草民而慢豪傑，萬一真的讓他得了江山，未必肯將榮華富貴與大夥共！」

「這話說得有趣！」劉福通迅速瞪圓了眼睛，目光彷彿兩道明亮的閃電，直射進人內心深處，「咱們這些人，當年誰不是草民？咱們當年舉兵的初心，有哪個是為了榮華富貴?!況且天下十省，淮安軍至今不過才占了半個多一點，**你怎麼就認定了朱重九必然會得江山？**退一萬步講，即便今後天下果然姓了朱，他既不尊宋王，亦不給大夥共富貴，難道大夥手裡的刀子是吃素的麼？那個時候據理力爭，就不信他敢一意孤行！哪怕最後爭不過，也是英雄了一世。總好過現在貼上前去給韃子當刀子使，最後除了千古罵名之外，什麼都剩不下！」

一番話說得擲地有聲，把個趙君用羞得再度低下頭，脖頸、耳朵、臉皮等處俱是一片黑紫。

彭大、潘誠等人在一邊聽得雖然心裡頭痛快，然而畢竟曾經跟趙君用做過難兄難弟，不忍讓後者繼續當眾出醜，互相看了看，同時朝著劉福通拱手道：

「丞相此言甚是，趙兄弟的眼界的確窄了，但他先前也是為了大夥著想，其實沒多少私心！」

「我知道他沒有多少私心！」劉福通掃了彭大和潘誠二人一眼，笑著點頭。這二人都跟趙君用一樣，手中握著一股嫡系精銳，所以他不能一點面子也不給三人留。

「我也不是針對他，而是想借著這個機會把話說開。只要我劉福通活著一日，就絕不准許汴梁與淮揚同室操戈，那樣只會便宜了韃子朝廷，徐壽輝那邊就是前車之鑑！」

「丞相說得是！我等跟朱重九爭，也不急在此時！」

「丞相放心，我等跟朱兄弟又沒什麼怨仇！」

……

眾文武聽了，再度大聲表態，至於其中有多少是真心拜服，有多少是迫於壓力，就很難預料了。

「這事就到此為止，以後韃子再派使者過來，直接給我在半路上宰了，免得大夥聽了他的花言巧語鬧心！」

劉福通擺了擺手，宣布話題結束，隨即目光再度從大夥臉上掃過，大聲吩咐：「四品以上文武，立刻跟我回崑玉殿。我有要事和大夥商議！」

「這……是！」眾人愣了愣，遲疑著答應。

到了此刻，大夥才忽然想起來，劉福通原本不該出現在汴梁，而是該在荊州前線指揮戰鬥。他突然急急放下十幾萬大軍不顧，急匆匆趕回來，肯定是遇到了天大的難題，一時獨木難支，需要整個宋國上下的齊心協力。

「荊襄最近不會有惡戰發生。」知道自己回來得太突然，劉福通一邊翻身往戰馬上跨，一邊向盛文郁等人解釋，「老夫聽聞狗韃子向天下豪傑下了詔書，怕有人上當受騙，去影響主公的判斷，所以才急匆匆地趕了回來。此外，朱元璋與趙普勝二人前日突然聯手南下，自水路直撲南康，若是讓他們兩個在江西站住了腳，恐怕天下形勢又將面臨一場大變！」

「什麼？**趙普勝怎麼會跟朱重八聯手**？他可是彭和尚的弟子！」眾人聞聽，齊齊大驚失色。

但是下一個瞬間，他們臉上的驚詫就迅速變成了感慨。趙普勝如何不能跟朱重八聯手？按道理，朱重九還是韓林兒的下屬，誰又曾經看到淮安軍將汴梁這邊的命令當過一回事來？這年頭，誰兵馬強壯，誰說話的底氣就足，至於表面上的統屬關係，不過是一個遮羞布而已。

況且按照朱重九給他自己做的繭，鳳陽小子朱重八與趙普勝二人眼下所作所為非但沒有違反高郵之約，並且還可以冠冕堂皇地說是在極力配合淮安軍，畢竟江西行省與江浙行省緊鄰，朱、趙二人聯手殺進了江西，無形中也避免了江西元軍再跨界給江浙提供支援。

「怪不得朱重九這些年來一直在努力打壓他，**這鳳陽小子果然非池中之物！**」此時此刻，劉福通也是感慨萬千。

早在數年前，天下誰人認得朱重八？即便當初淮安軍與和州軍的江上之爭，劉福通也認為是朱重九小題大作了，過於把鳳陽小子當成了人物，如今，**那姓朱的鳳陽小子，居然在朱重九和彭瑩玉二人的兩面包夾之中，硬是又瞅準機會，殺出了一條通道來。**

他是在感慨朱重八的本事，然而這句話聽在眾人耳裡，卻讓大夥的臉色愈發慚愧。

先前聽聞桑哥失里代表蒙元朝廷開出的條件時，大夥或多或少都有些心動，如果不是被劉福通強行將那些歪念從心裡驅逐出去，接下來，眾人恐怕就要跟蒙元朝廷開始討價還價；而同樣的誘惑面前，朱重八卻半分都沒有耽擱，直接將和州軍開進了江西，在擺明了不會與蒙元朝廷合作的同時，還替他自己撈取了巨大的好處！

如此眼力、魄力和縱橫捭闔的能力，又如何不令大夥自慚形穢？也就是那鳳陽小子起步太晚了，若是能早上一時半刻，恐怕在趕走了蒙古人之後，這天下是楚漢相爭，還是三國鼎立，還未必可知。

一邊慚愧地想著心事，一邊縱馬前行，很快就回到了汴梁紅巾的權力中心，延福宮。下了馬後卻不是去拜見韓林兒，而是徑直來到專供丞相處理政務的崑玉殿裡。

早有劉福通的心腹幕僚在殿內掛起了巨幅輿圖，雖然略顯粗略，卻將南方幾大行省各路各府輪廓，以及山川河流險要所在大體勾畫了出來。

劉福通先讓人給大夥都倒了一盞茶解渴，然後定了定神，沉聲道：

「那朱重八麾下大批將領，都是巢湖水賊出身。此番跨江南下，第一目標又是鄱陽湖。老夫估計，他在江南早有內應，南康、龍興、瑞州諸路的那些元兵，也肯定不是他麾下和州軍的對手，但是其拿下瑞、袁、南康數路之地後，是繼續向南，還是掉頭向西，卻未必可知！」

「掉頭向西，他放著吉安、贛州等地不去，為何要掉頭向西。那湖廣等地的元軍，可是比江西強大得多！」趙君用兀自沉浸在不能趁機抄朱重九後路的懊惱中，聞聽此言，尖著嗓子叫嚷。

「老趙，你別走神！」彭大被趙君用的舉止弄得臉紅，輕輕扯了一下他的衣袖。

同樣是被朱重九在東路紅巾中排擠得無法立足才負氣投了汴梁，他卻遠比趙君用看得開，從沒起過這輩子拼著粉身碎骨也要讓朱重九不得安生的念頭。相反，仔細比較過汴梁與淮揚兩方的長短之後，他還悄悄的把自己的一個兒子派到朱重九手下，以期待能兩頭下注，給彭家多尋一條出路來。

「我沒走神，我說的都是實話！」明明彭大是一番好意，趙君用卻根本不領情，狡辯道：「江西行省除了廣東道宣慰司何真所部尚有一戰之力，其他各路元軍有哪家當年沒被彭和尚收拾過？怎麼可能擋得住朱重八的鋒纓？」

話是大實話，江西行省的蒙元兵力的確非常單薄。朱元璋無論是打著南下搶地盤的心思，還是真的如他自己所說，想興兵替宋國左丞相朱重九報仇，都應該繼續揮師向南，然而，此刻任何有理智的豪傑與朱重八易位而處，恐怕都不會那樣做，否則，他的地盤就又要跟朱重九緊鄰，日後的發展難免又要受到影響。

「你還是小瞧了朱重八，我要是他，就繼續向東突進，攻取天臨、寶慶和辰州三路。」彭大被逼得沒辦法，只好負起本該由劉福通承擔的角色，直接點明朱重八此行最大的戰略可能。

「的確，只要這一步走出，他就龍翔在天，至少在高郵之約結束之前，誰也甭想再限制他！」連彭大都能看得出來的戰略形勢，當然也難不住其他人，眾文武紛紛開口。

「這鳳陽小子當真了得！」

「趁著咱們在襄樊跟答矢八都魯拼死拼活，他繞過去撿現成便宜。」

……

聽到周圍熱烈的議論聲，趙君用終於沒臉繼續胡攪蠻纏了，撇了撇嘴，低下頭去看自己的靴子尖。其他汴梁諸文武，則繼續你一言，我一語，臉上寫滿了羨慕與不甘。

朱重八在江西行省取得立足之地後，繼續向南，肯定不是最佳選擇，那樣做的話，一旦彭和尚也在淮揚的支援下突然發力，依舊可以想辦法將其包夾在淮安和池州兩家勢力之間，失去繼續向外擴裝的可能，而如果他像彭大所說的那樣，揮師東進，殺入湖廣，就可以徹底海闊天空。

一方面，他可以打出旗號，說是支援答矢八都魯的後路，在道義上佔據上風，另一方面，他還可以名正言順地把兵力相對空虛的益陽、邵陽、辰州等地拿在手裡，進而席捲整個湖廣。

如果能將此戰略達成，他甚至可把自己在江北的地盤都拋棄掉，搶在其他紅巾諸侯能騰出手來之前全力經營湖廣，反正有高郵之約在前面擋著，朱重九又是出了名的婦人之仁。

他甚至還可以進而圖謀四川，將基業全部放進天府之國。像漢高祖劉邦那樣，徹底避開楚霸王的兵鋒，然後尋找恰當機會，明修棧道暗渡陳倉！

鳳陽小子的真正目標，是**天府之國**！

有些秘密就像封在罈子裡的老酒，只要不小心被打開一條縫隙，就徹底暴露無遺。究其暴露的原因，卻並非汴梁諸公目光敏銳，而是千餘年前西蜀丞相諸葛亮獻給劉備的對策過於有名。

在座當中，凡是多少粗通筆墨者，幾乎都拜讀過陳壽在《三國志》中對此的記述。即便沒怎麼讀過書，平素在街頭的折子戲裡頭，也被其中的千古名句將耳朵磨出了繭子。

「益州險塞，沃野千里，天府之土，高祖因之以成帝業……」

當年蜀漢昭烈帝劉備就是因為採納了諸葛亮的謀劃，才擺脫了喪家犬般四處依附的狀態，得以鼎足三分天下。雖然其最終也沒能如願重新振興大漢，一統中原，但是在他和諸葛亮相繼去世後，舉世聞名的蠢貨阿斗，依舊能憑藉父輩們的餘澤將蜀國繼續維持了近三十年。

有劉邦和劉備這兩個帝王珠玉在前，試問**天下英雄還有誰敢忽略掉四川**？只是先前總覺得距離太遠，羈絆太多，誰也沒顧得上動手罷了。而今天，忽然看到了朱重八那奮不顧身的舉動，才忽然發現，原來重重阻礙其實都不算什麼大麻煩了。

比起汴梁方面，和州軍距離四川更遠，單論兩家實力，眼下汴梁方面也絲毫不輸於和州，唯獨輸的，只是那股可以捨棄一切的狠勁而已。畢竟朱重八眼下所佔據的地盤全加起來都湊不夠兩個路，而汴梁紅巾卻坐擁大半個河南江北行省，並且已經早早地宣布汴梁為國都！

想到彼此之間的差別，眾人又相顧嘆氣。正所謂光腳的不怕穿鞋的，朱重八家底薄，把和州丟了也無所謂；而汴梁紅巾明知蜀中對未來發展的重要性，眼下也不可能捨了汴梁、洛陽、南陽、汝寧這些形勝之地，千里迢迢去爭奪四川。

「呵呵呵，不愧也姓朱，他倒是敢想！」

正當大夥感慨萬千之時，先前好不容易才閉上嘴巴的趙君用，突然大聲冷笑。「不過天下誰都不是傻子，既然他那麼著急入川，大夥幫一幫他又如何？把襄樊的弟兄們後撤五十里，我就不信答矢八都魯會容忍有人窺探他的老巢！」

「嘶——！啊！」眾人聞聽，齊齊倒吸冷氣。

朱重八千里入川的壯舉，是建立在眼下答矢八都魯和倪文俊兩個都被汴梁紅巾吸引在襄樊的基礎上，如果劉福通下令前線汴梁將士果斷後撤，答矢八都魯就可以立刻騰出手來，回師救援湖廣，屆時，朱重八的如意算盤恐怕立刻就成了好夢一場。

「後撤，丞相，末將建議您立刻下令後撤，咱們汴梁紅巾不能總是為他人做嫁衣！」一看到自己一句話就點醒了大夥，趙君用拱起手，急切地向劉福通進諫。

「末將附議！」

「末將覺得趙平章之言有道理！」

「微臣以為……」

……

轉眼間，彭大、羅文素等人迅速表態，一起勸說劉福通早做決斷。

然而在一片附議聲中，原本不是很擅長與人爭論的關鐸，卻皺著眉頭質問道：「如果答矢八都魯不肯回援湖廣呢？或者說，朱重八原本就沒打算奔襲四川？即便他們二人的舉動都如大夥先前所料，諸位又怎麼可以確定咱們撤下來後，淮安第八軍團不趁機奪取荊襄？」

「這……」

眾人原本熱切的心，立刻被澆了一大瓢冰水。如果朱重八的本意不是去爭奪四川，汴梁紅巾一旦北撤，有可能就會永遠失去染指荊襄的機會，畢竟以倪文俊一己之力，未必擋得住已經脫胎換骨的淮揚第八軍團，而屆時答矢八都魯在湖廣跟朱重八、趙普勝二人打生打死，也未必還有餘力給倪文俊提供支援。

「你怎麼又確定那王克柔會帶著第八軍團趁勢出擊？那朱重九哪來的膽子兩線作戰？」唯獨不肯服氣的依然是趙君用，瞪起通紅的眼睛看著關鐸。

當年他手握重兵，坐擁歸德的時候，說出來的話即便沒有任何道理，誰敢不耐著性子聽上一聽？而今天，區區一介武夫關鐸，居然敢一而再，再而三地當眾跟他爭執，如果他再忍讓下去，今後在汴梁紅巾軍中，豈會還有立足之地？

「關某不確定淮安軍下一步會做什麼，關某也不敢確定答矢八都魯與朱重八準備幹什麼，」好個關鐸，面對著氣勢洶洶逼過來的趙君用，臉色和聲音沒有絲毫變化，笑了笑道：「但是關某卻覺得我大宋不能總等著看別人幹什麼，然後自己跟著轉，他朱重八都知道趁機搶奪湖廣或者四川，我宋王嫡系總不能對送上門的機會視而不見！」

話音落地，在場眾文武如夢方醒，對啊，如今蒙元氣數將盡，群雄競相逐鹿，身為其中力量數一數二的汴梁紅巾，憑什麼要跟著別人的步伐走？大夥先前總想著別人做這做那，然後才出招應對，原本就落了下乘。

「這，哪裡來的機會？你……」

趙君用面紅耳赤，絞盡腦汁想著如何將關鐸駁倒，卻發現自己此時此刻無論說什麼都無濟於事，自己的思維始終局限在幾家紅巾軍的互相傾軋上，而關鐸卻已經將目光放在紅巾軍之外的廣闊天地。

「關將軍所言甚是！」不願意聽趙君用再胡攪蠻纏下去，劉福通斷然決定採納關鐸的建議。「老夫先前的格局的確太窄了，那四川又不是咱們的囊中之物，朱重八搶與不搶，與咱們有何關係？倒是眼下，如果把握住機會，就有可能將答矢八都魯、倪文俊二賊一併幹掉，從此徹底解決家門口的大患！」

「末將以為，丞相還可以遣一支奇兵，西進經略關中，此乃『四塞之地』，自古便有『田肥美，民殷富，戰車萬乘，沃野千里』之說，而此刻在蒙元朝廷，連江浙都無力去救，更甭說抽出兵馬來馳援陝甘。」受到關鐸的啟發，盛文郁走上前提議。

坐等別人如何行動，終究落了下乘，主動出擊，就能令前方海闊天空。關中比西蜀被稱為「天府之國」的年代更早，漢高祖劉邦也是先奪下了關中，才有機會積蓄下足夠的實力跟項羽一決雌雄。

退一步講，哪怕朱重八真的如願奪下了四川，汴梁方面如果搶先一步將陝甘握在手裡，依舊是天下數一數二的大勢力，**依舊有希望跟兩個姓朱的將天下鼎足三分！**

「末將願帶本部兵馬替丞相開路！」不待劉福通權衡利弊，關鐸深施一禮，自動請纓。

「末將願與關將軍並肩而戰！」沙、劉二也不甘落後，緊跟著表態。留守黃河南岸養精蓄銳的日子，他們可是過膩了，更何況還要天天對著趙君用、羅文素這類人！

「末將願意同往！末將家在長安，熟悉那邊的地形！」

「殺雞焉需牛刀，關大人且坐，末將願替諸位開路搭橋！」

……

剎那間，眾人的情緒都被調動起來，爭相請戰，其中不乏像盛文郁一樣，看出了陝西對汴梁紅巾的重要意義者。但是也有不少將領，純粹是厭倦了如今汴梁城內越來越重的暮氣，想要出去更自由地呼吸。

「也罷！」見周圍群情激烈，劉福通決定因勢利導。「連朱重八都知道趁機奔襲四川，本相豈能再畏首畏腳，坐失良機?!定北軍都指揮使關鐸、許州總管沙劉二，從今天起，你二人合兵一處，更名為安西軍，分任都指揮使、副都指揮使，西出潼關，經略陝西。近衛軍指揮使馮長舅，你任安西軍長史，攜帶兩個炮兵千人隊隨行，務必在三個月內攻破潼關天險，進入渭南。」

「是！」關鐸、沙劉二、馮長舅三人大喜，齊齊躬身領命。

劉福通用威嚴的目光迅速掃過全場，「盛文郁，你負責坐鎮汴梁，替安西軍督辦糧草輜重。各級衙門若有人敢拖延耽擱，先給我殺了再說！」

「卑職必不負丞相所託！」平章政事盛文郁整頓袍服，向劉福通長揖及地。

「白不信，李武、崔德，你們三人合兵一處，過河攻打解州。無論勝敗，能拖住臨近各地的元軍，令他們無法馳援潼關就行！」

「彭大，趙君用，你二人集合所部兵馬，前往陳留。做出不日北進之態，威脅對岸元軍，令其無法判斷我方真正意圖！」

「王完者、李蛤蜊，你們兩個提兵……」

「趙能，張進……」

……

劉福通趁熱打鐵，將汴梁附近能調動的兵馬全都撒了出去，只為迷惑蒙元方面的判斷，給定西軍創造戰機。

「我宋國將來是否能席捲天下，在此一舉，諸君請盡全力，他日驅逐了韃子，劉某再與諸君把盞慶功！」

分派完任務，他豪情萬丈地說道，**目光穿越了延福宮內的雕梁畫棟，穿越了重重暮靄，落在長江之南。那裡，有兩個豪傑在看著他。劉福通相信，自己比起這二人，不遜色分毫！**

「主公，吳越相爭，勾踐若不是趁著吳王夫差北上會盟諸侯，果斷發兵蘇州。不可能東南千里之國！」

江南，鄱陽湖內的一艘戰艦上，和州軍長史，宋廬州路同知朱升，躬著身子向朱重八苦勸。

「恩師不必再多言！」朱重八持矛在手，任憑獵獵秋風掃過自己滿是疲憊的面孔。「學生當然知道吳越之舊事，學生還知道，始皇二十五年，諸越俯首入秦，勾踐子孫俱為臣虜！」

「呃！」朱升被自己的學生噎得無言以對，半晌才嘆息搖了搖頭，蹣跚走入船艙。

朱重八翅膀硬了，不再是當年那個三顧茅廬，跪請自己出山，以師徒之禮相事的鳳陽小子了！在得到了「禮賢下士」和「尊儒重道」的美名後，**他終於慢慢露出了自己的真面孔，多謀、善斷、狠辣、果決，認定了的道路便不會被任何人左右。**

放在一個開國帝王身上，這些品質都必不可少。然而，作為和州軍的首席智囊，半個天下讀書人的目光所在，老儒朱升卻漸漸發現，**自己距離「君王與士大夫共治天下」的夢想越拉越遠！**

「恩師小心腳下！台階上有露水，切莫走得太急！湯和，你愣著幹什麼，還不趕緊上前攙扶一下！」朱重八的聲音從背後傳來，帶著關切，即便不肯採納臣子的計謀，他依舊沒有失掉應有的禮數，沒有忘記做樣子給其他人看。

有雙大手從腋下托過來，扶住朱升顫抖的身體，溫暖，有力，下一個瞬間，朱升心裡的遺憾迅速衰退，取而代之的則是一片欣然。

得弟子如此，自己作為老師，還有什麼不滿足的呢？**鳳陽小子雖然註定會辜負全天下讀書人的期盼，可是他卻越來越像一個合格帝王了**，氣度不輸秦皇漢武，眼光比起唐宗宋祖來也不遑多讓！

「恩師，那個人比夫差機敏得多！」朱重八的聲音再度響起，「我與他也不是吳越之爭，吳越相爭，輸贏死的不過是夫差、勾踐之輩，而一旦再讓蒙元得了勢，恐怕河南江北又要白骨盈野，千載之後，你我的後人也會自愧姓朱！」

「呃！」朱升的身體又踉蹌了一下，多虧了湯和扶得用力，才勉強沒有跌坐於地。

「你的話固然有道理，可是，若那朱屠戶如願把江浙囊括在手，你可想過如何自處？」望著朱重八那挺拔的腰桿，他喘息著說道。

「自然是**一決雌雄**！」朱重八望著鄱陽湖沿岸那如畫江山，大笑著回應。

「**屆時鹿死誰手，未必可知！**」

笑著笑著，他眼前又浮現了那個偉岸的身影，厚重、沉穩，讓他一見之後，就從此視為**畢生之友**，同時也是**畢生之敵**。

「落帆，下槳，準備搶灘！」千里之外的海上，朱重九看了看眼前不遠處的陸地，大聲命令。

陸地上，福州港像一個多情的少女，向遠道而來的情人張開了懷抱！

「十月二十二日酉時三刻半，淮賊乘巨舟忽至。適逢閩江潮漲，其船無帆自行，競相登岸，福州精銳皆從福建路宣慰使陳友定往慶元抗賊，城中僅餘老弱三百。達魯花赤燕只不花不忍讓陳宣慰腹背受敵，拍馬出城送信。臣家世受皇恩，不敢臨難苟免。乃領家將、老弱及差役上城禦賊。不敢求天佑福州，賊師不戰自退。但求陛下聞臣之死，知東南忠良未盡，遺民翹首……」

「行了，別念了，別念了！」妥歡帖木兒雙手捂住自己的耳朵，額頭上大汗淋漓。

三日之前，便有從江西行省送來的密報，說福州已經被朱屠戶拿下，達魯花赤燕只不花、萬戶寶金、知事天寶奴不戰而逃，同知王章、判官劉治、縣令許叔遠等人跳城而死。

但是他總覺得這份密報過於荒誕，至少是弄錯了殉國者和逃走者的名姓，今天，通過奇皇后的族人之手，得到了同知王章的臨終遺奏，才知道江西行省那邊送來的不是傳聞，而是冰冷無奈的事實。

平素被朝廷倚重的蒙古武將紛紛逃走，而一向被當作擺設的漢官們，卻將大元當成了他們的父母之邦，寧願與城俱殉。

朱重九已經渡江兩個多月，滿朝文武至今還沒能拿出任何應對方案來，還在小心謀劃如何才能保證不中斷與淮賊的生意情況下，適度地給予對方懲罰，而劉福通和朱乞兒兩人又分頭率部攻入了山西和湖廣……

如此慘重的打擊一樁接一樁接踵而來，縱使妥歡帖木兒心志再強，也有些承受不下了。

福州路同知王章臨終遺奏則成了壓垮駱駝的最後一根稻草，裡邊期盼王師早日南下的字句，非但沒能起到激勵大元皇帝振作的效果，反而變成一股從天而降的重壓，令妥歡帖木兒覺得自己的呼吸越來越艱難，眼前世界不停地旋轉……

「陛下節哀！」朴不花見勢不妙，趕緊將王章的遺奏放下，跪倒在地上，抱住妥歡帖木兒的雙腿，一邊拍打一邊安慰著：「王大人雖然死節，其忠烈之舉卻可以令天下義民前仆後繼，只待朝廷騰出手來，派遣大軍南下，奪回……」

「大軍？行了，你別拿好話糊弄朕了，朕已經不是小孩子了！」妥歡帖木兒用力搖頭，蒼白的臉上寫滿了淒苦。

大軍？眼下除了駐守在山東的太不花部，朝廷哪裡還有其他兵馬可用？陝西行省的告急文書一封接一封地往大都送，湖廣那邊哀鴻遍野，福州路一丟，閩南規模最龐大的一支官軍，福建道宣慰司麾下的兵馬也被朱屠戶手下的傅友德給切斷了後路，而其正前方，則是胡大海、徐達所率的兩路淮賊精銳。

事到如今，唯一還能指望得上的，就是泉州蒲家所掌控的亦思巴奚軍。但據從海上送來的傳聞，泉州蒲家在聽說福州路被朱屠戶拿下之後，竟然沒有派遣一兵一卒去爭，相反，蒲家的女婿，亦思巴奚軍萬戶那兀納立刻派遣心腹驅逐了興化和漳州的朝廷官員，將這兩路之地完全控制在了自己手裡。

眼下據說蒲家的使者已經與朱屠戶在福州城內把盞言歡，雙方徹底澄清了因為刺殺案所產生的「誤會」，準備聯手平分南洋諸國的海貿之利。有這麼一筆高達每年上千萬貫的大買賣可做，蒲家若是還能跟朱屠戶打得起來才怪！

無可用之兵，無能戰之將，無忠義之臣，這就是眼下大元朝所面臨的現狀，如果時光可以倒轉，妥歡帖木兒寧願回到兩年前，回到脫脫還擔任丞相的那會兒，雖然脫脫專橫跋扈，屢屢令他這個皇帝頭疼，至少脫脫還有本事召集兵馬跟朱屠戶一戰，不至於讓他這個當皇帝的枯坐在深宮裡，一個人面對所有麻煩！

「陛下，要不老奴去宣哈麻大人入宮？」正當妥歡帖木兒想起脫脫的諸多好處之際，朴不花偏偏哪壺不開提哪壺。

頓時，讓妥歡帖木兒的臉色瞬間就從慘白轉成了青黑，瞪圓了一雙怒目，喝罵道：「你這個狗東西，到底是何居心？那哈麻到底給了你多少好處，讓你念念不忘替他說話？莫非你以為朕就真的控制不住朝廷，真的要被他玩弄於股掌之上了嗎？」

「陛下，老奴冤枉！」沒想到自己一番好心居然換來這麼一個結果，朴不花立刻俯首於地，心中一片淒冷，「老奴冤枉，老奴從小就跟著陛下和皇后，眼裡根本不認第三個人，老奴以殘缺之軀出任榮祿大夫，資政院使，位列內宮太監之首，換了別人，誰還能給老奴更多？」

最後一句話說出，他已經淚流滿面。

第六章

鳴鏑殺父

「立刻派人殺了他！」奇皇后雙眉倒豎。
冒頓單于鳴鏑殺父的典故，她一點兒都不陌生。
為了從他的親生父親頭曼手中奪取單于之位，
冒頓先製作了一支可以發出聲音的利箭，
命令麾下士卒凡鳴鏑所向，就萬弓齊射。

妥歡帖木兒聽在耳朵裡，剛剛竄起來的無名業火迅速熄滅，是啊，朴不花已經是太監之首了，即便換了別人來當皇帝，也拿不出更高的官職給他。更何況哈麻只是個丞相，除了篡位之外，無論如何都管不到內宮，如果連朴不花都不可信的話，**普天之下，自己還能再信任誰?!**

想到這兒，妥歡帖木兒禁不住幽幽嘆氣，「唉！算了，你先起來，朕不是針對你。誰叫你不長眼色呢！你應該知道，朕現在對哈麻極為失望！」

「老奴知錯了，陛下，陛下如果還生氣，就踢老奴幾腳，千萬別憋壞了身子！」朴不花聞聽，趕緊又磕了個頭，緩緩站起。

「踢你作甚，踢你就能拿出辦法來麼？」妥歡帖木兒看了他一眼，疲憊地搖頭。「有關哈麻的話，你必須爛在心裡，朕現在，很難！」

「陛下放心，老奴當年可是陪您一起對付過伯顏的人！」朴不花用力點了點頭。

「朕知道你靠得住！」想到這麼多年來的相伴之情，妥歡帖木兒心中微暖。「可是朕不知道，**眼下滿朝文武中，如你一般能靠得住的還剩下幾個?朕不知道他們眼裡除了錢之外，還有沒有朕這個皇上！**」

「陛下，您多慮了，其實哈麻只是個庸才而已！」見妥歡帖木兒頹廢成如此模樣，朴不花硬著頭皮又勸了句。「您想收拾他，一道聖旨就能解決，根本用不了太多手段！」

「嗯？」妥歡帖木兒的眉頭又迅速皺起，眼裡寒光四射。

「陛下莫急，且聽老奴把話說完！」朴不花這回心理早有準備，再度跪倒，先重重磕了個頭，然後說道：「當年伯顏、脫脫等人手中有兵有將，陛下尚能輕鬆殺之，如今又何必畏懼一個哈麻？雪雪雖然手握重兵，可畢竟遠在千里之外，底下的將領又多是朝中大臣子侄，跟他一塊混日子沒問題，一起造反，卻未必會肯，而眼下大都城內，成建制的兵馬，只有您的五萬怯薛和太子的六千東宮侍衛，真正能跟著哈麻走的，連兩千人恐怕都湊不夠！」

「你說的倒是簡單，但朕拿什麼罪名殺他？況且，你又怎麼知道月闊察兒等人跟他不是一個鼻孔出氣？」妥歡帖木兒狠狠瞪了朴不花一眼，語氣雖然依舊冰冷，但臉上的愁容倒是舒緩了不少。

「老奴曾聞以利相聚者，不可共患難！」朴不花笑了笑，「月闊察兒等人之所以平素與哈麻往來甚密，乃是因為哈麻將與南方貿易的紅利大部分都分給了他們，陛下只要不動他們各自碗裡的好處，只動一個哈麻，他們雖然有資格調動禁軍，卻也犯不著跟哈麻一道冒抄家滅族之險！至於罪名，哈麻愛財，家資百萬……」

「你是建議朕以**貪贓之罪**殺了他，抄沒他的家產？你這老狗，真夠陰毒！」妥歡帖木兒的臉色瞬間又是一變。

罵過之後，心裡卻輕鬆許多，給百官發俸祿要錢，打仗要錢，招兵買馬要錢，給寺廟佈施要錢，這大元朝廷一日沒錢，就一日無法安穩，當年自己下令抄了脫脫的家，就用所得之財解了燃眉之急，那脫脫還素有清廉之名，不像哈麻這般貪到了骨子裡頭……

「皇后和老奴這幾年從族人裡頭，培養了許多忠誠可靠的孩子，足以接掌哈麻名下的各項產業和商號，使得其最快恢復運作。」朴不花沒有直接回應妥歡帖木兒的話，而是從另一個角度又狠狠捅了哈麻一刀，這一刀，基本上等於直刺哈麻的心臟。

妥歡帖木兒聽了，嘆了口氣道：「也好，有皇后和你替朕看著，總比便宜了外邊那些庸碌之輩強。唉，只是朕這樣做，頂多是能給天下忠義之士一個交代，對時局而言，依舊沒任何作用！」

「老子只是不想看你這副如喪考妣的模樣！哪管什麼時局不時局！」朴不花偷偷看了妥歡帖木兒一眼，心中暗暗腹誹道。

他當然知道哈麻就是**傳說中的那種替罪羊**！殺了哈麻，頂多讓妥歡帖木兒本人面子上好看一點兒，解決不了任何實質問題，但是實話卻不能如實說，斟酌了一下，順嘴瞎編道：

「陛下請恕罪！老奴倒是覺得，捨了一個哈麻，可以讓很多麻煩迎刃而解，至少能讓朝中諸公明白，陛下非可欺之君。此外，此外平白多出一筆錢糧來，陛下就可以用來再養一支大軍，老奴覺得，把軍隊交給誰，都不如陛下和太子親自掌控來得好，而這麼大一筆錢，至少可供十萬大軍兩年之需。老奴聽聞，察罕帖木兒和李思齊兩個素來受太不花和雪雪的刁難，連軍餉都發不出，若是陛下以對付朱屠戶為名，招他們二人各帶一批親信入大都奏對，想要拿下哈麻時，甚至連禁軍都不必動，更不必在乎什麼月闊察兒和禿魯帖木兒等人的態度！」

「此言甚善！想不到你這老東西還真有幾分急智！」妥歡帖木兒從書案後一躍而起，臉上寫滿了不健康的潮紅。自打朱屠戶渡江那天起，這是他第一次覺得眼前不再是一片黑暗，雖然朴不花的這個主意距離實現還有很長的路要走。

「老奴智短，只是懂得沒有陛下就沒老奴而已！」朴不花紅著臉謙虛道。

「你這老東西，的確是難得的忠心耿耿！」妥歡帖木兒也是坐困愁城太久了，抓著根稻草就想當大船，「的確，朕早就該親自掌兵了，朕若是親自領兵，又怎會受權臣之制！嗯，察罕帖木兒和李思齊是吧，古語有云，朝無能臣，求賢於野，他們兩個恰恰合適。哈麻、月闊察兒等人負朕，但福州同知王章卻未曾負朕，察罕帖木兒與李思齊在朝中無根無基，情況與王章相類，朕為何不重用他二人？」

一番話，邏輯上混亂不堪，但想拋開滿朝文武另起爐灶的急切心思卻暴露無遺。朴不花聽了，不覺額頭冒汗，趕緊附在妥歡帖木兒耳邊說道：「陛下，謀事不可操之過急，哈麻是哈麻，月闊察兒是月闊察兒，陛下千萬不要逼著他們兩個聯手！」

「朕知道！」妥歡帖木兒正在興奮中，毫不介意地連連點頭。「朕當然不能讓他們聯合起來對付朕，朕一個一個收拾他們，然後再去收拾朱屠戶，重整河山！」

想到滿朝文武忠誠度皆不可靠，他臉上的笑容又以令人無法適應的速度變冷，「調他們入朝奏對容易，但他們怎麼能猜到朕有重任要委託他們二人？朕的意思是，誰去替朕傳遞密旨？老東西，恐怕得你親自跑一趟了。嘶——！不行，你太顯眼，哈麻肯定會有所提防……」

「謝天謝地！」朴不花偷偷在胸前畫了個十字，額頭冷汗淋漓。

眼前這個人沒擔當，他打小就非常清楚。自己替他去傳一次密旨沒問題，替他整頓兵馬、準備入大都清君側也沒問題，但是萬一中間出了紕漏，就甭指望他肯認帳，結果肯定是第一時間拿自己的腦袋安撫群臣，然後繼續去做他的「聖明天子」。

正慶幸間，耳畔卻又傳來妥歡帖木兒的聲音，每一個字裡頭都透著濃烈的焦躁，「你夾袋裡頭就沒有合適的人了麼？難道朕還得派太子喬裝出大都？萬一太子在路上有個閃失，朕如何向列祖列宗交代！這滿朝文武竟找不出一個可用之人，朕這個皇帝當得也太窩囊！」

「脫脫當年是奉你的命令去剿賊，哈麻也是奉你的命令休生養息！」朴不花心中嘀咕，卻不得不絞盡腦汁替自家主人分憂。

出面挑大梁的事，他是不會去幹的，有脫脫與哈麻這兩個前車之鑑在，他才不想步人後塵。不光是他，任何文武大臣，只要頭腦夠清醒，發現妥歡帖木兒是準備對哈麻下手後，估計也不願意攬這個差事，想找一個對妥歡帖木兒忠心，同時腦子又不那麼清醒的還真難，不過……

猛然間，朴不花再度福靈心至，滿臉堆笑著道：「陛下，其實你根本不用找老臣要人，你的夾袋裡就有一個非常合適的人選。」

「哪個？」妥歡帖木兒被說得滿頭霧水，皺著眉四下掃視。

「陛下莫非忘了桑哥失里？他前幾天還曾入宮負荊請罪！」朴不花提醒道。

「桑哥失里？那個蠢貨，你居然還敢跟朕提起他！」妥歡帖木兒勃然變色，瞪圓了眼質問道。

當初桑哥失里獻計合縱紅巾群豪共同對付朱屠戶，的確讓他眼前一亮，後來又主動請纓去遊說劉福通，更是令他充滿期待和讚賞。然而事實證明，此人根本就是個過江盜書的蔣幹，非但不能成事，反倒給朝廷帶來了更多的麻煩！

「陛下勿急，老奴並非得了桑哥失里的好處才替他說話！」被妥歡帖木兒用刀子一般的眼神瞪著，朴不花反倒變得冷靜起來，舌燦蓮花地道：「昔秦公三用敗將，最終才洗雪崤山兵敗之辱，桑哥失里雖然上次辜負了陛下的期待，但他畢竟年少，還有足夠的時間去知恥而後勇；況且桑哥失里在過黃河之前，曾經派人送信給太子和陛下，替李思齊和察罕二人鳴不平，與二將早就結下了善緣，此番出使劉福通受辱而歸，陛下還沒來得及予以處分，如果貶其去李思齊軍中效力，同時暗中帶一道密旨過去，肯定是神不知鬼不覺！」

「嗯——」妥歡帖木兒聽了，不禁再度意動。桑哥失里的能力有限，但忠心卻如假包換，而去向李思齊和察罕帖木兒兩個傳密旨，的確也不需要什麼能力，只需要此人忠誠可靠就好，所以這個角度上看，桑哥失里的確是個非常恰當的人選。

「陛下，要不老奴這就派人把桑哥失里偷偷召進宮來？」見妥歡帖木兒的態度明顯軟化，朴不花捏了捏袖子裡的珠串，低聲試探。

「不妥！」妥歡帖木兒還以為朴不花真的是一心為國薦賢，搖搖頭，非常認真地回道：「天太晚了，你此時出宮去叫他，肯定會被哈麻的眼線知曉，那樣的話，朕就沒法再對他委以重任了。這樣，明天早朝時，朕佯作發怒，命人拉他出去打板子，你負責監刑，找個機會偷偷告訴他，朕的本意是讓他戴罪立功，然後朕再將他貶到黃河邊上去做縣令，剛好讓他有理由去跟察罕帖木兒和李思齊兩個聯絡！」

順著這樣的角度想下去，妥歡帖木兒忽然發現，好像將哈麻、月闊察兒等一干不肯為皇家盡力，一心只想著撈好處的權臣們挨個除掉，也不是一件非常麻煩的事，自己將內外權力都收歸掌控後，就可以著手整頓兵馬，挑選良將謀臣，擇取一個恰當時機御駕親征淮揚，將朱屠戶等輩犁庭掃穴……

「如果察罕帖木兒和李思齊的確是可用之才，朕不會虧待他們！桑哥失里也是一樣，只要他肯忠心替朕辦事，朕不介意他本領差一些！」

越想，他的思路越是順暢，臉色也紅得越是妖異。

「朕可以給他機會，一次不行就兩次，兩次不行就三次，你說得對，昔日秦王能三用敗將，朕也能！朕不但要重用他，朕還要帶著他和太子御駕親征！朕就不信，我大元養百姓七十餘年，兩淮百姓都半點恩情也不念！」

「嗯哼！」朴不花被自己的口水嗆了一下，捂住嘴巴，紅著臉咳嗽不已。

蒙古兵馬初入中原的時候，恨不得將當地百姓殺光，虧得有人說留下百姓還可以每年按時收到一大筆稅賦，才勉為其難的放下了屠刀，今晚，**妥歡帖木兒居然跟自己說大元養活了天下百姓，還說什麼兩淮百姓會念皇恩！天吶，前幾年到底是誰炸了黃河大堤？莫非脫脫當年也曾經與朱屠戶暗通款曲?!**

「怎麼，朕說錯了麼？難道朕即位之後，虧待過天下百姓？」妥歡帖木兒不悅地看著朴不花問。

「這……」

朴不花知道妥歡帖木兒自打開始修煉演蝶兒秘法後，心智就不可用常規衡量，所以也不敢將人盡皆知的事實坦誠相告，猶豫了一下，決定禍水南引：

「陛下所言沒錯，想那福州同知王章，至死都念念不忘皇恩，我大元忠義之士又豈止一個王章！只是他們的事蹟和名聲不顯，不被朝廷所知而已。」

「是啊，是朕以前過於信任權臣，忽略了他們，是朕，唉……」妥歡帖木兒聞聽，搖頭扼腕。

見對方果然不再追究自己先前的失態，朴不花偷偷抹了下額頭上的冷汗，繼續東拉西扯：

「陛下節哀！王章大人雖死，其忠義之心卻足以光耀日月，而那福建道八路，如今心懷大元者，何止王大人一家一戶？那朱屠戶素來重小民而輕豪傑，想必用不了多久便會遭到當地大姓聯手抗擊！」

「只怕豪傑們力有不逮！」妥歡帖木兒聽得耳順，再度惋惜地搖頭。「等到朕整頓好了兵馬，他們的血恐怕也都冷了！」

「不會，不會，陛下千萬別這麼想，老奴說句不該說的話，想當初，我大元在福建道有蒲家帶路，尚花了六年有餘才平定了八閩，那朱屠戶初來乍到，豈能輕易便在此地站穩腳跟！」在妥歡帖木兒的「全力配合」下，朴不花的撒謊本領直線提高。

「呵呵，不知道誰能做朕的陳吊眼！」聽朴不花編得似模似樣，妥歡帖木兒心懷大樂。

當年大元在福建道損兵折將，是因為那裡出現了一個忠勇無雙的陳吊眼，明知道宋室已傾，依舊試圖隻手擎天，如今，哪個吊眼將軍肯為大元拔劍而戰？

「陳友定、陳瑞孫皆出於閩南陳氏，與陳吊眼乃為同宗！」

反正編一句謊話是欺君，編一車謊話還是欺君，中間沒太大分別，朴不花咬了咬牙，繼續說道：「朱屠戶要是殺了他們，就跟閩南陳氏結下了不共戴天之仇。此外，老奴亦敢保證，那蒲家之野心絕對不只是泉州、興化和漳州三路，原來有陳友定、陳瑞孫等人在側，蒲家雖有不臣之心，卻不敢公開自立，如今兩位陳大人被困，蒲家豈有不趁機擴張之理？他花錢交好朱屠戶，不過是想迷惑對方，而那朱屠戶又是有名的婦人之仁……」

聞聽此言，妥歡帖木兒的臉上再度湧起一抹不健康的潮紅，急切追問：「你是說，蒲家很快就會向朱屠戶動手？你有把握麼？依據何在？」

「陛下別忘了，當年蒲壽庚也是前腳發誓與大宋共存亡，後腳就把留在泉州城內的趙氏子弟還有兩淮傷兵三千餘人殺得一個不留！」朴不花猩紅色的舌頭在嘴巴裡來回翻滾。

「嘶——！」妥歡帖木兒倒吸了口冷氣。

他對泉州蒲家沒有任何好感，不光是因為蒲家長年把持泉州市舶司，貪墨本該屬於朝廷的巨額抽水，蒲家在大元立國之初所做的那些事，也讓他深深覺得鄙夷。

從這種角度上說，他更像是一個漢人皇帝，而不是黃金家族子孫。畢竟，黃金家族在入駐中原之時，只看結果不問道義，只要有宋國文武來投，哪怕是出了名的奸佞之輩，也一律高官厚祿相待；而他，卻對漢家千百年來所奉行的那一套忠孝節義理念打心眼裡認同。

按照這一套理念衡量泉州蒲家，就是標準的逆子二臣，背叛成性，無論與誰訂盟，只要有便宜可占，就會毫不猶豫地從背後捅刀子。從朱重九以往的舉動上看，卻是個難得的信人，這種有誠信的人和毫無底限的人做買賣，被對方所害簡直就是必然。

「陛下莫急，他們兩家徹底翻臉，也就是幾個月的事情，縱使眼下蒲家忽然改了性子，不再出爾反爾，那天方教的傳經人們又豈肯放棄建立地上天國的良機？老奴以為，**只要朱屠戶在福州露出絲毫疲態，等待著他的，恐怕就是一場滅頂之災！**」被自己蓄意編造的假話繞了進去，朴不花越說越覺得順口。

一項決策的出爐速度，與參與決策的人數絕對成反比，妥歡帖木兒君臣二人的行為，剛好驗證了這一點。

當晚，他和朴不花兩個就制定了一套詳盡的計畫，第二天早晨，難得沒有去跟喇嘛們一道參習演蝶兒秘法，而是精神抖擻的出現在朝堂上。

眾文武大臣已經很久沒見自家皇帝如此認真地來上朝了，心裡好生詫異，正琢磨著是不是該抓緊這個難得的機會表現一下的時候，就聽見妥歡帖木兒用手狠狠拍了下御案，大聲喝道：

「桑哥失里來了麼？汝自告奮勇去說服劉賊福通，結果如何？」

結果當然是一無所獲，除了劉福通的兵馬打進了陝西。眾文武不少人原本就對桑哥失里的快速竄起感到不滿，聽出妥歡帖木兒的語氣不善，紛紛將頭側過去，從隊伍末尾尋找幸災樂禍的目標。

桑哥失里也沒料到都隔十幾天了，皇帝陛下才想起來秋後算帳，嚇得臉色煞白，哆嗦地出列跪倒，用顫抖的聲音哀告道：「罪臣桑哥失里辜負皇恩，請陛下重責！」

「你還知道你有負皇恩？呵呵，真不容易！」妥歡帖木兒的聲音聽上去好像飄在雲端，虛幻而又冰冷，「既然你已經知道有負於朕了，朕就不浪費大夥的功夫了，來人，給我拖出去，先打四十廷杖再說！」

「是！」早有當值的武士上前拖起桑哥失里，毫不猶豫地就往外走。

須臾，大明殿外就傳來「劈劈啪啪」的竹板炒肉聲，把殿內一眾文武給驚得面面相覷，誰也不敢相信，素來行事陰柔的妥歡帖木兒居然把棄之多年的廷杖之刑又給撿了起來。

「諸位愛卿，朕打他，可是打得冤枉？」

既然存心做戲，當然要做全套。妥歡帖木兒對門外傳來的哭喊聲充耳不聞，冷冷地掃了一眼群臣，沉聲詢問。

以哈麻為首的眾蒙古大臣紛紛低下頭，不知道該如何答覆才好。

桑哥失里這貨的確該被嚴懲，但妥歡帖木兒貶他的官也好，罰他的俸祿也罷，甚至直接將其流放到千里之外，大夥也不會覺得有任何不妥，但當眾拉出去打屁股，就羞辱太過了，眾文武難免在心中起了兔死狐悲之感，誰也不願開口替妥歡帖木兒捧場。

倒是素來老成圓滑的漢臣首領韓元善，今天忽然不知道轉錯了哪個筋，拱手道：「雷霆雨露俱是君恩，陛下今天打他，是為了磨礪他，為臣子者，豈能心存怨懟！」

「你倒是會說！」妥歡帖木兒聽得磨礪兩個字，心裡立刻有些發虛，偷眼看了看老僧入定般的哈麻，然後怒氣衝衝地呵斥道：「如此，朕倒是要問問你，當年你的兩個兒子分頭出使安慶和淮揚，結果如何了？你當初怎麼答應朕的，朕怎麼一直沒見你的回音？」

「這……」韓元善聞聽皇上的質詢，額頭上立刻冒出顆顆冷汗，蹣跚著出列，躬身道：「陛下開恩，當年犬子奉命去頭前探路，隨即音訊皆無，是以老臣一直沒法動身，也沒法給陛下一個交代！」

「你倒是會說！」妥歡帖木兒看著他，撇嘴道：「朕今天要是不問，你是不是永遠都不準備給朕答覆了？來人，給我把左丞大人也拖出去，先打二十板子，讓他長長記性。」

眾文武大臣立刻又將目光投向已經癱軟在地的韓元善，心中好生同情。出使淮揚，說服朱屠戶接受招安，那是兩三年前的事，當時脫脫還未罷相，許多決策也是朝廷的應急之舉，按常理，這種應急舉措只要過了時效，就根本沒有追溯的必要了，所以大夥這兩年多來也將其忘得一乾二淨，沒料到妥歡帖木兒居然還記得清清楚楚。

然而，可憐歸可憐，卻誰也沒勇氣替老好人韓元善喊冤，只能眼睜睜地看著此人被拖出去，與桑哥失里扒了褲子按在一堆兒共用竹筍炒肉。

妥歡帖木兒兀自覺得不夠解氣，瞪圓了眼睛四下掃視，目光落到誰的臉上，那個臣子就立刻將頭低下，唯恐哪句話說得不小心，或者哪個眼神不對，就步了桑哥失里與韓元善二人的後塵。

「樞密院知院安童何在？」妥歡帖木兒看了半晌，終於將第三輪板子落在了同樣是老好人的樞密院知院安童頭上。

「老臣在，老臣無能，請陛下責罰！」老安童嚇得一哆嗦，苦著臉出列，長揖及地。

妥歡帖木兒狠狠瞪了他一眼，厲聲問：「你倒是聰明！朕問你，劉賊福通麾下叛匪頭目關鐸率部進犯陝西，你樞密院可曾拿出了對策？湖廣那邊呢？莫非你等就眼睜睜地看著山河破碎而無動於衷麼？」

「這……」安童又是一哆嗦，將頭垂得更低，「啟稟陛下，樞密院的對策是，調動地方兵馬自救，同時派出官員，鼓勵扶植各地豪傑自辦義兵，士紳結寨自保。另外，陝西宣慰使張良弼已經起兵迎戰關鐸，雙方勝負未分。湖廣那邊，也有義軍萬戶劉寶貴、王湘領兵迎戰朱賊重八，為國分憂！」

陝西宣慰使張良弼素有能戰之名，由他來對付關鐸，倒不失為一記妙招，但用兩支聽都沒人聽說的義兵去抵抗大賊頭朱重八，就等同於以肉飼狼了，非但不可能取勝，並且極有可能讓朱重八愈快地發展壯大。

妥歡帖木兒今天是難得的清醒，稍加琢磨，就感覺到了安童是在糊弄自己，於是用力拍了下桌案，怒喝道：「義兵萬戶劉寶貴和王湘？他們兩個是哪冒出來的？湖廣的宣慰使、平章和蒙古、漢軍萬戶呢，難道都去自殺了麼？樞密院不啟用他們，為何把希望寄託在兩個義兵萬戶身上?!你這蠢材，分明是在胡亂應付！來人，給朕拖出去，打五十板子！」

「是！」武士們衝進來，又拖走了連聲求饒的安童。

這下，身為丞相的哈麻無法繼續裝聾作啞了，直起腰，對著妥歡帖木兒拱手道：「陛下息怒，樞密院的安排，臣曾經在上面附議，並且派人送入過宮中。」

「朕看到了，所以朕才對爾等大失所望！」妥歡帖木兒昨夜剛剛分析過哈麻的真正實力，所以今天說話的底氣很足，「不就是幾路反賊麼？看你們都亂成了什麼模樣？如此，朕怎麼放心讓你等代掌朝政?!哼！朕今天不想責罰更多的人，但爾等切記要好自為之！」

說罷，也不給哈麻分辯的機會，向大明殿外看了看，厲聲宣布：「桑哥失里大言誤國，貶為單父縣令，即日赴任，整頓地方兵馬，以防淮賊過河生事！」

眾人聞聽，心裡再度湧上一股寒意，這分明是準備讓桑哥失里去送死啊。單父縣乃緊挨著黃河北岸的彈丸之地，前段時間又剛剛經歷過戰火，哪裡招募得到足夠的勇士幫忙守城？萬一哪天淮安軍渡河北上，恐怕第一時間桑哥失里就得與城俱殉。

沒等眾人緩過一口氣來，妥歡帖木兒又接連處置了倒楣的韓德善與安童，將他們二人一個貶去嶺北當知州，一個流放到甘肅做都事，好生是殺伐果斷。待處理完了三人，他肚子裡的無名業火彷彿終於散盡，又看了一眼被羞得臉色發黑的哈麻，放緩了語氣安撫道：

「朕知道你心軟，但身為丞相，就不能不賞罰分明，這次，朕替你把惡人做了，下次，朕希望你能多少讓朕省點心思！」

「是，臣遵旨！」哈麻被妥歡帖木兒忽冷忽熱的舉動弄得一頭霧水，無可奈何地答應。

「朕上次聽桑哥失里說，察罕帖木兒與李思齊兩個曾經與淮賊交過手，並且絲毫沒落下風？此事是否屬實？」妥歡帖木兒不動聲色地問。

「這……此事屬實！」哈麻的頭腦還在眩暈狀態，老實地回道。

「把他們兩個召回大都來，朕要親自問問淮賊那邊的情況，讓太不花和雪雪嚴加戒備，等朕瞭解清楚了敵情，再決定是否安排他們揮師南下，這兩件事情都別耽擱，你馬上去安排！」妥歡帖木兒揮了下胳膊，吩咐道。

哈麻怎能想到有人已經對自己的喉嚨亮出了獠牙？點點頭低聲稱是。

妥歡帖木兒為了麻痹他，又和顏悅色地過問了一下秋糧入庫以及稅收的情況，當朝處理了一些瑣碎政務，然後將袖子一擺，自行轉身離開。

「散朝！」朴不花扯著嗓子大聲宣布。

待目送群臣散盡，趕緊繞了個圈子，跑進大明殿側面專門供鎮殿武士歇息的廂房，將早就被抬到那裡等候的桑哥失里雙手攙扶了起來。

一邊扶著後者活動筋骨，一邊陰陰地問道：「桑哥失里，陛下讓老奴問你，你今天當眾挨了板子，可否覺得委屈？」

「啊？罪臣叩謝皇恩！」早在另外兩個挨了板子的被放走，唯獨自己被留下來的時候，桑哥失里就感覺事情有點不對勁，現在聽朴不花提起，立刻掙扎著跪倒，朝內宮方向磕頭行禮。

「你明白就好！」見到對方如此上路，朴不花立刻笑了笑，把桑哥失里拉了起來，殷切地道：「有些話，咱家不方便說，但是咱家卻要告訴你，陛下對你期望甚厚！」

「罪臣……」桑哥失里又要跪倒叩頭，卻沒朴不花力氣大，努力了兩次都沒成功，只好將身體站直，道：「罪臣知道陛下沒有忘記罪臣，多謝陛下，多謝老大人，罪臣願意為陛下赴湯蹈火。」

「赴湯蹈火倒是輪不到你！」朴不花輕輕搖頭，隨即朝四下看了看，確定周圍都是可以相信的心腹，然後將聲音壓低，「並非陛下想要發落你，而是今天不打你一頓糊塗板子，瞞不過有心人。」

「雷霆雨露俱是君恩！」桑哥失里眼睛微紅，啞著嗓子說道：「只要對陛下有用，甭說這頓打，就是捨命，微臣也毫無怨言！」

「你是個有心的，不枉陛下看重你！」朴不花心裡愈發滿意，諄諄說道：「你上次給太子的奏摺裡頭說，太不花和雪雪兩個無故克扣察罕帖木兒和李思齊二人的軍需對不對？陛下已經知道了。但眼下哈麻和雪雪兩兄弟，一個在朝黨羽眾多，一個在外手握大軍，陛下想管這件事也投鼠忌器。這其中道理，你可明白？」

「明白，明白！該如何做，卑職願聽老大人調遣！」桑哥失里激動得說。他早就看出哈麻是個禍國殃民的權臣來了，只是人微言輕，無力當朝拆穿此人的真面目，更無力為國鋤奸，此時大元天子能讓朴不花私下裡跟他說這些，無疑已經知道了他的耿耿忠心，準備要對他委以重任。

果然，聽了他的表態，朴不花再度滿意地點頭道：「嗯，你是個聰明的，一點就透！那老夫就不繞彎子了，陛下最近要招察罕帖木兒和李思齊二人入大都，當面詢問朱屠戶那邊的虛實。聖旨馬上就要發出去，但在這之前，需要有人替陛下跟他們通個氣，讓他們多帶些精銳回來。這些，你可明白？」

「罪臣這就去赴任。大人請放心，即便是粉身碎骨，微臣也在所不惜！」桑哥失里的腦袋裡立刻被豪情壯志充滿。徹底忘記了身上的疼。

皇上要召察罕帖木兒和李思齊二人入衛大都，順手清君側，**哈麻、月闊察兒，還有那些與哈麻狼狽為奸的亂臣賊子終於要遭到報應了，而自己，汪家奴之子桑哥失里，就要成為整個鋤奸計畫裡頭最重要的那個人！**

如此，**他怎能不激動萬分！**剎那間，他彷彿看到了自己身披金甲，帶領大批武士衝入哈麻家中，厲聲質問對方可否知罪，而哈麻、月闊察兒等一干亂臣賊子嚇得面如土色，癱在地上不停地磕頭乞憐。

「沉住氣，先回去跟家人告個別，裝出一副含冤受屈的模樣來！否則，萬一被哈麻看出了端倪，陛下的一番苦心可就白費了。」

見桑哥失里激動得連站都站不安穩，朴不花趕緊在他的肩膀上拍了拍，「記住，此事上不告父母，下不告妻兒！」

「卑職遵命！」桑哥失里被從幻想中拍醒，鄭重說道。

見他一副不成功便以死回報君恩的模樣，朴不花相信自己果然沒找錯人，於是和顏叮囑了一些細節，並且從衣袖深處拿出一塊妥歡帖木兒常用的龍行玉佩作為信物，讓桑哥失里收好，待確認萬無一失了，才衝外面喊道：

「來人啊，把這沒用的東西叉出去，押回府中收拾東西，待明日一早立刻遣送出城！」

「是！」幾名心腹怯薛立即進來架起桑哥失里，大步往外拖去。

桑哥失里很有默契地大聲喊冤，聲淚俱下，直到人都被拖出了皇宮，還隱隱有喊冤聲傳來。

「這蠢貨！」聽到他撕心裂肺的叫聲，朴不花瞬間變了臉色，轉身朝內宮走去。

穿過大明殿，他卻沒按照以往的慣例去妥歡帖木兒日常休息的延春閣，而是信馬由韁地走向了側面的西華門。

恰巧有個叫崔不花的高麗太監頭目從西華門口經過，見到朴不花，趕緊小跑著上前問候，「哎呀，老祖宗。您今天怎麼有時間出來了？是準備到太液池麼？看看這太陽毒的，不打傘怎麼行。您老先等等，晚輩這就給您找傘去！」

「滾，都深秋了，太陽再毒，還能毒得了幾時？傘就算了，你過來，我這裡有包魚食，你幫我投到太液池裡去！快起風了，得讓池子裡的魚兒攢攢肚子，做些準備，以應付寒潮！」

朴不花隨即從腰間掏出一個軟軟的布包，順手遞了過去。

「老祖宗，您可真是心善。晚輩這就去，斷然不會耽誤了您老的事！」崔不花滿臉堆笑的接過布包，塞進懷裡，小跑著遠遁。

「一群上不了臺面的，真是給人操不完的心！」朴不花罵了一句，往回走去。

他是朴不花，高麗人朴不花。**高麗陷入蒙古之手已經近百年了，不知道還有多少豪傑記得自己的故國？**

顯然，記得高麗故國的，不止是老太監朴不花。大元朝第二皇后奇氏，在這一點上絕對巾幗不讓鬚眉。

而她和妥歡帖木兒的兒子，十七歲的孛兒只斤．愛猷識理達臘，此刻在母親面前，也堅持認為自己是半個高麗人，有義務讓高麗恢復傳承。

母子兩個接到朴不花放在魚食中的字條，心頭俱是一陣狂喜，立即行動起來，召集心腹，調遣人手，就等著在妥歡帖木兒武力解決丞相哈麻時，**來一個黃雀在後。**

與先前其他華夏朝代不同的是，蒙元自立國以來，就保持著后族輔政的草原傳統，因此奇氏的權力很大，朝廷中很多重要職位的擔任者，都是她的心腹或者族人。

這兩年妥歡帖木兒沉迷於修煉演蝶兒秘法，沒精力管理家事，皇家的大部分產業也全由她帶領一批高麗奴僕打理，在人員和錢財都非常充裕的情況下，她幾乎未驚動任何人，就悄然將一切準備就位。

相比之下，愛猷識理達臘手邊的可用力量就比其母小了很多，在中書省、御史臺和樞密院裡的心腹，也受到了哈麻一黨的排擠，還沒能完全站穩腳跟。不過，他是妥歡帖木兒親手推出的監國太子，無論做什麼事都不必偷偷摸摸，所以只要狠下心來給自家父親下套，倒也能做得神不知鬼不覺。

母子齊心，勝券在握，如果沒有重大意外發生的話，最遲到了冬天，大元朝內外就要「煥然一新」。

然而，隨著發動日期的一天天臨近，皇后奇氏的決心卻一天天開始變弱。特別是眼睜睜地看著丈夫像個傻子般毫無察覺，每次見了自己都強打精神，奇氏的心裡就彷彿有一把匕首在不停地捅來捅去。

這個男人雖然不擅長治國，也不懂得治家，但是始終沒有虧欠過她，沒有虧欠過她的兒子，而**她們母子卻要聯起手來，將其拉下皇位，取而代之！**萬一陰謀發動時，火候稍微沒有控制好，有可能就要將他置於死地，那樣的話，等自己百年之後與他在佛陀那裡再次相見，自己將如何跟他解釋今日的所作所為？

說是為了高麗復國麼？好像這個理由很難站得住腳。高麗的確是大元的附庸，大元對高麗也曾經是百般欺凌。可隨著妥歡帖木兒執掌大權後，高麗王朝的待遇已經得到了極大的改善，如果等到太子即位，憑著自己的影響力，讓高麗不流血就徹底脫離大元掌控，也並不是沒有任何希望。

說是為了大元中興？好像也非常牽強。的確，妥歡帖木兒把國家搞得亂七八糟；大元朝落到今天這種地步，妥歡帖木兒難辭其咎，但是，妥歡帖木兒卻是大元立國以來，在位時間最長，權力最牢固的皇帝之一，在他之前，有三任皇帝根本就是權臣的傀儡，丞相殺皇族如同殺雞！

只有到了妥歡帖木兒，情況才被徹底扭轉。夫妻兩個忍辱負重，先熬死了權臣燕帖木兒。又陸續殺掉了當權太后卜答失里，鬥垮了權相伯顏，將失去已久的軍政大權一點點又收攏回皇帝自己手中。

如此絕境逆轉的奇蹟，歷史上恐怕只有當年大唐玄宗李隆基可以相比，只是**唐玄宗李隆基給大唐帶來了開元盛世，而妥歡帖木兒卻讓大元搖搖欲墜……**

想到夫妻兩個當年同生共死的時光，奇氏就愈發懷疑自己先前的決定，但是箭在弦上，想引而不發也不可能，最多是努力保住自家丈夫的性命，不讓他無辜枉死而已。

於是，趁著察罕帖木兒和李思齊二人還沒抵達大都城，她找了機會，小心翼翼地跟兒子孛兒只斤商量道：「犀牛兒，我聽說唐高祖胸前生了三個乳頭，秦王在玄武門之變後跪吮其一，然後父子之情恢復如初，你說這個故事有幾分是真的？男人莫非也能給孩子餵奶麼？」

「父子兩個都是聰明人，心照不宣而已。」孛兒只斤自幼被妥歡帖木兒當作帝國繼承人來培養，《資治通鑑》中關於貞觀之治的經過，讀過恐怕不下二十遍，此刻聽母親忽然提起李淵和李世民父子的故事，豈能猜不到後者突然心軟？因此想都不想便道：

「您沒看見旁邊還站著尉遲恭麼？如果李淵還不識相的話，恐怕史冊上關於這段故事的記載就變成了李建成和李元吉殺父奪位，而李世民為父報仇了！」

這話回答的可謂乾脆俐落到了極點，奇皇后聞聽，心裡頓時一片冰涼，強笑著說道：「犀牛兒真是慧眼如炬，居然連李淵父子當時的想法都能猜得一清二楚，不過李世民這樣做，畢竟落下了個好名聲，李淵退居深宮後，也沒再給他添任何麻煩！」

孛兒只斤撇撇嘴，稚嫩的臉上寫滿了不屑，「那是因為李淵手下的心腹已經老得老，死得死，翻不起什麼風浪來了，否則，他才不會甘心做他的太上皇。您沒見史書上記載麼，他當太上皇那幾年，又給李世民生了一大堆兄弟姐妹，這個人的精力可不是一般的充沛！」

「那……」奇皇后聞聽，心裡愈發覺得寒冷。兒子長大了，遠比其父親殺伐果斷，萬一妥歡帖木兒不肯主動認輸的話，恐怕想做個平安太上皇都沒可能。但到了此刻，她卻不能半途而廢，否則兒子光憑自己的力量，不可能鬥得贏他父親，妥歡帖木兒反敗為勝之後，也不可能容忍一個逆子活在世上。

這就是皇家，漢人當政也好，蒙古人當政也罷，**眼裡頭看的都只有那把椅子，沒有父子之情，也沒有夫妻之恩**。可憐自己先前還曾經幻想過將丈夫逼退之後，與兒子共同執掌朝政，現在看來，兒子在幹掉丈夫之後，恐怕下一個目標就會是自己！

想到自己今後可能的下場，奇皇后就覺得有股冷風從半空中直撲下來，鑽進自己的腦門，鑽進自己的心臟，隨著血液流遍四肢。

她的臉瞬間變得蒼白，嘴唇也被凍得一片烏黑，想跟兒子說幾句手下留情的話，卻發現自己的舌頭也被寒氣凍住了，所有詞彙堵在嗓子眼，一個字都表達不出來。

「到底是女人，不足相謀大事！」見到母親忽然難過成這般模樣，愛猷識理達臘偷偷腹誹道。

然而，眼下他還沒有取得最後的成功，不能失去母親的支持，更不能將善變的母親逼到父親那一邊，於是強裝出善解人意的模樣，安撫道：

「您放心好了，我會努力控制住火候的，父皇從小就最寵愛我，又這麼早就立我為太子，我豈能真的不顧父子之情?!我想讓他去後宮歇息，主要是為了保住列祖列宗歷盡艱辛才打下來的這片江山，否則，等到父皇想起來把擔子完全交給我時，恐怕大元朝已經剩不下什麼了！」

「犀牛兒，你有這個心思就好！」奇皇后將信將疑，強笑著點頭。「娘親也是為了你能做個中興之主，才希望你父皇早些退位，可是現在想想，你父皇這輩子也挺不容易的，娘親這樣做，恐怕過後再也沒臉見他！」

「您放心好了，父皇的心思根本不在朝堂上！」愛猷識理達臘撇了下嘴，「您看他這兩年來，每天有一大半時間都在修煉那個演蝶兒秘法，哪有功夫管這個國家?只是大元沒有父子相讓的先例，他才沒主動退居深宮。兒臣這次輕輕推上一把，他就有了足夠理由把擔子放下，一門心思去修煉他的長生之道了！只要咱們別斷了每輪八個肉蒲團的供應，父皇說不定還會感謝咱們呢！」

「你這孩子，怎能如此數落自己的父皇！」聽到「肉蒲團」三個字，奇皇后心中的寒氣瞬間變成了怨毒，什麼藏傳秘法，什麼長生之道，還不是像春天發情的牲口般搞在一起配種？

真的再生出孩子來，誰知道是大喇嘛的，還是孛兒只斤家族的？如此，還不如讓兒子早點繼承皇位，免得妥歡帖木兒哪天修煉修得走火入魔，把喇嘛的兒子也給立了太子。

見自己一句話就成功打消了自家娘親的退意，愛猷識理達臘心中好生得意，繼續道：「不過娘親放心，父皇的那幾個喇嘛師父，兒臣會儘早送他們去極樂世界伺候佛祖，就不勞他們住在紅塵之地了！」

「好吧，我兒掌握分寸就好！除了你的父皇，其他人該殺的一定要殺，千萬不能手軟！」

比起自家丈夫，奇皇后更恨那些在後宮中日日淫亂的喇嘛，尤其是那個膽大包天的伽璘真，居然向妥歡帖木兒建議，拉自己一道修煉大喜樂，若不是自己揮刀自刺，以死明志，弄不好妥歡帖木兒還真會聽從他的提議，將自己跟眾喇嘛共用。

「那是自然！」愛猷識理達臘點點頭，雙目寒光四射，無論維護皇家榮譽，還是為了自己的皇位，他都不能再留著那些喇嘛，否則過幾年，後宮裡冒出一大堆兄弟姐妹，他再想動刀子，恐怕就來不及了。

「大臣那邊，你覺得會如何反應？」既然無路可退，奇氏只好先將對丈夫的憐憫放在一邊，轉而詢問起善後的安排。

「搠思監已經主動來投，禿魯帖木兒也表示要跟哈麻劃清界限。定柱是個糊塗蟲，他掀不起什麼風浪。至於太尉月闊察兒和汪家奴，他們兩個跟哈麻關係太近了，兒臣沒敢打草驚蛇。事成之後，也不準備再留著他們！」愛猷識理達臘收起笑容，咬牙切齒地回應。

哈麻在朝堂上黨羽眾多，無須母子二人動手，妥歡帖木兒自己就會清洗掉其中一大半。剩下的那些，能用的就暫且對付著用，不能用的，就直接殺掉了帳。對母子二人來說，也沒什麼可惜。

不過，殺人這種事情，最好講個名正言順，於是乎，奇皇后想了想，又提醒道：「漢臣那邊呢，你聯繫了幾個？他們什麼態度？」

「漢臣都是擺設，能有什麼態度？」愛猷識理達臘不屑地說：「不過……」

忽然，他又搖搖頭，展顏而笑。「您記得前些日子被父皇打板子的那個韓元善麼？這個人很有意思，前幾天我去他府邸探望他，他居然跟我講了個冒頓單于的故事，說此人在位期間，攻滅東胡，西擊月氏，南侵中原，北服渾庾、屈射，豐功偉績，可與秦皇漢武比肩。真是有趣，有趣！哈哈，哈哈哈哈！」

「立刻派人殺了他！」奇皇后大驚失色，雙眉倒豎，如兩柄出鞘的匕首。

冒頓單于**鳴鏑殺父**的典故，對熟悉漢家文化的她來說，一點兒都不陌生。為了從他的親生父親頭曼手中奪取單于之位，冒頓先製作了一支可以發出聲音的利箭，命令麾下士卒凡鳴鏑所向，就萬弓齊射。

待士卒們聽懂了他的命令之後，他就開始將目標從獵物、寶馬，一步步升級到自己最喜歡的姬妾。凡是猶豫著不肯放箭者，皆處以極刑，士卒們非常在嚴刑逼迫下，逐漸被培養成一種本能，只要是鳴鏑聲響起，不管目標是何物就萬箭齊發，最後，冒頓在打獵時，將鳴鏑射向了自己的親生父親……

無論韓元善是懷著什麼目的給愛猷識理達臘講這個故事，很顯然，他已經發覺大都城中正在進行的陰謀，所以，為了保全自己，奇氏必須讓他死！

誰料愛猷識理達臘卻對其母的建議不以為然，搖搖頭道：「一個無膽鼠輩而已，何必因為他而打草驚蛇？就算猜到了什麼，他敢去父皇那裡出首麼？他就不怕他給兒臣講的那個故事，被父皇當作挑撥離間？」

「不怕一萬，就怕萬一，誰能保證他會不會像桑哥失里那般少一根筋！」奇氏說不過兒子，只能拿別人的例子做比方。

「桑哥失里是急著往上爬，韓元善已經是漢臣中的第一人了，還能往上爬幾步？」愛猷識理達臘非常有主見，反駁母親道：

「娘親且安，此人挑這個節骨眼給兒臣講鳴鏑殺父的典故，無非是想告訴兒臣，他是站在兒臣這一邊而已；即便他不是這個意思，兒臣也覺得冒頓單于的確幹得不錯，接任單于之位後，沒多久就一統塞外諸部，連漢高祖劉邦都被他打得毫無還手之力，不得不靠和親進貢才能保住一夕安枕，而匈奴百姓提起冒頓，只會記得他橫掃二十六國，誰會在乎他怎麼得到單于之位的?!」

一番話，再度說得奇氏無言以對，鳴鏑殺父這件事從私德上來說，的確是違反父子人倫，但是對於當時的匈奴，卻是一件壯舉，匈奴之後五十餘年的興盛就是明證，而今天她和愛猷識理達臘所謀劃的事，若是能讓大元中興，即便對妥歡帖木兒本人有所虧欠，心裡也無須過於內疚了。

正感慨間，又聽愛猷識理達臘冷笑道：「當年奶公曾經說過，大元帝國之所以走到今天這般地步，就是蒙古人身上少了祖宗身體內那種**狼性**，而漢人身上的羊性卻越來越多，只可惜父皇誤信讒言，居然生生逼死了他，兒臣即位後若是想中興大元，恐怕最便捷的方法，就是從恢復族人的狼性上著手！」

所謂奶公，就是大元前丞相脫脫。愛猷識理達臘幼年時曾經長時間寄養在他家，文武和權謀的啟蒙都是脫脫親力親為，後來愛猷識理達臘遲遲不能被確定太子之位，也是脫脫出馬，才說服了妥歡帖木兒，令他下定最後的決心。所以在愛猷識理達臘心目中，脫脫等同於自己的授業恩師，甚至是半個父親，雖然在脫脫落難時，他沒有給予任何援手。

「我兒既然成竹在胸，為娘自然不能拖你的後腿！」對於逼退妥歡帖木兒後該如何治理國家，奇氏心中並沒有任何既定之策，聽愛猷識理達臘說得似模似樣，還拉了已故的丞相脫脫背書，就笑著點頭答應。

母子二人又展望了一會兒未來，最終打消了全部疑慮，確定一切按照原計劃執行。

看看外邊天色將晚，愛猷識理達臘便起身向娘親告辭，奇氏知道兒子事情多，也不挽留，命令宦官和宮女點起燈籠，親自送對方出了廣寒宮。

走過太液池上的廊橋，轉身回返的瞬間，她發現兒子不知道什麼時候已經高出了自己大半個頭，走起路來龍行虎步，早就過了需要人攙扶的年齡。

「犀牛兒——！」奇氏沒來由心裡一酸，停住腳步，對著兒子的背影低聲呼喚。

愛猷識理達臘的腿頓時絆了一下，以為母親又要反悔，趕緊回身道：「娘親還有事麼？放心好了，兒臣會把握分寸，至親不過父子，高麗也是彈丸之地，對大元沒任何用途。」

「不是，不是！」奇氏擦了下眼角，輕輕搖頭。「娘親只是想多看你一眼，算了，你走吧。天冷了，小心地上露水重！」

「兒臣知道了，娘親也小心！」愛猷識理達臘笑了笑，昂首闊步而去。

他現在時間不多了，才沒耐心花在母慈子孝這些瑣碎事情上！回到東宮太子府，立刻將手下的一眾心腹召集起來，重新調整策略。以防事到臨頭時母后那邊又出問題，影響了整個大局。

‧第七章‧

直搗黃龍

哈麻傲然道：「我大元軍械局如今也能自己造出火繩槍，
雙方在沙場角逐，再差也能保住黃河以北這萬里疆土！」
「丞相打得好算盤，只要時機一到，
我淮揚軍就會誓師北伐，直搗黃龍！」
宣節校尉李信拍了下桌案。

成，就是平步青雲，敗，就是滿門抄斬！太子府眾人也知道大夥已無路可退，因此很快就拿出了好幾種應急方案。只是太子府的實力過於單薄，這些方案看似精密，若是真的失去了奇皇后的支持，單獨面對妥歡帖木兒的雷霆之怒，依舊勝算甚低。

「臣有一弟，如今在直沽市舶司任水師千戶之職，麾下有大海船五艘，可為應急之用！」太子府詹事李國鳳素來謹慎，見種種策略都不能確定萬無一失，乾脆建議愛猷識理達臘事先考慮退路。

「去哪兒？孤能去哪兒？若大事不能成，誰又敢收留孤家？」愛猷識理達臘狠狠瞪了他一眼，厲聲質問。

做事就怕預留退路，未等開戰就先想著逃命，只要開了個頭，後果就非常難以預料。所以他一定要果斷扼殺這股歪風。

「這……」李國鳳被嚇得打了個哆嗦，支支吾吾說不出具體去向來。出海的話，最妥當的地方當然就是高麗，然而在大元的重壓下，高麗國又怎敢不交出眾人的腦袋?!

「殿下切莫生氣，李大人手中的海船未必不能派上用場。」不忍看著李國鳳被殺雞儆猴，太子府怯薛副萬戶伯顏拱了拱手，主動接過話頭，「末將聽人說，淮賊重利，若是殿下派人與朱屠戶搭上線，即便皇后臨陣退縮，有了淮賊派來的死士相助，殿下也一樣穩操勝券！」

「什麼，你居然要我去勾結朱賊?!」愛猷識理達臘的手迅速搭上了劍柄，眼中怒火翻滾。

支撐著他推翻自己父親的最大理由，便是他自己登基之後，可以快速中興大元，掃蕩紅巾群賊，將罪魁禍首朱屠戶千刀萬剮，然而，沒等奪位成功，他最信任的屬下之一居然勸他去向朱屠戶求助，如此荒誕的提議，怎麼可能不令他怒火萬丈！

倉促之間，其他文武幕僚根本來不及仔細分辨伯顏的提議到底合不合理，趕緊擋在愛猷識理達臘身前，同時嘴裡大聲呵斥：「伯顏，你太過分了！還不趕緊向殿下謝罪！」

「伯顏，你大白天喝酒了麼？滿嘴胡話！切莫說朱屠戶根本不會幫咱們，即便他真的會派來人馬，萬一事成之後他的人馬不肯離開，你我如何向太子殿下交代？」

「胡鬧！你一介武夫，只管奉命殺敵就是，沒事瞎出什麼餿主意！」

「是啊，你天天說哈麻勾結淮賊，你引朱屠戶的人來大都，此舉與哈麻何異？」……

大家你一句，我一句，唯恐伯顏繼續他的荒誕言論，逼著愛猷識理達臘痛下殺手。

然而那副萬戶伯顏卻是個拉著不走，打著倒退的驢脾氣，明知道同僚們都是為了自己好，卻梗著脖子，理直氣壯地道：

「你們才糊塗，你們全都是糊塗蟲！老子早就滴酒不沾了，怎麼會說胡話！老子現在清醒得很！哈麻勾結淮賊，是為了他的一己之私，老子建議太子殿下向淮賊求援，卻是一心為國，這兩件事情出發點就不一樣，怎麼可能混為一談？」

「有什麼不樣，還不都是勾結？」

「胡說，全是胡說，趕緊跪下，向太子謝罪！」

……

眾幕僚急得滿頭是汗，不停地向伯顏跺腳眨眼，倒不是他人緣有多好，而是若為此先殺一大將，實在有損士氣。

伯顏卻不領大夥的情，像吃錯了藥一般，繼續說道：

「當年唐高祖起兵時，還跟突厥人借過五百狼騎呢，其得了天下後，還不是照樣跟突厥人打生打死？誰見到他把大唐江山拱手相讓來著？**什麼叫勾結，狼狽**

為奸，共謀私利是勾結；借力打力，借刀殺人，是睿智！」

話裡頭例子倒也舉得恰當，非但讓眾人刮目相看，愛猷識理達臘緊握在劍柄上的手也鬆開了許多。

但是，想到自己的心腹大將居然半點自信都沒有，反而把希望寄託在敵人身上，他依舊無法咽下這口氣，冷笑道：「你想得倒是美，朱屠戶憑什麼給你派兵？況且朱屠戶見到有機可乘，豈不會立刻揮師北上？屆時，他派來大都城的死士裡應外合，你我就是大元的千古罪人！」

「主公明鑑！」伯顏彷彿早就直到妥歡帖木兒會有此疑慮，施了個禮道：「朱屠戶此刻正在八閩與泉州蒲家眉來眼去，哪那麼容易掉頭殺到北方來？就算知道了咱們的事，也只能隔著幾千里的路乾瞪眼。其二，末將剛才向您提議找淮賊幫忙，卻沒說跟淮賊借兵，只要那邊能派出三五百死士過來助陣，主公您在關鍵時刻就能打別人一個措手不及，而三五百名死士卻不足以佔據大都城以為其他各路淮賊做內應；過後若是他們賴著不走，主公您調遣十倍兵馬圍上去，殺光他們易如反掌！」

「嗯？」伯顏眉頭微微一挑，握在劍柄上的手指又鬆開了數分。

淮安軍的戰鬥力如何？**作為大元監國太子的他心知肚明，否則也就不會將中**

興大元放在剿滅淮賊之前了，登基後立刻點起傾國之兵打過去，又能轉移群臣和百姓的視線，又能樹立自家威望的事，他怎麼可能不擺在首要位置?!

但淮安軍的戰鬥力越是強悍，他將這群虎狼引到大都城內後，局勢失控的風險也就會越大，一個把握不住，**好好的黃雀在後，就變成了獵人更在黃雀之後了，到頭來白白為朱屠戶做了嫁衣！**

正猶豫不決時，先前被他質問過的李國鳳卻扯開嗓子，大聲道：「殿下當心，此計萬萬行不得！您逼皇上退位，乃大元朝的內部之爭，萬一引入淮賊，就是引狼入室，不，就是認賊作父，即便僥倖得手，也難安百官和將士們之心！」

愛猷識理達臘再度皺起眉頭，將目光轉向李國鳳，不過這回，他的眼裡卻沒有絲毫的憤怒，李國鳳這廝膽小歸膽小，行事卻穩重第一，絕不會像伯顏那廝，總是恨不得把頭頂上的天給捅出個窟窿來。

「伯顏將軍也不要著惱！」搶在伯顏開口指責自己之前，李國鳳又朝後者拱了下手，道：「將軍先前的提議也並非沒任何可取之處，淮賊之所以戰力驚人，無非仗著其火器犀利，鎧甲堅固爾，若是能利用海上貨運之便，趕在大事發動前，從淮賊那邊弄一批拉線手雷和鎖子甲來，即便我等的謀劃功虧一簣，殿下也可以指揮東宮侍衛殺出大都城去，等到陛下息怒之後，再想辦法父子和好如初！」

「哇！**狡兔三窟**！」……

愛猷識理達臘再度眉頭緊鎖。其他一眾文武幕僚也紛紛低聲交頭接耳。

李國鳳這廝討厭就討厭在總是把事情往最壞處想，但他的話，也不能說毫無道理。俗語云，**小杖則受，大杖則走**，萬一大夥所謀不成，惹得皇上發了雷霆之怒，能先跑到外地躲一躲，總比困在城裡等死強。況且，妥歡帖木兒素來看中太子，即便發現太子對他無情，氣消了之後，也未必會真的要了太子殿下的小命。

聽著周圍嘈嘈切切的議論聲，愛猷識理達臘好生委決不下，想斷然否定這個提議吧，又怕自家親娘到時候真的臨陣退縮，讓自己單獨去面對父親的力量；想依計去聯絡淮安軍吧，又怕對方獅子大開口或者引狼入室。

他手按著劍柄，在屋子裡徘徊了好半晌，終於把心一橫，道：「李詹事，令弟國雄能跟淮賊那邊聯繫得上麼？現在去買鎧甲和火器，是否來得及？」

「時間上應該沒問題，大不了殿下您再偷偷給察罕帖木兒去個信，讓他在路上多耽擱幾天。」李國鳳想了想，道：「此事關鍵在於一定要瞞過哈麻，直沽市舶司裡頭，從上到下幾乎都是哈麻的人，一不小心就會走漏消息；至於聯繫倒是不太難，全天下誰不知道淮揚商號的第一大股東就是那個所謂大總管府，只要在直沽港裡找到淮揚商號的貨船，就不難將殿下的意思帶到蘇賊明哲那裡！」

「根本不用那麼費勁，若說通淮，誰能比得上哈麻跟雪雪?!順著哈麻家在大都城內的產業，肯定能把淮賊的細作翻出來！」伯顏不以為然地說。

「沒你的事了，你退下休息吧！」愛猷識理達臘被他說得心裡好生煩躁。

「末將遵命！」伯顏的臉紅得就像烤熟的雞屁股，躬身行了個禮，退出門外。

愛猷識理達臘懶得在這個莽夫身上多浪費功夫，繼續跟眾人商量怎樣以最小代價弄到淮賊的武器和鎧甲，以及如何避免淮安軍趁機北犯等諸多緊要大事。

眾文武見他已經鬆了口，就不再藏著掖著，紛紛開動腦筋，群策群力地尋找對自家最有利的方案，誰也沒留意到，伯顏出了太子府後，接下來又去了什麼地方。

就在眾人忙得無暇他顧的時候，伯顏走出太子府，先是信馬由韁地在街道上轉了幾個圈子，然後忽然側轉坐騎，悄悄拐入一條骯髒混亂的胡同當中。

就在整條胡同快到盡頭的時候，猛然間他又拉住了坐騎，緩緩走到一處掛著暗黃色燈籠的雞毛小店門口。

「客官，您想打尖，還是住店啊！」正蹲在門口鬥蛐蛐的夥計被突然出現的戰馬嚇了一大跳，趕緊堆起笑臉，熱情地問道。

伯顏用力揮了下馬鞭，凶神惡煞般道：「一年前老子肚子餓了，在家買過三斤醬驢肉，今天忽然想起來味道不錯，就再來買十斤。有麼，有就趕緊給我拿上，價錢好說；沒有現成的，就趕緊給老子去殺驢，老子就在這兒等著！」

「有，有，沒別人的，也不能沒您的，客爺，趕緊裡邊請啊！」小夥計精神猛地一振，扯開嗓子叫嚷，隨即拉開小店旁的柴門，將伯顏和他的戰馬一併給拉了進去。

瞬間燈籠熄滅，黑漆漆的胡同中，萬籟俱寂。

雞毛小店內也是一片死寂，掌櫃、夥計，還有在店裡棲身，靠打把式賣藝為生的幾個江湖人物，全都像鬼魅一樣鑽了出來，占領了院子內所有要害位置。

唯一手裡沒拿兵器的，是平素在後院負責煮食的胖大廚。只見他拿起一個滿是油脂的琉璃燈，衝著不遠處一棵老榆樹緩緩晃動。昏黃的燈光被外面特製的罩殼遮擋，忽明忽暗，忽明忽暗，看上去好生妖異。

很快，老榆樹背後另一處人家的閣樓裡，也開始有燈光閃動，亮亮滅滅，宛若有星星在眨著眼睛。

「胡鬧，你跟我來！」胖大廚將琉璃燈吹滅。

「是！」平素在大都城內橫著走的副萬戶伯顏，突然變成了一個惹禍的無賴頑童，小心翼翼，陪著笑臉追了上去。

二人一前一後，穿過伙房、馬棚、豬圈、菜園，以及一些故意折騰出來的曲曲彎彎，費了好大勁才來到雞毛小店深處，一處佛堂模樣的小屋前。

胖大廚扭著肥胖的屁股，迅速鑽了進去，然後將伯顏拉入，接著，包鐵的屋門迅速關閉，將佛堂內外隔成了完全不通音信的兩個世界。

佛堂內點著幾盞鯨油燈，照亮四壁上的天王相，正對著門處，則有一尊彌勒佛挺著肥肥的肚子，笑看世間滄桑。

胖大廚先取來紙筆，在香案上鋪開，然後才抬起手擦了擦臉上的油花，正色道：「還珠樓主，軍情處第三條規矩是什麼？你是否還記得清楚？」

「大人，卑職當然記得，但是……」伯顏立刻站直身體，急切的解釋，「但是卑職……」

「複述第三條行動規定，我需要記錄！」胖大廚其實是軍情處大都站裏理路汶豎起眼睛，喝令道：「按規定，記錄後還會給你過目，簽字畫押！」

「是，稟告路裏理，軍情處第三條行動規定是，深度潛伏人員不得主動逆向聯繫。」伯顏被訓得面紅耳赤，敬了個淮揚軍禮，然後道：「但去年傳達的補充規定寫明，若是發生預判中的三種特殊情況之一，則可以按緊急事件處理，務必第一時間將消息送回鷹巢！」

「什麼？真的被大人說中了？」胖大廚路汶手一哆嗦，墨汁在白紙上抹出了偌大的一團，「老天爺啊，這怎麼可能？」

「卑職也覺得不可能，但是大人就是猜中了，太子愛猷識理達臘果然跟他老娘勾結起來，準備逼妥歡帖木兒退位，文武大臣凡是跟哈麻走得近的，或者這幾年得罪過太子的人，都在清洗之列！」伯顏補充道。

「老天！」路汶放下筆，「大人居然在一年半前就猜到了！」

「誰說不是呢，卑職得到確切情報後，也嚇了一大跳！」伯顏點點頭，佩服地說。

一年多前接到淮揚送來的情報預測時，他根本不相信那上面寫的將來會發生，愛猷識理達臘是奇氏與妥歡帖木兒唯一的兒子，妥歡帖木兒已經逐步放權讓太子參與朝政，除非太陽從西邊出來，妥歡帖木兒亡故後由太子即位是板上釘釘的事，太子根本沒必要為了早日登位而冒上失敗被廢的風險。

然而，**不可能發生的事，卻在他眼皮底下真真切切地發生了，並且早在一年半前，就被朱總管給預測出來！**

「在講武堂特別班時，大總管也提起過這三件事。」胖大廚路汶想的則是另外一件事。「他老人家曾經說過，三種情況無論哪一種發生，淮安軍北伐的日期都要大大提前。老天爺，居然會這麼快！咱們淮安軍的一大半兵馬，眼下可都在八閩！」

「所以卑職今天向愛猷識理達臘提議，讓他主動向淮揚求援，然後咱們就可以從登州調人過來，趁機拿下大都！」

伯顏眼圈慢慢發紅，那對昏君父子害得他義父脫脫死無葬身之地，必須遭到報應；至於昏君父子死後，蒙元群臣會推哪個登基，黃河以北會亂成什麼模樣，他根本沒想過，也沒心情去想。

「愛猷識理達臘答應了麼？他不可能傻到如此地步吧？即便他蠢，他手下的人難道也全都是傻子?!」路汶拉住伯顏的胳膊問。

「暫時還沒！」伯顏搖頭，「但他已經動心了，卑職可以繼續說服他，即便不請淮安軍出兵，也可以請淮安軍幫忙提供一部分火器。」

「他還想要火器？他準備付出什麼代價？」路汶問。

「是李國鳳提議向淮安軍購買手雷和鎖子甲，以裝備太子身邊的精銳，代價卑職就沒聽下去了。卑職覺得，最好還是說服他主動求淮揚派兵。」

胖大廚路汶的反應遠不如他期待的那樣積極，冷靜地交代：「不要再試圖說服他了，成功的可能性太低，他身邊的謀士不至於蠢到那種地步，你今天偶爾冒一次頭，他們會認為你是魯莽；如果一而再，再而三地堅持要向淮安軍搬救兵，就會被懷疑別有用心了。」

「這……」伯顏被潑了一瓢冷水，不情願地回道：「好吧，卑職遵命就是！」

「我知道你急著報仇的心情，但是，你的命遠比妥歡帖木兒父子倆值錢，至少在大總管眼裡是這樣，為了早幾天報仇就犧牲掉自己，不值得！」路汶緩緩道來。

作為講武堂專門培訓的高級細作，他知道越是關鍵時刻，自己就必須保持冷靜，而不是衝動行事。

伯顏哽咽地道：「大總管和站長如此看中伯顏，伯顏沒齒難忘，然而伯顏這條命早就不是自己的了，只要能讓妥歡帖木兒父子遭到報應，伯顏縱使粉身碎骨亦甘之如飴！」

路汶聽了，笑著搖頭，「他們父子已經遭到報應了，難道你沒察覺到麼？**這世間，還有什麼比同床共枕二三十年的夫妻反目、親生兒變成仇人更為悲慘的事？**死算什麼，對你我這種孤魂野鬼來說，生有何歡，死亦何苦？但與其懷著期待死在仇人前頭，哪如親眼看到他們一個個身首異處來得痛快！」

知道伯顏的心結很難打開，又道：「愛猷識理達臘要想不驚動蒙元官府，淮安軍偷偷潛往大都城的精銳也不可能超過一個旅，三千兵馬猛然出手，打妥歡帖木兒一個出其不意沒問題，但想長期佔據大都，則根本不可能，到那時，這三千弟兄就等於間接地死於你我二人之手！」

伯顏愣了愣，咬著牙辯道：「畢竟能殺了妥歡帖木兒父子，讓大元上下群龍無首！主公渡過黃河北伐，必將勢如破竹！」

三千兵馬肯定守不住大都，哪怕是三千裝備了迅雷銃和神機銃的淮安精銳，在大都這種規模的城池上，隔著三步站一個，都很難站滿東南西北任何一面城牆。只是，在提出這個計畫的最初，他根本就沒想過讓那三千弟兄活著殺出去。包括他自己，也是死得其所。

「**大元朝從來就不缺皇帝**！眼下明知道咱們淮安軍沒功夫向北打，他們自己才內耗不斷，如果得知咱們的人已經進入了大都，他們立刻就會再度抱成團，哪怕咱們成功地將妥歡帖木兒和太子，還有妥歡帖木兒的其他幾個兒子全都殺掉，對蒙元王公貴胄來說，也不過是再擁立一名皇帝的事，萬一擁立的是個明主，主公北伐路上反而會遇到更多麻煩！況且，你這個方案還有一個非常大的漏洞，只是你眼下被仇恨蒙住了眼睛，自己沒發現而已。」路汶搖頭。

「漏洞？在哪？」伯顏聞聽，急切地問。

「哈麻！」路汶吐出了一個名字。

伯顏懷疑道：「哈麻？他能起到什麼作用？只要察罕帖木兒和李思齊兩個帶兵入了城，第一個死掉的就是他！」

「眼下他還是大元朝丞相，一人之下萬人之上。」路汶點醒道：「妥歡帖木兒已經對他起了殺心，他可能一點兒都沒感覺到麼？還是他也像脫脫那樣，對昏君忠心耿耿？明知早晚會被殺了祭旗，也低頭等死，絕不還手？」

「這……」伯顏的臉色瞬間變白，額頭上緩緩冒起一股霧氣。作為相脫脫的養子，**他絕不相信大仇人哈麻是個和脫脫一樣的忠臣**。

自打妥歡帖木兒下旨調察罕帖木兒和李思齊來大都那天起，到現在已經有小半個月了，哈麻卻沒有任何反應，甚至連垂死掙扎的舉動都沒有做一下，他到底想幹什麼？

正百思不解間，耳畔又傳來路汶低沉的聲音：

「**藏在陰影裡頭的敵人才最可怕**，而把全部力量擺在明面上的對手，反倒容易應付。我跟你一樣，也不相信哈麻會選擇束手待斃，他這個人雖然又貪又壞，卻不蠢，萬一在太子和奇氏的陰謀突然暴露於光天化日之下，你說，妥歡帖木兒哪裡還顧得上再殺他？而他和月闊察兒無論帶著兵馬站在哪一方，哪一方就勝券在握，過後，誰還有本事再殺他?!」

「這……」伯顏的額頭上滲出了一層又細又密的冷汗，緊握著拳頭，嘴裡發出痛苦的呻吟。

他發現自己把事情想得太簡單了，大都城這潭子死水，恐怕不是一般的深，甭說三千淮安軍毫無防備的捲進來，即便人數再多兩倍，恐怕結局同樣是粉身碎骨。

「你回去繼續盯著愛猷識理達臘，輔佐他逼宮奪位。」知道已經徹底令對方打消了不切實際的念頭，路汶輕輕拍了下伯顏的肩膀，吩咐道：

「但是千萬不能再魯莽，如果他真的決定向淮揚尋求火器的支持，只要蘇先生答應，我會盡可能快地派人調集給他。剛才有一點你說得沒錯，他們父子倆反目成仇，對咱們淮安軍北伐大有助益；至於哈麻那邊，我立刻派人去詳查，如果他不想等死的話，可能最近就會搶先出手！」

「遵命！」伯顏應聲答道。想了想，在告辭前試探著問：「大人，如果妥歡帖木兒父子真的打起來，咱們淮安軍什麼時候能夠渡河北伐？」

「應該很快！」路汶思索了一下，分析道：「雖然第一、第二、第三軍團都在江浙，但至少第四、第八軍團能揮師北上，但最後能打到什麼地方就不好說了，畢竟事發倉促，主公那邊一點準備都沒有，而眼下也不是北伐的最好時機！」

「希望是妥歡帖木兒殺了兒子和老婆，然後又發現淮安軍已經兵臨大都城下！」伯顏說出自己的心願。

路汶嘆了口氣，將他送到前院，先仔細查驗了胡同左右兩個出口的動靜，然後才低聲道：「路上小心，以後非極特殊情況，不要聯繫，無論遇到什麼事，都必須記得保全自己為上！還是那句話，為了報仇把自己搭進去，不值得！」

「屬下明白，屬下不會再來了！」伯顏點點頭，飛身跳上馬背。

路汶目送對方離開，知道自己的叮囑都是徒勞，伯顏心裡的仇恨太濃了，已經發酵到影響理智的地步，無論是愛猷識理達臘奪位成功，還是妥歡帖木兒在父子相殘中最後獲勝，伯顏都很難再活下來。

作為軍情處最老練的頭目之一，他不可能讓整個大都站上下都陪著伯顏一道冒險，因此將今晚得到的情報派人傳遞出去後，立刻開始著手安排整個大都站向備用「巢穴」轉移，同時派出麾下精銳去聯繫在右相府裡的眼線，盡最大可能掌握哈麻的動靜。

與太子府的情況不同，軍情處對右丞相的滲透，遠不及前者順利。細作最高級別不過是一名帳房先生，接到催促後，送出來的消息非常有限，並且大多是與生意相關的瑣事，如相府又收了誰家的賄賂，又購進了哪些地產，或者將某塊田產以高出市面數倍的價格轉手給了誰家之類，零零碎碎，看不出任何價值。

然而，將這些瑣碎事情擺在一起反覆揣摩後，路汶猛地跳了起來：「來人，派信鴿，緊急情報。**哈麻想棄官潛逃！**」

「是！」軍情處大都站的密諜們不敢怠慢，立刻取來十二隻經過多年訓練的鴿子。

胖大廚路汶提起筆，快速在紙上寫下一段段「素書」，接著將寫好的紙拿到陽光下曬乾，然後塞進鴿子腳環旁特製的套筒裡。

很快，信鴿便一隻接著一隻振翅飛上了天空。除了淮安軍軍情處自己的精銳密探之外，誰也不知道牠們飛向何方。

「大人，要不要通知禿筆翁，讓他提前從哈麻身邊撤出來！」專門負責跟哈麻的帳房胡先生單線聯繫的宣節副尉許寶音問。

如果妥歡帖木兒發現哈麻逃走，肯定會拿留在丞相府裡的人洩憤，屆時好不容易才打入丞相府的細作可就要遭受池魚之殃。

「先不急，待確定了哈麻的去向再說！哈麻走的事，最先察覺到的，肯定是丞相府裡的那些人，禿筆翁他們可以趁著府內大亂的機會再撤，免得留下什麼痕跡。」胖大廚路汶想了想說。

「是！」許寶音答應。

在院子裡踱了幾圈，路汶又吩咐道：「從今天起，你帶著烏鴉、戲子和瞎子，就釘在哈麻府周圍。必須確定他什麼時候離開，大體要投奔的方向。」

「是！」許寶音轉身去執行命令。

大廚路汶則在剛剛佈置好的新院子裡轉圈，片刻後，從腰間摸出一枚陰符，「李信，帶著此物去國子監對面的大佛寺，讓王和尚行動隊的獵鷹從即日起全都歸巢，隨時待命！」

「是！」被點將的宣節校尉李信愣了愣。

大都情報站下轄諜報和行動兩隊，諜報隊負責向大都城內的重要人物身邊安插細作，刺探蒙元方面的各類情報；行動隊則是由一夥百戰老兵組成，專門負責清除對手，只是淮揚大總管府上下都對刺殺敵方要員不太感興趣，所以自打建站以來，行動隊基本上就是個擺設，從未開展任何重大行動。

甚至前天傍晚得知妥歡帖木兒父子即將相殘的消息，路汶都沒打算動用這支隊伍，今天，他卻忽然拿出調遣行動隊的陰符，顯然是認為已經到了關鍵時刻，不敢再留任何後手了。

「如果可能，咱們得儘量拉哈麻一把。」路汶知道自己的決定很難被人理解，主動解釋道：「這個人活著離開大都，比死在妥歡帖木兒手裡更有價值！」

「卑職明白！」李信依舊似懂非懂，上前接過陰符，快步出門。

哈麻不戰而走，大都城內即將爆發的混亂，就少了許多不確定因素，妥歡帖木兒和愛猷識理達臘這一對父子就能更快地分出勝負來。而這父子倆勝負分得越快，淮揚大總管府能從中撈的好處就越少，北伐的阻力也隨之大增。

眼下朱總管最不缺的是民心，最缺的也是民心。在淮安、揚州、高郵乃至集慶這些已經從新政得到了好處的地區，上至官員和豪門，下至商販、百工和農夫，對他都視若神明；而黃河以北大部分地區，特別是越靠近大都城一帶，情況則恰恰相反。

在蒙元官府的長時間污蔑和士大夫們的聯手抹黑下，朱總管和他的淮安軍就是世間所有苦難的根源。有他們存在一天，百姓就無法安生。

所以眼下根本不是北伐的最好時機，妥歡帖木兒父子也沒必要分出輸贏，此刻對淮揚最有利的情況，不是妥歡帖木兒父子誰幹掉誰，或者雙雙殞命，而是父子兩個長期折騰下去，直到把大元朝的最後一點生氣折騰完，把士紳百姓對大元朝的最後一絲期待也徹底打消。

這樣的話，淮安軍直搗大都時所遇到的抵抗就會小得多，一些厭倦了折騰的人，甚至會打心眼裡期盼淮安軍來恢復秩序。

「也罷，等揚州那邊回信吧。」路汶咬了咬牙，做出這輩子最艱難的一個決定。「趙遷，去通知雲中鶴，讓他想辦法送個消息給哈麻，讓哈麻自己選擇跟不跟咱們聯繫！」

「是！」負責另外一路密諜的禦侮校尉趙遷，也大聲答應著，快速出門。

接下來幾天，路汶簡直是度日如年，一有風吹草動，就要站起來向院子外眺望好幾回，唯恐有警訊傳來，自己來不及反應。

大元丞相哈麻卻比他更沉得住氣，接連兩天都正常上朝，去中書省履行丞相職責。直到第三天，才按照雲中鶴留下的線索，以替皇帝陛下祈福的名義，帶領十幾名忠心侍衛，悄然來到國子監附近的白馬寺中。

白馬寺始建於遼，裡邊的和尚繼承的是西安白馬寺一脈的大乘佛教衣缽，而蒙元上層更樂於接受的卻是藏傳密宗，所以在大元立國後不久，白馬寺就日漸凋零，直到兩年前被淮揚軍情處當成一處秘密據點，才又恢復了幾分香火。

裡邊的和尚、住持當然都是淮安軍的細作。白馬寺距離行動隊所藏身的大佛寺，也只隔了一條街，隨時都可以互通有無，所以見哈麻只帶了十餘名隨從前來「上香」，寺院的「住持」立刻確定了他的誠意，很快就命人將他領進了後院，擺下素齋素宴招待，並安排高僧「路大師」作陪。

「老夫是大元朝的忠臣，不會辜負聖恩，你們有什麼招數，還是都收起來最好！」不待扮作高僧的路汶表明身分，哈麻開門見山地說道。

「哈哈，哈哈哈！」儘管已見識過哈麻的行事不合常規，路汶仍是被說得微微一愣，旋即大笑不止。

都準備掛印逃走了，居然還說不會辜負妥歡帖木兒的聖恩，這瞎話說得也太有底氣了點！況且你哈麻兄弟二人，這兩三年跟淮安軍在暗中所做的交易，沒有一百件也有九十件，稀裡糊塗死在淮安軍手裡的大元「忠良」也是成百上千，在勾搭對象面前大言不慚地說不會辜負本國，這不是擺明了拿對方當傻子麼？

「嗯，狂徒休要得意！老夫說的乃是事實。」

畢竟是一國首輔，哈麻的智力水準遠在常人之上，只花了兩三息功夫，就明白路汶為何發笑，甩了下衣袖道：「老夫的確跟淮揚做過許多交易，但老夫讓大元朝的國庫日漸充盈，老夫主政這兩年，朝廷沒從黃河以南拿到過一兩稅銀，老夫卻讓中書、陝西、甘肅、嶺北諸省亂賊不剿自滅，士紳安居樂業，百姓歸鄉樂土，若是皇上能多給老夫五年時間，朝廷未必不能再度集結起五十萬大軍，南下將爾等犁庭掃穴！」

一番話說得義正詞嚴，擲地有聲。頓時讓大廚路汶收起了笑容，瞠目結舌。

的確，哈麻自打替代脫脫為相以來，軍事上幾乎毫無建樹。就連登萊一帶有限的幾場小勝，都是雪雪和淮安軍聯合做給朝廷看的戲，事實上根本沒有發生，而在江浙、江西等地，則是各路紅巾步步緊逼，朝廷的地方兵馬節節敗退。

除了不會打仗之外，在治國與理財方面，哈麻卻強出了他的前任脫脫一百倍，在河南江北行省基本喪失，江南各省的稅銀根本無法北運的情況下，他硬是讓蒙元的國庫出現了盈餘，非但各級官員和小吏的俸祿無需再拿米糧或者紙鈔來折色，大都城內的御林軍以及分散在各地的正規元軍，糧草軍械也供應無虞。

此外，通過威逼利誘和釜底抽薪等諸多手段，哈麻還成功地遏制了起義之火在北方的蔓延。將幾家聲勢頗大的「紅巾義軍」，如田豐、王世誠等人先後招安，其他零星的義軍或者流寇也在朝廷地方兵馬和民間「義勇」聯手攻擊下，要麼戰敗投降，要麼成為刀下之鬼，再也對蒙元朝廷構不成任何威脅。

若不是妥歡帖木兒急於找個替罪羊給他自己遮羞，繼續放權給哈麻，說不定此人還真能讓黃河以北各行省脫胎換骨。

而有這五省之地，和控制在答矢八都魯父子手中的四川、湖廣，蒙元朝廷未必不能起死回生，畢竟，在宋末之時，忽必烈手中所控制的地盤也就是這般大小，論財稅收入也同樣遠不及趙宋朝廷，可當時的蒙古人祖先卻能將富庶的趙宋生吞活剝，將江浙、江西和淮上膏腴之地殺得血流漂杵。

「你家朱總管所恃，無非是炮利甲固，遍地工坊，而如今桑乾河兩岸，一樣是工坊鱗次櫛比，大元朝的軍械局所造火炮雖然比不上淮安炮打得遠，但是威力上已經不遑多讓！」哈麻傲然道：「我大元軍械局如今也能自己造出火繩槍，假以時日，你淮揚有的，我大元一樣都有。雙方在沙場角逐，老夫即使一時半會收復不了河南各地，再差也能保住黃河以北這萬里疆土！」

「丞相打得好算盤，可我家總管豈會一直容你拖延下去？只要時機一到，我淮揚軍就會誓師北伐，直搗黃龍！」受不了哈麻那囂張模樣，宣節校尉李信拍了下桌案。

「來啊，以為老夫怕你們不成！」哈麻彷彿一肚子憤懣無處宣洩，毫不猶豫地噴出反擊之言，「你以為你家朱總管不想北伐大都麼，他做夢都想！可是打下大都來，你就以為一了百了麼？幼稚！**打下大都，他的麻煩才是剛剛開始**。到時候，大元只要退往遼東暫避其鋒纓，立刻就化為一方諸侯：而你淮揚，則成了現在的大元，所有天災都歸你負責，所有諸侯都視你為生死大仇！」

「你這是做夢，癡心妄想！」宣節校尉李信用刀是個高手，打嘴架的功夫，卻實在差了些。轉眼就敗下陣來，梗著脖子呼呼喘粗氣。

如果哈麻的話是胡攪蠻纏，他還不至於被氣成這樣，都快成喪家之犬了，還不能容忍此人叫喚幾聲？然而哈麻剛才所說，卻**句句都是大實話，句句都戳在了大夥的心窩上**。

真的集結起傾國之力北伐，淮安軍未必就拿不下大都，可拿下大都之後，接下來要如何面對解決劉福通、朱重八、張士誠和彭和尚、趙普勝等人的問題，這些人可不是束手待斃的主兒，新朝對他們的處理稍有不慎，就可能惹得數路諸侯聯手造反。屆時，失去了驅逐韃虜這個大義，雙方不過是內戰，淮安軍即便最後能贏下來，也是筋疲力竭。

而哈麻則恰恰可以帶著蒙元的剩餘力量，在遼東膏腴之地養精蓄銳，然後再重演當年女真與趙宋故事，先奪走煙雲，再兵發汴梁。

「哼，豎子不足為謀。老夫總有千條妙計，又能如何！」見對方被自己鎮住，哈麻肚子裡的無名業火終於稍微小了些，撇嘴道：「只可惜便宜了你們這群南人，坐收了漁翁之利，還要笑我大元君臣糊塗！」

「不會，不會，我淮揚大總管府上下其實都對哈麻丞相佩服得很，否則晚生也不會甘冒奇險，主動與丞相聯絡了。」路汶向哈麻表達自己的善意。

對方好歹是大元的右丞相，曾經一人之下萬人之上，聽他幾句牢騷，又不少一塊肉！當年劉備請諸葛亮，還三顧茅廬呢！如果聽他幾句廢話，就能把他帶回淮揚去，那可是足以記載入史書的奇功。

他這邊如意算盤打得精細，哈麻卻沒那麼容易上當，笑道：「算了，這種哄小孩的話，還是少說為好。你淮揚上下佩服老子？恐怕拿老夫當傻子還差不多！」

「沒有的事，保證沒有的事！」路汶趕緊保證。「您老也知道，我家主公最是看中民生經濟，您老這兩年在北方活人無數，我家主公雖然與大元有不共戴天之仇，每次提起您來，也覺得惺惺相惜！」

能被朱屠戶佩服，即便是敵手，也覺得心裡很得意，因此哈麻心中的火氣漸消，自嘲道：「那有何用？老夫終究沒捱到能跟他會獵兩淮的那一天，真乃**時也，命也，運也**！說吧，你冒險把老夫找到白馬寺裡來，到底為了哪樁？」

「晚生知道妥歡帖木兒那廝……」

「住口，休要辱罵聖上，否則老夫拔腿就走！」哈麻臉色瞬間一變，「老夫可以罵他，你不可以！他再行事無狀，也是我蒙古人的大汗。容不得你這個外人侮辱！」

「好，好，我叫他皇上可以了吧！」路汶不願在細節上跟他較真，像哄孩子般敷衍道：「晚生知道皇上想殺你，而丞相你又不忍起兵另立賢君，所以晚生想，也許能幫丞相一點小忙，讓您平安脫離險境，不至於為了大元嘔心瀝血，最後卻落了身死族滅的淒慘下場。」

「老夫的下場如何，用不著你等來操心！」明知對方是一番好意，哈麻卻冷臉相對，「老夫即便死在陛下手裡，也不會去給你家主公當牛做馬。」

「啊！」沒想到哈麻如此乾脆地就拒絕了自己的善意，路汶被打了個措手不及，正準備耐著性子再勸說幾句，卻聽哈麻冷笑道：「是你家主公要你來幫助老夫的？他此刻遠在八閩，如何能這麼快得到大都的消息？」

「不是我家主公，我家主公頂多現在才知道您老準備學范蠡泛舟江湖，根本來不及給晚生下令，是晚生自己覺得皇上這樣對您太不公平，所以才想在力所能及的範圍內幫您平安離開大都！」知道哈麻沒那麼容易對付，路汶索性實話實說。

「你在淮揚官居何職？」哈麻看了路汶一眼，問。

「晚輩路汶，乃為淮揚大總管府軍情處大都站管事，軍銜致果副尉。」路汶舉手行了個標準的淮揚軍禮。

哈麻這些年也沒少收集淮揚方面的情報，知道致果副尉在淮安軍中所對應的是副旅長，相當於自己這邊的下萬戶，級別不算太低，因此還了個半揖，道：

「能讓敵軍大將冒死相助，老夫也算沒枉活此生，但是，淮揚老夫肯定是不會去的，路將軍也不要打此主意，若是以武力相迫，老夫雖然天生性子軟弱，也不惜一死明志！」

「不必，只要能把丞相送出大都就可，其他事，咱們可以在路上慢慢商量！」路汶以為哈麻只是一時半會兒抹不開面子，遷就地說。

見他始終對自己尊敬有加，哈麻滿意地點點頭。「老夫的家人早已去了直沽，所以老夫今天來，只是想跟你家總管做最後一筆交易！不知道路將軍敢否替你家主公答應？」

「痛快！」路汶聞聽此言，立刻大笑著撫掌道：「丞相大人儘管說。眼下跟我家主公聯絡肯定來不及了，但只要路某職責範圍之內，都可以替我家主公考慮！」

「今天晚上，想辦法送老夫出大都城，然後護送老夫去直沽，只要爾等將老夫平安送到直沽市舶司，老夫雖然不去輔佐你家主公，但先前讓家人帶去的中書（今四川省）、陝、甘三省輿圖，戶籍抄本以及各級官員名冊，皆可交與你家總管。路將軍，意下如何？」

「丞相欲前往何處？」路汶心裡打了個哆嗦，強壓著一口答應下來的衝動問。有了三省的輿圖、戶籍抄本和官吏名冊，淮安軍在北伐時會省很多力氣，統治時也將事半功倍，而哈麻所要交換的，只是護送他出城去直沽！在蒙元朝廷沒發現之前，要達成這件事對軍情處大都站來說，簡直就是舉手之勞。

「你只說答不答應就是了，至於老夫上了船之後去哪裡。非本次交易內容，你沒必要多管。」哈麻冷冷說道。

「這……」路汶沉吟著。

「你可以去請示，或者跟你的同僚商量。老夫在這裡等你半個時辰！」哈麻隨手拉過一把椅子，一邊喝茶，一邊笑呵呵地說道。

「不必了，晚生答應你就是！」反覆推算了兩次，路汶發覺自己很難扳回局面，索性放棄與對方一爭短長的念頭，乾脆地回說。

哈麻讚道：「少年人，很果斷嘛！怪不得你家總管放心地讓你獨當一面！」

「跟丞相大人比，還是不夠看！」路汶拱拱手，實話實說。

「老夫像你這麼大年紀的時候，可是遠不如你！」哈麻客氣地擺了擺手。

「大人過獎了！」路汶隨即跟對方討論出逃的細節，「大人準備何時動身？需要再回府收拾一下，或者帶上幾個人麼？要走的話，每天下午未時左右最好，太陽毒，把守城門的將佐都在睡覺，而尋常士兵也正準備去吃一天中的第二餐，沒心思管哪個向外走。」

「不回去了，咱們今天就走，留在府裡的，都是無關緊要之人，如果帶得太多，反而容易被皇上的眼線察覺！」哈麻想了想，立即做出決定。

路汶略作沉吟，建議道：「晚生記得，雪雪將軍曾經給您派過一支騎兵，大人可以留下信物，待明天上午，由晚生派人通知他們出城南返，一則可以分散朝廷的注意力，讓妥歡這……皇上以為您也在這支隊伍中；二來，萬一這支兵馬能順利回到身邊，雪雪將軍自保的本錢也會增加一些！」

「你倒是生了一副菩薩心腸！」哈麻略一皺眉，隨即展顏而笑。如果把那支騎兵留在府裡，在得知自己逃走後，將士們肯定會一哄而散，隨即就要面對內宮怯薛的全力捕殺。而在消息暴露之前，明目張膽地調他們出城，就等於給了這支騎兵一條活路。

「也不是菩薩心腸。他們若是在城裡走投無路，恐怕誰都不會束手待斃，那樣的話，無辜枉死的百姓就不知道會有多少了！」路汶坦誠地道。

「有這種心腸，總好過如畜生般六親不認！」哈麻臉上露出幾分讚賞，「老夫年輕時不懂，總覺得能殺人才是本事，等到做了一國丞相，才知道**殺人容易**，**活人才難**。好了，老夫餓了，叨擾你這頓素齋，麻煩你把門外的弟兄們也叫進來，陪老夫吃上幾口，從現在起，老夫和這幾個親隨的性命就一併交給你了！」

「丞相儘管慢用，晚生這就去安排人手！」路汶招呼著。

「等一等！」哈麻又喊道：「看在你心腸好的份上，老夫再送個人情給你。回頭記得派人提醒你家主公，他要想在大都站穩腳跟，**關鍵不是我們蒙古人，而是北方那些漢人！**畢竟全天下的蒙古人加在一起也不足五百萬，而當年領兵將宋室趕盡殺絕的，更不是丞相伯顏！」

「多謝大人指點！」路汶停住腳步，長揖拜道。

「不必，這是交易，你替雪雪保住了千餘兵馬，我還你一個人情罷了！」哈麻搖搖頭道：「況且江山最後落到你家主公手裡，對我們蒙古人來說，總好過了便宜別人！」

「大人放心，我知道該怎麼做了！」路汶想了想，點頭離去。

片刻之後，哈麻所帶來的心腹都被領到禪房內，眾人也不拘禮，擠在桌子周圍，張開嘴狼吞虎嚥。

看到親信們淪落成這般模樣，哈麻心中又是一陣難過，隨便扒了一小碗飯就推說吃飽了。

親信中有心思縝密的見他放下筷子，上前開解道：「丞相，破船早晚要沉，丞相已經盡力了，沒有必要再為此而壞了心情！」

「老夫不是因為大元，老夫只是**不甘心！**」在自己人面前，哈麻也不隱瞞，嘆道：「他們漢人有句老話，說胡無百年之運，老夫原來還不服氣，現在想想，我蒙古人自打入主中原，也的確沒熬到百年！」

心腹幕僚聞聽，也忍不住幽幽嘆氣。作為丞相府的核心人物，他們知道很多黑暗中正在進行的勾當，太子愛猷識理達臘與奇皇后正準備聯手逼宮，而妥歡帖木兒為了對付哈麻，則秘密徵召察罕帖木兒和李思齊帶兵入衛……**大元朝的生機，恐怕就要在這一場父子相殘中喪失殆盡**。

沮喪歸沮喪，作為心腹，他們卻必須哄哈麻開心，於是說道：「丞相，其實咱們也沒到山窮水盡的地步，雖然皇上和太子不成事了，您還可以跟雪雪將軍一道，自水路前往遼東，只要能搶下一塊地盤，養精蓄銳，用不了太久便可捲土重來。」

「是啊！遼東耶律家已經舉旗造反，高麗那邊又素來柔弱，丞相和雪雪將軍先占了獅子口，然後徑直往東北去取合蘭府，前面有耶律家擋著，後邊是軟骨頭高麗。假以時日，未必不能打下一片爭奪天下的根基來！」

「那又怎樣？難道還有希望重返中原?!」哈麻聽了，又是苦笑著搖頭。「白日做夢罷了！老夫剛才雖然嘴硬，用言語唬住了姓路的，但眼下朱屠戶所擁有的，又何止是甲堅炮利、遍地工坊？**道義啊，你們懂不懂？道義已經緊握在他手裡，別人再怎麼折騰，失去了道義支撐，都不過是跳梁小丑耳！**」

說罷，舉起酒盞，一飲而盡！

·第八章·

道義二字

「道義？」林士奇眼睛瞪得滾圓。
自古以來，兩軍交戰講究的是兵不厭詐，
雖然讀了很多漢家典籍，心中卻不認同「道義」這兩個字。
道義這東西看不見，摸不著，又不能賣了換錢，
除了留下一堆笑話之外，有個屁用！

道義是什麼？這東西太抽象了，又看不見摸不著，所以大多時候一些人會對它不屑一顧。三千里外的泉州，蒲家上下就淨是這種聰明人。

當年他們的老祖宗蒲壽庚，靠著大宋宗室子弟和兩淮傷兵的三千餘顆人頭，換來了蒲家對泉州港的七十餘年統治權。如今，斗轉星移，忽必烈的子孫眼看著就罩不住蒲家了，**所以他們必須再換一批人去出賣，用他們的屍骨鋪就自家的金光大道。**

出賣對象很好找，蒙元在泉州、興化和漳州三路，都委派了大量的地方官吏。而這些人以前受蒲家供養十多年，如今腦滿腸肥了，剛好一刀殺掉「吃肉」，所抄沒出來的財貨抵消完蒲家歷年來的行賄付出之後，還能剩下大筆盈餘。

不過將這批地方官吏的腦袋賣給誰，蒲家上下卻莫衷一是。

以蒲家二女婿，泉州同知林祖德為首的數名外姓旁支，認為淮兵實力強大，蒲家應暫且與之結盟，以觀天下之變。

而以大長老蒲世仁、二長老夏嚴苟、三長老田定客及蒲家女婿那兀納為首的一干實權派，卻在講經人阿卜杜拉的慫恿下，準備帶領蒲家門下的亦思巴奚兵和護航戰艦，找機會幹掉淮安軍，吞下江浙行省，然後在天方教的支持下建立一個地上天國。

這些實力派的祖先，當年也曾追隨蒲壽庚一道誅殺宋室宗族和兩淮傷兵，賺了個盆滿缽溢，所以家族的傳承就是背叛與出賣，根本不在乎幾天前林祖德才代表泉州蒲家出使福州，與淮安軍朱屠戶定下了三年之內互不相攻的君子之約。

「且不說淮安軍兵鋒正銳，即便偷襲得手，過後我蒲家也將名譽掃地，從此再也無人敢與之為盟！」林祖德孤掌難鳴，恨恨地跺了跺腳。

「**獅子和鯊魚從來不需要朋友！**」二長老夏嚴苟撇著嘴道。

「欺騙那些無信的人，不叫欺騙，而是智慧！」大長老蒲世仁也冷笑著說。

「懲罰那些偽信的男女和不通道者，他們將入火獄，並永居其中！」

「火獄是足以懲治他們的。主已詛咒他們，他們將受永恆的刑罰！」

「對不同道者和偽信者戰鬥並嚴厲地對待他們，他們的歸宿是火獄……」

眾長老們紛紛念誦經文，一個個看上去滿臉陰狠，彷彿十八層地獄裡逃出來的凶靈惡鬼！

彼時天方教正處於第二次擴張期，非但在西亞與西北亞，通過向欽察汗國、察合台汗國的統治階層長期滲透，取得了對整個世俗國家的控制權，在黑海和地中海沿岸也憑藉武力快速的擴張。

在這種狂熱的狀態下，無論是海上往來的大食商販，還是從「聖地」歸來的講經人，都堅定地認為，將眼前可見世界都納入天方教治下的時機已經到來了。在他們的鼓動下，蒲家的長老和才俊們也紛紛變成了狂熱信徒，時刻準備為真神獻身。

所以議事廳裡的誦經聲一響起，以泉州同知林祖德為首的「少數派」，立刻謹慎地閉上嘴巴。他們雖然也算蒲氏家族的一員，但真神面前可不講什麼夫妻之情，兄弟之義。一旦被視作叛教者，等待著他們的就是妻離子散，身首異處的下場。

「真神會保佑我們！」在一片狂熱的誦經聲中，大長老蒲世仁站了起來，滿臉肅穆地宣布。「保佑我們擊敗那些無信者，奪取他們的火炮，然後將馬臘加到杭州的沿海之地，全都籠罩於真神的照耀下！」

「擊敗那些無信者，奪取他們的火炮！縱橫七海！」眾長老們紛紛俯首重複著。

蒲家擁有世界上最大的艦隊，最有經驗的船老大和最多的水手。在過去的七八十年裡，是從馬臘佳到東海的無冕之王。而最近，它的權力卻受到了一群螻蟻的挑戰，那些螻蟻們所憑藉的就是來自淮揚的六斤火炮。

如果不是忌憚火炮的威力，蒲家艦隊在小半個月前，就可以直接趕赴福州港，將立足未穩的淮揚水師迅速碾成齏粉。

在海戰方面，他們是權威和祖宗，而那些來自長江上的淮賊，不過是群剛剛接觸海洋的小雜魚。但淮揚水師搶先佔據了福州港並建立了陸上炮台之後，蒲家艦隊就無法再如願以償了。狹窄的閩江口，嚴重限制了蒲家艦隊的展開，而朱屠戶設在陸地上的炮台，也迅速彌補了其水面實力的不足。

「淮賊主力都被陳友定堵在了慶元之北，其唯一的一支騎兵又在傅賊友德的率領下去抄陳友定的後路。據福州當地的講經人查探，此刻朱賊留在身邊的爪牙，只有區區兩個千人隊，所以，只要亦思巴奚兵悄悄潛往興化集結，定能打朱賊一個措手不及！」

「懲罰那些偽信的男女和不同道者，將他們投入火獄！」

「奪取他們的火炮，裝上我們的戰船。向所有肉眼可見之地，傳播真神的榮光！」

……

周圍的吶喊聲如雷，每個主戰的長老，對背信棄義的結局都滿臉憧憬。

雙方在海上勢均力敵，暫時誰也奈何不了誰。但陸地上，亦思巴奚戰士卻不會輸給任何敵人，他們不但擁有烏茲鋼打造的彎刀，蛟魚皮製造的鎧甲，希臘火彈和旋風炮，還有隨時可以為真神獻身的信仰，而朱賊麾下那群眼睛裡只有錢的無信者，在突然遇襲，兵器方面優勢又蕩然無存的情況下，怎麼可能不土崩瓦解！

「福州城內，有三座寺院，裡邊的講經人都是我們的兄弟，可以動員城中的信徒暴起發難，為我等提供支援！」不待眾人的聲音降低，二長老夏嚴苟也站了起來。

「懷安和長樂俱在閩江之南，只要拿下這兩地，朱賊擺在南岸的重炮就盡數落於我手！」

「從興化往懷安有一條馳道，乃宋時所修，路面鋪的是青石，可供我軍的炮車快速通行。如果我軍頭天下午出發，第二天黎明即可抵達侯官城下！」

……

幾個長老等實權派人物紛紛興高采烈地道。

對蒲家有利的條件是如此之多，讓在場所有人都感覺到冥冥中彷彿真的有真神在指引著大夥，眷顧著大夥，只要擊敗朱屠戶，搶到足夠的火炮，江浙行省的沿海各地都將盡歸蒲家掌控。那樣，蒲氏家族化家為國指日可待。

一片熱鬧的謀劃聲中，只有泉州同知林祖德滿臉落寞，強忍著心中的不安聽了片刻，看看沒人在乎自己，便藉著起身如廁的由頭，悄悄躲回了家中。

他的長子林士奇見父親臉色難看，倒了壺熱茶，親手捧上，問道：「阿爺您今天怎麼了？那些人又給您氣受了麼？」

「唉，休提！要是那些人給老子氣受，忍忍也就是了，誰叫你曾祖父純翁當年貪圖富貴來呢！」

林祖德從兒子手裡接過茶，喝了幾口，嘆道：「他們要背信棄義去偷襲福州，他們根本不明白淮安軍的實力有多強！」

他的祖父林純子原本為大宋的永春縣丞，當年見勢不妙，陪著蒲壽庚一道投降了蒙元，後來張世傑起兵來替被殺的弟兄報仇，林家上下也拼了命地替蒙元保衛泉州。過後，忽必烈賞識林家知趣，特地賜給了林純子永春縣達魯花赤的官職，世襲罔替。從此，林家就徹底成了蒲家的附庸，代代彼此通婚，一損俱損，一榮俱榮。

但是，眼看著蒲家要毀約去偷襲福州，林祖德卻遲疑了。作為整個蒲家勢力範圍內，唯一一個曾經近距離觀察過朱屠戶和淮安軍的人，他很難相信蒲家能笑到最後。哪怕是暫時賺了便宜，只要不能將朱屠戶本人當場殺死，用不了半年，泉州蒲家就會被憤怒的淮安將士徹底犁庭掃穴。

但是，這些話，他卻無法宣之於口，議事廳那種瘋狂的氛圍，任何清醒之言都會被視作對真神的背叛，所以他只能眼睜睜地看著蒲家朝絕路上狂奔，然後陪著對方一道粉身碎骨。

想到蒲家即將面臨的悲慘結局，再看看孝順的兒子，他忍不住又低聲長嘆。

「我記得咱家名下還有十幾條貨船吧，你明天就帶著船隊出海去吧。甭管貨物裝滿沒裝滿，直接去馬臘佳，等明年這時候再決定回不回來。他們蒲家發瘋，咱們林家卻不能全都陪著去找死！」

「這麼嚴重？」早猜到父親和蒲家其他長老起了爭執，卻沒想到事關生死，林士奇愣道：「蒲家一點勝算都沒有麼？上千條戰艦，就是撞，也把淮揚水師給撞廢掉！」

「那有什麼用！半年內，朱屠戶就能再造出一支水師！而蒲家呢，得過多少年才能重新攢起上千條戰船？」林祖德愛憐地看了一眼兒子，長吁短嘆道：「唉，道義在彼，大勢亦被其掌握，蒲家螳臂當車爾！」

「道義？」林士奇第一次聽聞這個新鮮詞，眼睛瞪得滾圓。

自古以來，兩軍交戰講究的是兵不厭詐，而天方教的講經人口中，更是將欺騙無信者當作一種值得鼓勵的行為，所以他雖然讀了很多漢家典籍，心中卻不認同「道義」這兩個字。**道義這東西看不見，摸不著，又不能賣了換錢，除了留下**

一堆笑話之外，有個屁用！

「你還小，不懂！」見到兒子不服氣的表情，林祖德忍不住點撥，「打個比方吧，如果咱們爺倆到了窮途末路的一天，投降即可活命，你是願意投降你大姨夫呢，還是願意投降朱屠戶？」

「這……」林士奇微微一愣。

大姨夫那兀納又貪財又心黑，林家若是真的犯到他手上，為了圖謀林家的財產，他恐怕會將所有人斬盡殺絕，而朱屠戶，素來有「迂腐」之名，從來沒對任何人失過信，也沒聽說過他曾經謀財害命。

「唉——！」林祖宗不再說話，抓起茶壺，像喝酒一般鯨吞虹吸！

既然林祖德等「溫和派」都主動三緘其口，「懲罰」淮安軍的決策，就以最快速度在泉州蒲家內部定了下來。

隨即，掌門女婿那兀納開始調兵遣將。先把家族旗下的左右兩支亦思巴奚軍全都調去了興化縣待命。然後，又派下令箭，要求依附於蒲家的夏家、孫家、金家、尤家、顏家和林家，各自率領族中兩千精銳去興化集結。凡逾期不至，或濫竽充數者，以叛教罪論處！

當年蒲壽庚在泉州屠戮趙宋宗族和兩淮傷兵時，武衛左翼軍統領夏璟、知州田真子、團練使顏伯錄、水師統制孫勝夫、尤永賢、王與、金泳等，都出力甚多，所以這幾家的子孫們，也唯恐被宋王韓林兒翻舊帳，巴不得蒲家割據江浙自建一國，故而接到將領之後，都踴躍從之。

七八支軍隊加在一起，兵馬一下子就超過了十萬，再加上被強迫為大軍運送糧草的民壯，總人數已經二十萬有餘。

這麼龐大的一支隊伍，當然不可能同時出發。因此，那兀納又行使主帥之權，命令大食萬戶賽卜丁率領亦思巴奚左軍為先鋒，放棄旋風炮、希臘火彈等重兵器，輕裝出發，沿著官道直撲懷安城下。如果能出其不意將懷安城拿下來最好，如果對手早有防備，則於城下紮營立寨，阻斷外來支援。

待賽卜丁接令下去準備之後，那兀納又迅速抓起第二支令箭，當眾交給了亦思巴奚右軍掌兵萬戶阿迷里丁，命其帶領所部兵馬，攜兩百具旋風炮，五百輛馬車，四千枚希臘火彈，為左軍的後盾。

一旦賽卜丁偷襲懷安不利，亦思巴奚右軍則以旋風炮發射希臘火彈，將整個懷安縣城連同裡邊的守軍、百姓統統付之一炬。以最快速度拔除淮安軍在閩江南岸這個據點，為蒲家軍下一步行動解除干擾。

第三支令箭，他則給了二長老夏嚴荀，要求此人帶領夏、孫、金、尤四家的私兵，抄海邊走私小路前往長樂。只待懷安這邊起火，立刻全力殺向長樂城外的淮安軍炮台，不惜一切代價奪取或炸毀重炮，避免其對蒲家的海上力量再造成威脅。

至於那兀納自己，則統領蒲家一萬嫡系子弟，以及剩下的林家、田家和顏家私兵，押送著民壯和糧草、軍用物資緩緩跟進。並隨時準備給另外兩路提供支援。

人馬調遣已畢，諸軍立刻出動。一時間，煙塵滾滾，殺氣直沖霄漢。好在已經到了初冬時節，從早間辰時一直到上午巳時都霧氣瀰漫，而農夫們也很少再下地勞作。所以才不至於提前暴露了大軍的行蹤。

然而起霧的天氣，有利也有弊，大隊人馬的行蹤的確不容易暴露，但霧氣中所帶的水珠，卻迅速滲透了甲胄，令人的身體變得又濕又黏。特別是對於穿著鐵甲的將領們來說，行軍的過程簡直就是在受刑，凝結的露水順著護頸、護胸，背靠縫隙以及一切可能的地方往裡頭滲，將寒氣一直送到人的骨髓深處，讓人的靈魂和肢體一起感到痛苦萬分。

第一天還好，有殺戮和劫掠的渴望支撐，蒲家軍上下還能勉力支撐。結果第二天霧氣更重，就令人的興奮勁迅速降低，疲憊和寒冷隨即迅速籠罩了心頭。

「這樣的天氣，即便能趕到懷安城下，亦思巴奚左軍估計也打不了仗了！」三長老田定客素來謹慎，找了個機會湊到那兀納身邊，憂心忡忡地道。

這已經是行軍的第二天，按照計畫，作為前鋒的亦思巴奚左軍在清晨就能對懷安城發起進攻。但被接連兩天的晨霧耽擱，恐怕左軍現在是否抵達了懷安城外還是未知數，即便勉強抵達，戰鬥力也必將大幅下降。

「無妨，朱賊身邊人少，留守懷安的，不可能超過五百！」那兀納也被濃重的霧氣弄得心煩意亂，卻硬著頭皮說：「左軍有三萬真神的戰士，只要其中有一成信仰堅定的，就能把懷安城內的無信者全都送進火獄！」

「嗯，那倒也是！」田定客憂心忡忡地道。他知道底下那些真神的戰士，對教義的認同有多瘋狂，比起人間的錦衣玉食，他們更熱衷於去天國享受七十二處女。

「此戰，**關鍵在一個快字**！」見到三長老田定客那神不守舍的模樣，那兀納忍不住說道。「絕對不能給朱屠戶足夠的反應時間！否則，一旦他將傅友德調回來，咱們就很難順利拿下福州。陳友定那廝你也知道，跟咱們蒲家向來不是一路，眼下被淮安軍包圍了，他才不得不拼死一搏，萬一發現堵在他後路的傅友德撤離，我保證，他不肯再跟胡大海硬頂，立刻就會縮回建寧！」

「嗯，那無信之人早就該被投入火獄！」四長老蒲天良湊上前，佩服地點頭。

陳友定和他身後的陳氏家族一直是蒲家篡奪福建道控制權的最大障礙，蒲家先前遲遲不能扯旗造反，也是因為忌憚陳氏的力量，所以借淮安軍這把外來的刀剪除陳友定和他背後的陳氏家族，才最符合泉州蒲家的利益，而救陳友定平安返回建寧，則適得其反。

「所以諸位不妨將這場大霧看做是真神的眷顧！」見有人給自己捧場，那兀納說得愈發自信。「有了這場大霧的掩護，前鋒的左軍即便走得再慢，也足夠殺對手個猝不及防！」

「真神保佑！」……

四下裡，又是一片虔誠的念誦聲，眾真神信徒們的精神又慢慢恢復，在濕漉漉的天氣裡長途跋涉的確很不舒服，但比起即將獲得的收益，這點肉體上的磨難就似乎也不算什麼了。

在貪婪和欲望的雙重鼓勵下，真神的信徒們迤邐前行。走著，走著，不知不覺間，身邊的霧氣就開始變薄。突然，頭頂上冬霧散盡，金色的陽光筆直地從天空中射了下來。

「天晴了！真神在保佑著咱們！」色目千戶苦思丁手按胸口，大聲歡呼。濃霧散去，意味著氣溫即將轉暖，行軍速度也可以大幅提高，如果努力堅持一下，今夜大夥就可以在懷安城裡舒舒服服地休息。

「那邊有幾個莊子！我知道了，咱們已經到了大田。那是林家田莊，在這一帶最為富庶！」另一個色目千戶金吉也興奮地大喊大叫。

更多的色目千戶和百戶們，則策動坐騎，毫不猶豫衝向不遠處的村落。

福州林家與泉州林家算是同宗，按道理不屬於蒲家軍的討伐對象，但明知道大軍即將經過，林家名下這幾個莊子卻不主動趕著牛羊，挑著酒菜出來犒師，如此輕慢的態度，大夥必須給予嚴懲！

「住手，你們趕緊給我停下！那是我林家的田產，停下！林家的莊子不是敵人！趕緊住手啊。你們到底要幹什麼？那兀納，你就眼睜睜地看著嗎？」

蒲家的二女婿林祖德見狀，氣得兩眼冒火。帶領兒子和親衛奮力阻攔那些準備衝進莊子裡打劫的色目將士。

「他們不過是進村子找口吃食而已，又不會屠村，老林，你不會連裡外都分不清楚吧！」那兀納撇了撇嘴，陰陽怪氣地回道。

「好好，你等著！你早晚遭到報應的！」林祖德氣得咬牙切齒地道：「林家子弟聽令，跟我去保護莊子！」

「保護莊子，保護莊子！」林氏子弟們紛紛衝出隊伍，朝距離官道不遠處的村落而去。

「林祖德，你要叛教麼？」沒想到平素對自己百般忍讓的林祖德，居然為了遠在福州的同宗公開跟自己翻臉，那兀納瞬間心頭也被點燃了怒火，將手往腰間一按，準備抽出刀來嚴正軍法。

就在此刻，一直持觀望態度的大長老蒲世仁忽然一把拉住了他的胳膊，「等等，那兀納，情況不對！」

「有什麼不對的，那廝原本就是半路改信真神的，根本就不虔誠！」

「情況不對！」蒲世仁一改先前與那兀納狼狽為奸的姿態，狠狠拍了對方一巴掌。「你先別忙著跟林祖德窩裡鬥，不對勁，他什麼時候變得這麼大膽了？他和他的幾個兒子都跑進莊子裡去了！」

「嗯？」那兀納胳膊吃痛，兩道掃帚眉緊緊地皺成了一個疙瘩，一雙招風耳也同時來回晃動。情況的確不對，林祖德和他的兒子、侄子們，與其是說是衝出去保護林家的莊園，不如說是借機逃離大隊。

逃？他們為什麼要逃？現在做了逃兵，等回到泉州後，蒲家長老們怎麼會饒

過他們?!

距離官道不遠處的林家莊迅速冒起了黑煙，色目將領們的狂笑聲和百姓們的哭泣聲，緊隨著黑煙飄入那兀納的耳朵，但是他卻對此不聞不問，集中全部聽力，從哭泣聲和風聲背後尋找一陣低低的震顫聲。

那是包了棉花的馬蹄緩緩打在泥地上的聲音，立時，所有的疑問都得到了解答，那兀納挺直身體，抽出彎刀，高高地舉向半空，喊道：

「所有人立刻列陣，以我為核心，沿官道兩側列大方陣。車隊在外，人員在內！蒲銅，你速領刀盾兵頂到正北面。蒲鐵，你趕緊將旋風炮卸下來。蒲金、蒲利，你們兩個帶領弓箭手，沿車廂後列陣。快！」

「怎麼了，大人，到底怎麼了啊？」被點到名字的蒲家子弟根本弄不清發生了什麼事，一個個圍攏上前，帶著滿臉的詫異詢問。

「列陣迎敵，對方是騎兵，就在官道左側的樹林裡！」那兀納沒時間跟麾下這群笨蛋解釋，聲嘶力竭地吼道。

屈於他平日的淫威，傳令兵慌忙抓起一支號角，用力吹了起來。

「嗚嗚！嗚！變陣，馬車給我全趕到左邊去！弓箭手趕緊上弦，刀盾兵到馬車中間堵住縫隙。旋風炮，你們趕緊卸車啊，都變成傻子啦，奶奶的！再不快點，大夥一會兒全得死在這兒！」

慌亂的角聲中，伴隨著蒲銅、蒲鐵、蒲金等人氣急敗壞的叫嚷聲。

倉促之間，真神的信徒們哪裡反應得過來，互相推搡著，很多信徒連自家將領都找不到，抓著彎刀，站在地上來回轉圈。還有一些信徒，則像沒頭蒼蠅般跑來跑去，根本不知道該往哪裡站，也不知道該把刀尖對著誰。

「嗚——嗚嗚！」這回，號角聲陡然變得高亢有力，四下裡亂哄哄的信徒們也漸漸恢復了幾分心神。然而，一切都為時已晚，有面猩紅色戰旗就在距離他們不到六百步的樹林裡忽然跳了出來。

「滴滴答答，滴滴嗒嗒嗒！」淒厲的嗩吶聲瞬間壓過高亢的號角聲，成為天地間唯一的旋律。

正前方還有官道右側也有清脆的嗩吶聲相應，原本冒著濃煙的莊子裡，幾十名色目將領像喪家的野狗般倉惶逃出。跟在他們身後的，則是林祖德和他的兒子們，還有數不清的淮安軍士卒，每個人身上都穿著造價高昂的鋼絲背心，手裡則是一杆閃著寒光的火槍。

「轟！」「轟！」「轟！」半空中響起三聲驚雷，是炮擊，淮安軍開炮了。見多識廣的那兀納打了個哆嗦，本能地閉上眼睛。然而，他身邊卻沒有炮彈落下，周圍亂哄哄的隊伍中也沒有任何傷亡，淮安軍在用炮聲互相聯絡，他們在分派任務，調整陣形，傳送消息。他們不慌不忙，有條不紊，如同他們製造的機器一般精確齊整。

「林祖德出賣了咱們！林祖德叛教！」三長老田定客如夢初醒，啞著嗓子大喊大叫。怪不得林家父子為了一點小事就與大夥分道揚鑣，怪不得林家父子不怕蒲家秋後算帳，**沒有秋後了，打完了這仗，世間就再無蒲家！**

「不要慌，穩住心神，誰再亂喊，我先殺了他！」發現了真相的那兀納自顧喊道。

蒲家靠出賣別人而發跡，靠出賣與背叛在泉州站穩腳跟，他們已經將出賣與背叛看成了家族傳承的一部分，**沒想到有朝一日，自己也被別人出賣，即將成為別人飛黃騰達的踏腳石！**

「一會兒我帶顏家和田家的人頂住左翼，你帶領其他人往前衝！」關鍵時刻，還是大長老蒲世仁沉得住氣，湊到那兀納身邊，道：「亦思巴奚軍沒送回任何消息來，他們不可能被全殲！」

三面受敵，死守肯定守不住，而後撤的話，很容易就造成全軍崩潰，被人一路尾隨追殺進泉州，所以唯一的出路不在後方，而在正前方。只要能平安衝破正前方的阻攔，去跟左右亦思巴奚軍匯合，然後不惜一切代價派遣戰艦去懷安接人，蒲家大部分兵馬仍然有機會撤回泉州。

「有朝一日，我一定要給你報仇！」想到家族的未來，那兀納紅著眼睛。

剛準備調整作戰方案，率隊強行突圍，忽然間，正前方又傳來一陣悶雷般的戰鼓聲，「咚咚，咚咚咚，咚咚咚咚咚……」

前方正在緩緩彙集到一處的伏兵，迅速停住腳步，擺開陣形。軍陣正中央，有杆羊毛大纛高高地挑起，旗面上，還留著幾個沒來得及更換的大字，「福建宣慰司，陳！」

「是陳友定！」那兀納的身體晃了晃，差點一頭栽在馬下。

陳友定被淮安軍圍殲，對蒲家來說是一個送上門的機會；而蒲家的覆滅，對於陳家，又何嘗不是?!

「顏繼遷和田定客跟我去左翼，其他人聽那兀納大人號令，準備向前攻擊！真神在天國看著咱們，看著他的戰士！」關鍵時刻，又是大長老蒲世仁站了出來，聲嘶力竭替那兀納調整部署。

不能掉頭逃，一逃肯定是全軍崩潰，而向前衝，如果能打垮陳友定，說不定還有機會生存。畢竟與淮安軍比起來，陳家軍的戰鬥力應該更弱一些，剛剛改換門庭，他們的士氣也不可能太高昂。

「殺陳友定！真神在看著咱們！」聽到大長老蒲世仁絕望的吶喊，那兀納強迫自己鎮定下來，揮刀疾呼。

「殺陳友定，殺陳友定！」隊伍中，各級將校亂紛紛地附和。

陳友定是新投降淮安軍的，與其他淮安軍各部未必能夠密切配合，陳氏家族在福建道根深葉茂，朱屠戶未必不樂意看到他跟蒲家拼個兩敗俱傷。

更重要的一點是，從最開始出現到如今，前、左、右三側，唯獨擋在正前方陳家隊伍裡頭不斷傳出來人喊馬嘶，而左右兩側的淮安軍雖然也在調整陣形，縮短跟蒲家軍之間的距離，從始至終卻沒發出任何喧囂。

他們彷彿就是數萬泥捏土偶或者木頭製作的機關傀儡，動作整齊劃一，迅速且悄無聲息。除了號角聲和馬蹄聲之外，他們好像不會發出任何多餘的響動，只是默默前行，默默地靠近，在沉默中迎接勝利或者死亡。

但越是這樣，他們給蒲家上下造成的壓力越大。就像漲潮時海浪一波波奔湧，壓得真神的信徒們雙腿顫抖，身子擺得如風中柳葉。

「否認真神的跡象而且加以藐視者，是火獄的居民，他們將永居其中。」

「否認真神的跡象而加以藐視者，所有的天門必不為他們而開放，他們不得入樂園，直到纜繩能穿過針眼……」

隊伍中的長老、講經人和聖戰士們帶頭念誦起蓄意篡改過的經文，一個個臉上寫滿了絕望和瘋狂。

隊伍中，其他大食雇傭兵和幾大家族子弟也跟著大聲吟唱。成千上萬道誦經聲匯合在一起，居然壓制住了四下裡傳來的戰鼓和嗩吶聲。聽著熟悉的經文，想著可能存在的天國，想著天國裡吃不完的食物和七十二處女，紅著眼睛的劫掠者舉起刀，挺直身軀，心神一片寧靜。

「轟！轟！轟！」戰場右側，淮安軍的六斤炮開始發威。蒲家的隊伍中立刻出現了十幾個深坑，硝煙起處，泥土和破碎的肢體四下飛濺。凡是不幸站在炮彈落點附近的「聖戰士」們，無論嘴裡有沒有念經，全都筋斷骨折。

然而，巨大的傷亡卻沒有令蒲家軍崩潰，相反，耳畔的誦經聲和同夥的血肉竟然點燃了他們心中的最後瘋狂，只見他們一個個迅速舉起彎刀，跟在那兀納身後，嚎叫著撲向擋在正面的陳家軍。

「轟！轟！轟！」又是一排六斤開花彈砸進了蒲家軍隊伍，騰起一朵巨大的，橘黃色的雲團。

在火光的邊緣處，十幾名受過講經人親自點撥的聖戰士，從血泊中扶起三具旋風炮，手腳交替著擰緊了炮弦。

「發射！」三枚點燃了引線的瓦罐旋即騰空而起，掠過四百餘步的距離，狠狠地砸進了陳友定的隊伍當中。

火焰翻滾，濃煙騰空，被火苗濺上的士卒倒在地上，慘叫著拼命翻滾，濕漉漉的地面令他們身上的火苗越燒越旺，很快，地面上翻滾的人就變成了一個個巨大的火團，血肉燒焦的味道刺激得周圍袍澤滿臉是淚。

「快，快，把能找到的旋風炮都豎起來，照著正前方發射！」身披黑衣的講經人大聲叫道。

數百名受到啟發的蒲家子弟，撲向運貨的馬車，抬下一具具旋風炮，就地組裝上弦，然後接二連三向前發射。

「嗖！嗖！嗖！」更多的火彈騰空而起，陸續砸入陳友定的兵馬當中。

「轟轟轟！」淮安軍的六斤炮調整炮口，對蒲家軍的「神兵利器」展開火力壓制。

一輪炮擊過後，至少四門旋風炮被還原成了碎片，滾滾大火將操炮者燒得頂著滿身的紅煙四處亂竄。但蒲家炮手們，卻被先前的成就鼓舞起的士氣繼續迅速擺開新的旋風炮，拼命將希臘火罐朝陳友定那邊傾瀉。

跟淮安軍對射，占不到多大便宜，朝陳友定那邊猛砸卻收效甚佳，發誓要殺出一條血路的蒲家軍，根本不管來自自家右側的炮火如何迅猛。**他們不想著去報復，他們只想著活命，只想著趕在左右兩側的淮安軍合攏之前，從正面衝出一條血路，逃離生天。**

如此狠辣決絕的戰術，立刻將陳友定打了個措手不及，他麾下的兵馬超過三萬，而左右兩側包抄蒲家的淮安軍卻都不足五千，特別是左側由傅有德統率的那支淮揚騎兵，把根本上不了陣的號手和文職參軍全算上，頂多也就兩千出頭，可蒲家這群發了瘋的惡鬼，居然不肯選擇在左翼突破，偏偏從正面找上了他！

對於長期居住於福州，跟海上大食人也有很多交流的陳氏家族來說，扭臂式蓄力裝置同樣不算陌生，只是礙於家族的財力，他們購置不起太多個火罐，所以乾脆綜合東西方之長，將床子弩和旋風炮結合起來，重新打造出了一種伏遠弩，射程同樣能高達四百餘步，同樣是兩三人就可迅速操作，掛在大牲口背上就能隨軍移動。

只見陳友定迅速揮動了幾下令旗，三十門驢車大小的伏遠弩立刻被推到了隊伍前。陳友定一聲令下，三十支前端綁著火藥筒的弩箭騰空而起，躍過爭取迅速衝近的蒲家軍，狠狠砸在了正在發威的旋風炮附近。

「轟！轟！轟！」爆炸聲此起彼伏，中間竟然有五門旋風炮連同炮手一併葬身火海，翻滾的熱浪將顏氏宗族兵燒得抱頭鼠竄。

「這邊交給我，你們不用管，頂住淮安軍的騎兵！」危難關頭，五長老蒲世傑挺身而出。帶領五百餘名最狂熱的蒲家子弟，從火海邊緣扶起更多的旋風炮車。

「向前推，推到馬車中間，第一排舉盾、第二排豎矛、蹲身！第三排將長矛架在第二排肩膀上，向前斜伸。弓箭手，聽我的命令，正前方八十步，放！」

義兵下萬戶顏繼遷聽到了蒲世傑的叫嚷，狠下心腸，對身後傳來的爆炸聲充耳不聞，指揮著本族最精銳的子弟，迎戰從左翼殺過來的淮揚騎兵。

他的祖先顏伯錄曾經在屠殺趙宋宗室和兩淮傷兵時立下奇功，所以萬一蒲家兵敗，他不知道自己的家族將要遭受怎樣的報復？而硬頂住淮揚軍的騎兵，也許不用太久，只需要兩到三輪時間，按目前情況看，那兀納就能殺出生天，匯合亦思巴奚軍，從海路返回泉州。

蕭蕭的羽箭聲很快就響起，在極短的時間內，取代了身後的炮擊聲和爆炸聲，成為戰場上的主旋律。被大長老蒲世仁留下來斷後的顏、田兩家宗族子弟，拼命拉動弓弦，試圖以此來削弱淮安軍騎兵衝擊威力，給自家爭取更多的優勢。

他的戰術非常成功，原本速度就不算太快的淮安騎兵，再遭到大規模羽箭覆蓋之後，動作愈發緩慢，彼此之間的距離也越拉越大，彷彿打算用這種愚笨的辦法降低自家的傷亡。

「那個傅友德根本不懂如何使用騎兵！」

「左側殺過來的這群淮賊是疑兵，根本沒有多大戰鬥力。當初那兀納應該選擇左側為突破口才對！」

「淮賊沒安好心，真的想讓蒲家和陳家拼得兩敗俱傷！」

下一個瞬間，紛亂的思緒從大長老蒲世仁、三長老田定客和義兵下萬戶顏繼遷等人心中陸續湧起。

無怪乎他們多想，傅友德今天的表現的確非常外行，騎兵對上步卒，最大的優勢就是戰馬的速度，只要把馬速衝起來，直接朝著步卒頭頂碾壓。即便對方有羽箭阻攔，並且擺開了槍陣，付出足夠的代價之後，也照樣能夠長驅直入。

而今天，傅友德卻因為不願意讓手下白白犧牲，在羽箭當頭時，選擇了疏散隊形，然後他又快速將隊伍拉開到羽箭覆蓋範圍之外，將所有騎兵從正面衝擊改成了斜向貼近。這樣做，固然可以令羽箭對騎兵的威脅降低到最小，但是騎兵們想要衝破長矛和馬車組成的防線卻難上加難。

正當負責斷後的蒲家將士暗自慶幸自家平安離開的機會大增之時，傅友德忽然從腰間摸出了一個鏈子錘，同時雙腿狠狠夾緊了馬腹，從遼東販運而來的契丹良駒吃痛，嘴裡發出了一聲低低的咆哮，張開四蹄，斜著朝馬車長矛組成的陣列切了過去。

「稀噓噓！」「稀噓噓！」戰馬的悲鳴聲不絕於耳，馬蹄聲瞬間也響如奔雷。百名淮安騎兵以三人為一組，拉開一條巨大的長龍，跟在傅友德及他的兩名侍衛身後，斜著朝蒲家的車矛陣靠近。每個人右手裡都拎著一對首尾相連的鏈子錘，錘柄處，兩個凸起的鐵蓋冒著冰冷的幽藍。

「盾牌手舉盾，護住自己人頭頂！」騎在馬背上的蒲世仁將眼睛瞪得滾圓，扯開嗓子吶喊。

傅友德居然試圖用鏈子錘硬砸！這是西域阿速兵的慣用戰術，發揮到極致時威力駭人，沒想到傅友德居然從阿速俘虜手裡將其照搬了回去。

「弓箭手放箭攔截，旋風炮那邊，不要光對付陳友定，你倒是給我也來一下啊！」顏繼遷沒有蒲世仁那樣見識淵博，但想想兩個鐵疙瘩借著戰馬速度砸在腦門上的感覺，就亡魂大冒，扭頭朝著身後扯開嗓子。

「嗖嗖嗖，嗖嗖嗖！」又一排密密麻麻的羽箭騰空，撲向疾奔而來的馬隊。

正在組織人手與陳友定部對射的蒲世德，也立刻抽調出五門剛剛組裝好的旋風炮，給顏繼遷和田定客二人提供火力支援。

然而，無論是羽箭還是火炮，效果都微乎其微，拉開距離高速奔行的戰馬，很難成為羽箭的目標，即便不幸被命中，只要不是正中要害，也能在騎手的約束下繼續飛奔。

至於威力巨大的火彈則全都砸在空處，徒勞地騰起一團團紅光。訓練有素的淮安騎兵或者直接縱馬從火光上一躍而過，或者稍微拉偏馬頭繞路迂迴，根本不受任何影響。

眼看著傅友德的坐騎離車牆越來越近，顏繼遷緊張得面如土色，正準備調遣弓箭手再來一次覆蓋射擊，卻看到對方將一直拉著韁繩的左手空了出來，在流星錘後端的凸起處一擰一拉，隨即兩支連在一起的鐵疙瘩就冒出了細細的白煙。

「小心，是**轟天雷**！」即便見識再差，顏繼遷也知道對手所拿的不是什麼流星錘了，跳起來大聲提醒道。

哪裡還來得及？戰馬以每息二十步的速度衝到了車陣和長矛前，傅友德用力一揮胳膊丟出「鏈子錘」，隨即策馬高速遠遁。

「轟隆！」兩隻被繩索拴在一起的手雷纏在長矛杆上凌空爆炸，將正下方炸得血肉橫飛。

「轟隆！」「轟隆！」另外兩顆被繩索拴在一起的手雷陸續飛來，纏在長矛杆上，製造出同樣的災難。

根本沒法躲，長矛對抗騎兵，陣形必須密集，不密集則沒有效果。正是因為他們的隊伍密集，又先蹲在了地上，才導致了最為慘烈的結果。在手雷爆炸的瞬間，彼此緊挨著的長矛手們誰也來不及挪動身體，只能將腦袋縮在前方袍澤的後背處，然後聽天由命。

已經被淮揚工坊改進過十幾次的手雷，體積雖然縮小了一半，但威力卻遠勝當年，在火藥的推動下，迅速於半空中炸成十四五瓣，然後如冰雹般四下飛射，撕開蒲家軍的鮫魚皮甲，撕開皮甲裡的血肉，鑽進骨頭和胸腹，將裡邊的內臟攪成一團稀爛。

「啊——」慘叫聲此起彼伏。

「轟隆！」「轟隆！」「轟隆！」三聲爆炸接連響起，將泥塑木雕般的長矛手們炸得屍橫遍野。僥倖沒被爆炸波及的人，則緊緊擠壓在一起，你看看我，我看看你，像一群待宰羔羊！

「用長矛挑住掌心雷的鏈子向外甩！」不知道是被爆炸聲震傻了，還是突然心有靈犀，義兵副萬戶顏繼遷跳起來嚷嚷道。

呆若木雞的長矛手們聞聽，立刻從呆傻狀態恢復了幾分心神，搶在新一輪手雷砸在自己頭上之前丟下長矛，撒腿便逃！

「站住！不准逃！你能逃到哪去？淮賊打來了，誰也落不到好！」顏繼遷大急，揮起彎刀，接連砍翻兩名掉頭逃走的士卒，然後高舉著血淋淋的刀刃威脅著。

「去你娘的！老子當年又沒殺宋人！」一名藍眼睛的大食兵高聲叫罵，用盾牌護住自家頭顱，從他身邊急衝而過，腳步不肯做絲毫停留。

「老子也沒殺過！要上你自己上，老子不幹了！」

「老子只是佃戶！原本姓李，當了你家的奴僕才改姓顏的！」

四周圍，不停有人叫喊著奪路而逃。

淮安軍保的是宋王，宋王打下泉州之後會報復，大夥誰都落不到好，這是蒲氏及其附庸家族平素用來威脅並鼓舞士氣的一貫藉口，那些不明真相的莊丁們，聽這些藉口聽多了，慢慢與家主形成了同仇敵愾之心。

然而，在不斷爆炸的手雷面前，這些藉口忽然變得無比的蒼白可笑，莊丁們發現自己其實跟什麼蒲家、顏家、田家僅僅是地主和佃戶，掌櫃跟夥計的關係，對方**祖輩惹下的仇恨和因果，根本就不關自己屁事**！

「站住，頂上去，誰敢跑，殺無赦！」顏繼遷被說得無言以對，只好帶領著自己的親信繼續用殺戮來維持軍陣。

一名從他身邊跑過的莊客躲閃不及，被他攔腰一刀劈做了兩段，另外一名花錢雇傭來的大食武士奮力抵擋，卻被兩個顏家的死士前後夾擊，很快砍翻在地。

沒等他們堵住第三個逃兵，周圍瞬間就是一空，所有逃命者果斷繞路，將顏繼遷和他的二十幾名心腹死士丟在了陣地上。

「站住，你們跑得了和尚跑不了廟。等老子回去之後……」顏繼遷氣急敗壞地喊道，正在逃命的士卒們則像看死人一樣看著他，眼裡充滿了憐憫。

「大人快躲！」一名心腹死士從背後撲過來，抱著他在血泊中翻滾。

還沒等二人滾遠，「轟隆！」「轟隆！」「轟隆！」又是接連三記劇烈的爆炸聲響起。再看顏繼遷和他的那位心腹死士，被接踵而來的手雷炸得四分五裂，血肉模糊，早就死得不能再死了。

第九章

真神信徒

「真神的信徒們，衝啊，衝過去將他們砍翻！
七十二處女在天國等著你們！」
蒲世仁向著所有狂熱信徒們做出最後的鼓動。
「衝啊！為了真神！」
「衝啊，為了地上天國！」

「轟隆！」「轟隆！」「轟隆！」更多的手雷被丟進車陣之間，將僅有的幾簇死戰不退者陸續放翻在地。由馬車和長矛組成的防禦陣列迅速土崩瓦解，魂飛魄散的士卒丟下兵器和盾牌，四散逃命。

「站住，別跑，頂上去，誰敢再跑，老子殺他全家！」三長老田定客急得兩眼通紅，揮舞著彎刀在人流中四處亂砍。

「別跑，兩條腿跑不過四條腿，頂住這一輪，大夥才有機會活命！」大長老蒲世仁心思要比田定客活絡得多，發覺光憑藉殺戮再也無法穩住陣腳，立刻改變策略。

「別逃，大夥頂住這一輪，只頂住最後一輪，咱們還有旋風炮！」五長老蒲世傑也知道情況不妙，將大部分旋風炮都調轉方向，朝著自家陣地正前方猛砸。

「轟隆！」「轟隆！」「轟隆！」一團團橘黃色的火光拔地而起，在陣地正前方二十一餘步處燒出了一片片火湖。

這的確是一個絕妙之策，充分利用了動物怕火的天性，下一波衝過來的淮安軍騎兵沒等靠近蒲家軍的陣地，就被熱浪逼退，不得不調轉馬頭躲避火焰。

已經拉了導火線的手雷，也只能隔著火湖老遠就隨便丟了出去。徒勞地在火湖和被蒲家潰兵遺棄的馬車間，留下一個又一個醜陋的泥坑。

「再射，給我用火把左翼封死！」五長老蒲世傑一招得手，心中的慌亂立刻轉為狂喜，揮舞著雙臂，招呼旋風炮手們再接再厲。

而大長老蒲世仁則借助這個短暫的機會，帶領著幾個講經人和一大群真神的狂熱信徒，堵住自家隊伍中的逃兵大肆屠殺。

在血腥的屠戮和火獄的雙重威脅下，逃命者不得不暫且放緩腳步。

然而，還沒等蒲世仁來得及高興，他的心腹愛將，先前帶頭去洗劫林家莊的色目千戶苫思丁猛地拉了他一把，臉色如死一般白，絕望地道：「大人，那邊，淮安軍的步卒殺過來了！」

「啊！」大長老蒲世仁驚慌地扭頭，臉色瞬間暗如死灰。

苫思丁觀察得很仔細，就在他們手忙腳亂地對抗淮安軍的騎兵之時，官道右側的五千餘名淮安軍步卒已經緩緩向前推進了一大截。將雙方彼此間的距離拉近到了兩百步，並且還在繼續緩緩前推，就像一道移動的鋼鐵之牆。

高牆的正前方，則擺著三十餘門四斤小炮。每一門炮都架在一座全鐵的炮車上，由四名壯漢推動前進。跟在炮車兩側的，則是一名炮長，兩名校炮手、兩名裝填手和一名擊發手，在前進的同時，不停地用目光判斷雙方的距離。

「旋風炮！趕緊調旋風炮過來！他們隊伍太密，轟死他們！」三長老田定客臉色煞白地喊著。

「放箭射住陣腳，攔截他們！」大長老蒲世仁也失去了應有的冷靜，跟在田定客之後大聲叫喊。

只見正在緩緩向前移動的那堵鋼鐵城牆猛地一頓，就在距離蒲世仁的長老旗一百五十步處停了下來。隨即，鋼鐵長城後響起了一聲悠長的號角，宛若幼龍騰淵時的初鳴。

「嗚——嗚嗚——嗚嗚——」角聲將盡未盡，三十輛鋼架鋼輪炮車齊齊停止移動。四名負責推動炮車的壯漢撲到炮車後半段，奮力壓下炮尾，將炮車後下方的固定錨狠狠砸進了泥地當中。

兩名校炮手一蹲一立，快速搖動炮管下方的手輪，頭上頂著紅色盔纓的炮長，則眯縫起一隻眼睛，右臂平伸的右眼正前方，大拇指上挑，同時嘴裡報出了一連串稀奇古怪的數字：

「前方二百四，上揚三格半，右起五格半。一號炮馬上校準，到位後向我彙報！」

「前方二百四，上揚三格半，右起五格！二號炮馬上校準，到位後彙報！」

「前方……」

單調清晰的聲音在各門火炮前重複，所有經過講武堂專門培訓過的炮長，都按照淮安軍的炮兵操典，報出各自名下火炮的發射參數。

兩年多的休整時間，淮安軍改進的不止是火槍、戰艦和火炮，基層將佐的素質也得到了大幅度的提升，特別是兩家擁有講武堂學子最多的近衛旅和獨立炮旅，與以往相比簡直是脫胎換骨。

用朱重九私下裡的評價來說，**他們，才是自己想要的軍隊**，一支擁有不同時代的筋骨和靈魂的軍隊。雖然，今天他們的第一聲龍吟還顯得極為稚嫩。

幼龍的初鳴聲，在嘈雜的戰場上並不顯得有多嘹亮，但少年們那有條不紊的舉動，卻令蒲家們的幾個長老和各位講經人不寒而慄。

「旋風炮，蒲家老三，你趕緊放火啊！」弄不明白對方在幹什麼，蒲家三長老田定客本能地預料到了大難即將臨頭，跺著腳喊著。

「旋風炮，快點，推過來，上弦！」五長老蒲世傑也緊張得滿臉是油汗。

「一起推，別傻站著！」田定客抹了把臉上的汗水與淚水，衝向距離自己最近的炮車。「講經人，真神的信徒們，考驗你們的時候到了！」

「大夥一起啊，真神在看著咱們！」隊伍中的狂熱信徒咬緊牙關壓制住心底的恐懼，相繼跑去幫忙移動旋風炮車。能不能用旋風炮對抗淮安軍的火炮，他們心裡誰都沒底，但至少可以再製造一道火牆。那樣的話，也許淮安軍的炮手就會受到干擾，而他們自己則可以選擇向前或者向後。

「快點，快點！」數名講經人在旁邊大聲催促，同時不停地踮起腳尖觀望淮安軍的動靜。

淮安軍的四斤炮卻已經開始報數。「一號炮調整就位！」「二號炮調整就位！」「三號炮……」

「一號炮，發射！」一號炮的炮長黃硫果斷喝令。

他是淮揚工局主事黃老歪的親孫兒，今年夏天才從講武堂炮科畢業，平素受祖父影響，對於父親因為沒有天分，而不得不留在將作坊裡當工頭的事甚為遺憾。今天，輪到他來替父親洗刷恥辱了！

「轟！」就在他期盼的目光裡，一號四斤曲射線膛炮的炮口，噴出乳白色的濃煙，一枚表面包裹了軟鉛的開花彈高速騰空。

「轟隆隆！」蘑菇狀的黑雲在雲端翻滾，黑雲下，兩門旋風炮車還有旋風炮車周圍十步以內的人，全都不知所蹤。

「殺過去，咱們人多，真神在天上看著咱們！」

甭指望旋風炮跟淮安軍的四斤炮對射了，事已至此，大長老蒲世仁索性把心一橫，揮舞著彎刀，帶頭撲向淮安軍炮兵。

「殺過去，見證真神的榮光！」

「殺過去，殺一個夠本！反正兩條腿終歸跑不過四條腿！」

講經人、狂熱信徒還有蒲、田、顏三家安插在隊伍中的死士，紛紛拔出刀來高聲呼喝，用死亡和信仰來要脅全體士卒調轉身形，向官道右側的淮安軍發起垂死反撲。

在他們的威脅與帶動下，蒲家士卒踉蹌著轉身，一個個在嘴裡發出絕望的呼號，迎向正在做最後校準的淮安軍炮車。

聽到傳來的鬼哭狼嚎，淮安軍近衛旅長，明威將軍徐洪三立即下令道：「傳令給炮營，不管敵軍動作，照著自己先前的思路打！」

「轟隆！」「轟隆隆！」炮彈的爆炸聲再度成為戰場上的主旋律。

巨大的蘑菇雲和橘黃色的火焰，夾雜著鐵片、鋼珠，在蒲家軍原來的陣地上來回橫掃。那些原本縮在隊伍最後，準備觀望形勢的傢伙，被放翻了一大片，而已經在衝鋒路上的狂熱信徒和講經人們嘴裡發出的聲音則顯得愈發地瘋狂。

「以掌控我的生命的神的名義，我需要為真神而死；然後我會復生，然後再次為真神而死！」

「先知說：給天堂中的勇士的最小獎賞，是一座有八萬名奴隸和七十二位妻子的住所，它的圓頂上鑲嵌著珍珠、碧玉和紅寶石。」

……

聽著四下裡傳來的誦經聲，近在咫尺的死亡對許多蒲家軍底層士卒來說，忽然變得不像先前一樣可怕了，反正大夥活著也沒享過什麼福，死也就死了，說不定真的可以寄託於經文中的天堂，改變光棍一輩子的命運，享受七十二個女人。

「弓箭手，到前面去！」大長老蒲世仁知道成敗在此一舉，恨不得出手就押上全部賭注。「干擾他們裝填炮彈！給聖戰士創造衝鋒良機！」

蒲家是海商，也是海盜，常年在海上縱橫，麾下子弟們都練就了一手不錯的箭術，非但能射得遠，並且還能在跑動中拉弓。

「弓箭手，到隊伍最前方去，準備——！」三長老田定客頂著腦袋上的鮮血，聲嘶力竭地喊道。

在他們的督促下，千餘名弓箭手和攜帶著弓箭的家將、大食雇傭兵，亂哄哄地擠到隊伍最前方，拉彎角弓，衝著淮安軍炮兵和站在第一排的步卒頭頂灑下一波箭雨。

大部分羽箭因為力道難以為繼，在中途掉落，但是仍然有百餘支飛到預定的位置上空，帶著尖嘯聲墜落。

「嗖嗖嗖！」

「噹噹噹噹！」

淮安軍的炮兵和步卒們，只是將帶著寬沿的頭盔稍微向下低了低，就令近半數凌空而至的羽箭失去了效果，一大半落在了空處，徒勞地濺起一團團濕泥。

這些羽箭基本上已經是強弩之末，即便勉強能穿透鋼絲軟甲，也會被軟甲後的綢布襯裡掛住，再也無法深入分毫。

「傳令炮營，全體蹲在炮車之後！戰兵各團，指揮權下放給團長！」沒等空中的羽箭落盡，明威將軍徐洪三的臉上已經露出了勝利的笑容。

如果蒲家軍不急著放箭，也許他還會再謹慎一些，然而**對手既然撅起了屁股，他也就不介意亮出牙齒，咬斷其喉嚨。**

「嗚嗚——嗚嗚——」新的一輪號角聲響起，一直在嚴陣以待的淮安軍動了。就在迎面射來的箭雨當中，他們徐徐地分成了左中右三個部分，兩側稍稍前推，中央穩穩拉平，隨即每個部分又緩緩分成了單薄的三層。

「放箭，繼續放箭，別停下來！」大長老蒲世仁根本看不明白對手在幹什麼，揮舞著染血的彎刀，一邊咆哮一邊放慢腳步。

「放箭，放箭！湊近些就射得更準！」三長老田定客果斷喝道。

亂紛紛的羽箭再度升空，掠過八十步的距離，落入淮安軍獨立旅的隊伍當中。這一輪比前一輪來說，多少算是取得了一些成效，大概有十幾名淮安軍士卒不幸面部受傷，或者沒有鎧甲遮掩的小腿處中箭，呻吟著倒了下去。

「放箭啊，繼續射，射死他們！」田定克的聲音已經徹底變了調，將其心底的恐慌暴露無遺。

對手居然不躲避羽箭，無視身邊的傷亡，他們真的是人麼？還是朱屠戶施展了什麼妖術，將他們全都變成了傀儡?!

「真神的信徒們，衝啊，衝過去將他們砍翻！七十二處女在天國等著你們！」此刻蒲世仁的心裡比田定客更為絕望，向著所有狂熱信徒們做出最後的鼓動。

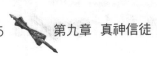

「衝啊！為了真神！」

「衝啊，為了地上天國！」

講經人揮動胳膊，招呼狂熱信徒和其他人衝鋒。只有七十步了，弓箭頂多還能再射最後一輪，最後一輪弓箭之後，無論效果如何，雙方都必須面對面見真章。

「衝啊，真神保佑！」

在狂熱信徒的帶領下，其他士卒鼓起最後的餘勇邁動腳步。

淮安軍的反應很奇怪，好像根本不知道利用跑動來積蓄力量，都只剩下六十步了，他們居然還不主動發起對衝。他們當中的第一排甚至蹲了下去，只是將一支鐵管子頂在肩頭，對準前方。

「嗖嗖嗖嗖——」又一輪羽箭在極近的距離落下，射傷了百餘名淮安軍士卒。

「吱——！」淮安軍則以一聲淒厲的銅哨回應，隨即蹲在第一排的士卒們，穩穩地扣動了扳機！如狂風掃過麥田！衝得最快的蒲家將士仰面而倒。

「真——！」誦經音效卡在了嗓子裡，戰場上瞬間一片安靜。所有還活著的蒲家將士都本能地停住了腳步，眼睜睜地看著腳下那一具具佈滿彈孔的屍體，滿臉難以置信。

「砰砰砰！」第二排站著的淮安軍，瞄準四十步遠處正在發呆的敵人，毫不猶豫地扣動了扳機。

狂風再度掃過麥田，麥田裡僥倖逃過第一軍屠戮的「麥秸」，又折斷了其中一大半。紅色的血漿四下飛濺，紅色的霧氣被風捲著扶搖而上，染紅頭頂上的陽光，將雲層染得殷紅一片。

「吱——！」第三聲銅笛響起，宛若地獄裡的閻羅王吹響了招魂曲。

「九世猶可以復仇乎？既為國仇，雖百世可也。」粉紅色的雲團中，依稀有一個峨冠博帶的讀書人，驕傲地仰起頭大聲朗誦。

「把這裡留給獨立旅，咱們去抄那兀納的後路！」

被炮火擋在道路左側的傅友德當即立斷，放棄了對潰敗對手的追殺。撥轉坐騎，繞路撲向那兀納的帥旗。

那兀納所統帶的蒲家精銳，此刻已經完全與陳友定的人馬攪在了一處，彼此雙方都使出了渾身解數，誰也不敢再存保留實力的念想。

對於陳友定來說，那兀納及此人麾下的兵馬就是自己取信朱總管的投名狀，而對於那兀納來說，如果衝不破陳友定的防線，今日就要死無葬身之地，大長老蒲世仁等人的性命也等於白白被犧牲。

「擋住他們。已經沒有火油彈了，他們後路肯定被徐大人給抄了！」

「殺出去，殺出去跟亦思巴奚軍匯合，殺出去給蒲長老報仇！」

在雙方核心人物的鼓動下，陳家和蒲家的私兵們個個都紅著眼睛，咬牙苦戰，鮮血和碎肉橫飛，屍體和殘肢在腳下翻滾。

一名陳氏子弟受了傷，周圍立刻有兩三名蒲家子弟撲上前，衝著他揮刀亂剁，一名蒲家聖戰士露出破綻，附近立刻會撲上四、五名陳家精銳，用鋼刀和長矛將他捅得全身都是窟窿。

這個節骨眼上，誰也無暇去觀察身邊五尺之外的事情，稍一疏忽，就是生存和死亡的差別。即便那兀納本人，也提刀衝在了隊伍中央，輕易不敢回頭張望。

他也不相信大長老蒲世仁那邊能頂住淮安軍騎兵旅和近衛旅的聯手攻擊，他現在所期待的，只是大長老蒲世仁那邊能夠撐得久一點。也許是兩刻鐘，甚至是一刻鐘。

「陳友定，有種出來跟我放馬一搏！」那兀納奮力催動坐騎，揮刀左劈右砍，衝破一小隊陳家子弟的攔阻。

跟在他身後的百餘名精銳家將，也紛紛策馬前衝，緊緊護住他的側後兩翼，將所有試圖襲擊那兀納的人都砍翻在地，屍骸亦被馬蹄迅速踩成肉泥。

被蒲家軍瘋狂的舉動所震懾，陳家軍的將士們漸漸變得力不從心，儘管陳友定把自己的精銳家將都派了上去，但是那兀納的彎刀卻距離他的戰旗越來越近。

很快，他就聽見了對方瘋狂的叫囂聲；很快，他就看見了對方身體上的傷口與血跡。下一個瞬間，他甚至已經看見對方通紅的眼睛，以及對方身後那群同樣瘋狂的聖戰士，然而，他卻不願親自上前迎戰，又不敢主動讓開。

上前迎戰，有可能就是魚死網破。那兀納是拼了性命才能死中求活，而他陳友定，卻已經投降了淮安軍，**好不容易從上一個戰場活了下來，他沒有必要以命換命**，朱總管給了他一次機會，未必還肯給第二次。

「有種的來戰！陳友定，你莫非只敢讓別人送死麼？」猜到陳友定捨不得即將到手的榮華富貴，那兀納的聲音愈發囂張。

「陳友定，是男人就出來，躲在別人後邊算什麼英雄！」跟在那兀納身後的家將們扯開嗓子，一邊前衝一邊大聲邀戰。

「該死，今日有我沒你！」聽到叫罵聲，陳友定忍無可忍。單手拉出彎刀，就想帶領自己的侍衛上前拼命。

可是就在戰馬邁開四蹄的一剎那，他忽然又拉緊了韁繩，青紫色的臉上，瞬間湧滿了得意。

「老子才不跟你拼命！你們今天死定了！」露出一口猩紅色牙齒，他鼓足中氣朝著那兀納大聲回道：「你們今天加諸在陳某身上的侮辱，陳某會百倍還給你們蒲家。不信，你們朝自己身後瞧！」說罷，將戰馬往侍衛身後一縮，整個人徹底消失不見。

「孬種，別躲！」那兀納心中一冷，縱馬前撲。

就在這時，他聽見而後傳來一聲冷風，「嗚——」緊跟著左肩膀上猛地一涼，劇烈的痛楚沿著脊柱直沖腦海。

「啊——！」那兀納嘴裡發出一聲慘叫，隨即整個人僵在馬背上，右手再也舉不起來，**原本寫在臉上的驕傲，徹底變成了絕望**。

有人從側面放了一支冷箭，射中了他的肩膀。按照騎弓的射程，那個人就在五十步範圍之內。那個人非常好找，白馬銀盔，在暗灰色的蒲家鮫魚鎧的中間，顯得格外扎眼。那個人連護衛都沒帶，自己為身後的大軍開路，刀光過處，潑出一條猩紅色的血浪。

「攔住他，攔住這個魔鬼！」蒲家軍的講經人們大聲叫嚷，身體卻不由自主地往人堆裡頭躲。

魔鬼太野蠻了，超過了他們以往見到過的任何聖戰士，單打獨鬥，蒲家上下誰也沒有勝算。

「啊——！」兩名聖戰士嚎叫著撲過去攔阻，被此人一刀一個，劈下坐騎。又有三名蒲家精銳捨命上前，被來人用戰馬直接撞飛了一個，長刀砍倒了一個，剩下一個，則遠遠地拋在了身後，不屑一顧。

而其身後，則衝過來數以千計的淮安騎兵，每個人都縱馬揮刀，將躲避不及的蒲家子弟殺得人頭滾滾！

「擋住，聖戰士，真神在天上看著你們！」二老夏嚴苟看得肝膽俱裂，扯著嗓子高喊。

蒲家的底氣所在，其實就來自這些「聖戰士」，其中有非常大一部分聖戰士都不是泉州當地人，而是從海上流落過來的天方教狂熱信徒。他們生存於世界上唯一目的，就是為了建立一個地上天國，為此，在他們眼裡，無論自己的還是別人的性命，都一文不值。

「世間一切都屬於真神！真神賜予我們食物，彎刀和勇氣，讓我們去推廣祂的聖言！」伴著瘋狂的誦經聲，幾十名用濃墨將鎧甲染成純黑色的「聖戰士」，逆著擁擠的人流，撲向那匹純白色的駿馬，就像烏雲湧向陽光。幾乎轉眼間，白馬和白馬的主人就被他們的身影遮擋，兵器交鳴聲和人的嘶吼聲充耳不絕。

「講經人，趕緊再組織聖戰士，保護那兀納向前衝！」見到白馬將軍被黑暗吞沒，二長老夏嚴苟心裡悄悄鬆了口氣，扯開嗓子，大聲嚷嚷。

淮安騎兵的殺到，意味著負責斷後的蒲家子弟已經全軍覆沒，所以他必須不惜一切代價加速向前衝，以最快速度，從攔路的陳家隊伍中撕出一條通道來，否則用不了多久，他和那兀納等人就要面臨與大長老蒲世仁同樣的結局。

「真神選擇的勇士們！」講經人麻哈麻對夏嚴苟的想法心領神會，深吸一大口氣，衝著周圍扯開了嗓子。

然而，一句裝神弄鬼的話還沒等說完，他的聲音忽然就卡在了喉嚨裡，一雙因為縱欲過度而紅腫的眼睛，頃刻瞪了個滾圓。

烏雲裂了，那匹白馬如同陽光一般，從黑暗的包圍中一躍而出，馬背上的銀甲將軍揮刀力劈，將擋在其正前方的一名蒲家子弟砍去了半邊身體，隨即順手一抹，將另外一名躲避不及的聖戰士斬於馬下。

兩名全身漆黑的聖戰士咆哮著追趕，兵器在他的後心處直畫影子。他卻不屑地揮了下胳膊，像趕蒼蠅般，將手中的雁翎刀掃了回來。

「噹啷！」一名聖戰士的兵器被掃斷，慌忙後退。另外一名則被雁翎刀的刀尖掃中手腕，筋骨齊斷，血如噴泉般奔湧而出。

「不想死的讓路！」銀甲將軍迅速將身體轉回正前方，刀尖指著那兀納大聲怒喝，「傅友德在此，賊子拿命來！」

「堵住他！給我堵住他！」因為這群黑衣聖戰士的捨命阻擋，那兀納與傅友德之間的距離已經又重新拉回到了二十步左右。但是，那兀納依舊覺得對方的刀尖已經戳在了自己的眉心上，將身體再度迅速伏低，雙腳磕打馬鐙，衝著正前拼命猛衝。

「攔住他！」蒲家重金從海路雇傭來的天方死士阿歷克斯帶著另外幾名持矛的黑衣「聖戰士」咆哮著上前，試圖憑藉兵器的長度封堵住傅友德的去路。

他們的設想很完美，然而現實卻殘酷至極，眼看著自家戰馬就要撞上長矛，傅友德忽然抬起左手，用一把三孔短銃對準了阿歷克斯。

「砰砰砰！」三枚蠶豆大小的鐵彈丸在不到十步的距離上呼嘯而出，將阿歷克斯直接打得倒飛了出去，胸口處拳頭大的孔洞直通後背。

攔路的矛陣從中央斷裂，一分為二。傅友德左手張開，拴著皮弦的三眼短銃徑直掉落於馬鞍側。與此同時，他連人帶馬已經衝入了裂縫中間，右手雁翎刀斜劈、橫掃、擰身回兜，幾個動作如行雲流水，砍翻一個又一個躲避不及的「聖戰士」，將他們全部送回了「天國」！

「真神保佑！」千夫長阿金依舊不甘心，呼喊著心中的神明縱身撲上。

傅友德雙腿輕輕夾了下戰馬，胯下的馬猛地揚起前蹄，正中千夫長阿金的腦門，將此人的脖子瞬間踢歪到一邊，生死不知。

當馬蹄落下，傅友德手中的雁翎刀又至，掃、剁、劈、抹，幾個動作被他使得連綿不斷，擋在戰馬行經路線上的蒲家軍，像秋天蘆葦般被一棵接一棵割倒。

「真神保佑——！」祈禱聲再度響起，只是這次卻帶上了明顯的哭腔。靠近傅友德戰馬附近的聖戰士和其他蒲家士卒紛紛轉身逃走，沒有人再願意做絲毫停留。

那個人不是人，是魔鬼，而真神今天顯然沒空照管他的信徒，所以大夥只能暫且任由魔鬼在世間橫行。

「不管周圍，跟我誅殺首惡！」發現眼前敵軍瞬間變得稀落，傅友德再度將刀尖前指，扯開嗓子，大聲呼喊自己的部屬跟上。

騎兵依賴的是速度，在戰場上放棄那些可以長時間和你糾纏的敵人，攻打對方最弱所在，收效將遠遠大於與敵軍的精銳乾耗，而眼下蒲家軍最薄弱處，無疑在其中軍帥旗之下。

那些打著真神名義招搖撞騙的傢伙，心中其實沒有任何信仰，絕不會如來自底層的狂熱信徒們一樣敢於直面鮮血和死亡。

「誅殺首惡，脅從不問！」驚雷般的呼喊聲迅速從傅友德身後響起，騎兵旅的弟兄們跟過來了，用長刀將傅友德衝開的裂口變為潰堤。用馬蹄踩翻攔路的敵軍，將他們一個個踩入泥漿當中，變成地獄裡的孤魂野鬼，永世不得超脫。

「向我靠攏！聖戰士！」聽著二十步外傳來的驚雷聲，那兀納心中愈發恐慌。雙手抱住戰馬的脖頸，喊得聲嘶力竭。

「保護那兀納大人！阿卜杜拉，你帶著人堵上去，不惜任何代價！阿齊茲，還有你，你帶著所有聖戰士一起上！」二長老夏嚴苟的聲音裡頭也帶上了哭腔，揮舞著彎刀，逼迫重金雇傭來的大食將領上前拼命。

副萬戶阿卜杜拉像看傻子般看了他一眼，撥轉坐騎，向戰場側翼衝去，再也不肯回頭。

另一個副萬戶阿齊茲揚起一隻胳膊，大聲喊道：「真神的勇士們，跟著我！**魔鬼勢大，有智慧的人不會自己等死！**」說罷，也是猛地一拉馬頭，朝著與阿卜杜拉相反的方向揚長而去。

「魔鬼勢大，有智慧的人不會自己等死！」

……

大部分聖戰士和大食雇傭兵都果斷地選擇跟在阿齊茲身後策馬突圍，白馬魔鬼的目標是那兀納，只要大夥不擋在他面前，他暫時就不會主動追殺。而陳友定的人大多數都是步卒，阿拉伯馬從側翼突圍後，他們就很難再追趕得上。

「胡魯德，麥吉德，你們幾個別想逃！」二長老夏嚴荀被「聖戰士」們的表現氣得火冒三丈。毫不猶豫地舉起刀，對準身邊兩個不會騎馬的講經人腦袋，「你們跟我一起上，主意都是你們出的，天國也是你們要建的。你們休想跟著別人一起跑！」

「真神的信徒們，給我上啊！」講經人胡魯德和麥吉德兩個無可奈何，只好高高地揚起彎刀，帶領身邊所剩無幾的信徒，撲向傅友德的戰馬。

二長老夏嚴荀說得沒錯，蒲家之所以在跟朱屠戶和解之後，又果斷選擇了背盟偷襲，主要的慫恿者就是他們這些講經人。所謂亦思巴奚軍和大食雇傭兵，也都是講經人幫助蒲家牽線搭橋從海路招募來的。

這些人來到泉州，目的就是趁著混亂時代，為天方教在東方建立一個政教合一的「地上天國」。只要蒲家失敗，所有秘密很快就會暴露於陽光之下，屆時，他們這些講經人哪怕躲進寺廟裡，恐怕也要被揪出來，為做過的一切付出代價。

「與其死於世俗的審判，不如主動回歸天國！」見到兩名講經人被自己逼著上前拼命，二長老夏嚴荀又默默念了一句歪經，將彎刀舉過的頭頂，「弟兄們，一起上！我在天國等著你們！」

「一起上，一起上，天國裡有吃不完的水果，有用不完的聖女！」百餘名蒲家核心子弟大叫著，揮舞彎刀，跟在夏嚴苟身後，每個人臉上都寫滿了瘋狂。

他們迅速與胡魯德彙集到一處，搶在白馬將軍追過來之前，主動組成了一堵人牆，他們大聲朗誦著經文，然後將自己的生命交給冥冥中的神靈，由後者來決定他們的生死。這一刻，他們是最虔誠的，雖然他們已經到了窮途末路。

「衝過去！」傅友德根本沒有拿正眼看一下對手的面孔，就直接下達了命令，用步卒攔截騎兵，還未能及時組成槍陣。這不是勇敢，而是在送死，欽佩之餘，他不介意成全對方的壯舉。

「殺！」衝在最前方的淮安軍騎兵齊齊加速，下一個瞬間，數百匹戰馬「轟」地一聲，直接「撞」在了單薄的人牆，血肉橫飛。衝破人牆後的將士們甩掉刀刃上的污漬，再度加速向前，所過之處，敵軍紛紛栽倒。

再沒有人能擋住他們的去路，失去了信仰的狂熱，蒲家軍的表現變得格外業餘。他們不懂得結梅花陣，也顧不上彼此配合。他們除了站在原地瘋狂地揮舞彎刀之外，剩下唯一懂得做的，就是轉身奔逃，將後背暴露於馬蹄之下，而淮安騎兵只要稍稍加速，就能超過他們，然後斜著伸展握刀的手臂，將他們如同割蘆葦一樣一排排割倒。

夏嚴苟的人頭飛上了半空，胡魯德從地上爬起來，跌跌撞撞地閃避，又被另外數匹高速奔行的戰馬踩翻，轉眼變成了一堆肉醬。

麥吉德身手最為敏捷，在戰馬即將衝到面前的最後關頭主動撒腿逃命，然而，兩條腿卻沒跑過四條腿，被傅友德麾下一名夥長追上，一刀抹掉了半顆頭顱。

「別戀戰，跟著我追那兀納！」傅友德再度舉起血淋淋的雁翎刀大聲招呼。

「殺那兀納！」弟兄們齊聲回應，策馬緊緊咬住敵軍的屁股。

那兀納跑不掉了，雖然先前有夏嚴苟帶著死士拼命替他斷後，雖然現在還有上百名大食雇傭兵和聖戰士圍在身邊，奮力替他開闢血路。但是在淮安騎兵的全力打擊下，所有斷後的力量都土崩瓦解，而陳友定發現蒲家軍覆滅在即，也果斷地帶著嫡系精銳趕了過來，搶在自家軍陣被衝垮之前，擋住了那兀納的馬頭。

「姓陳的，我與你無冤無仇！」猛然間，那兀納發現自己前方一空，隨即就看見了陳友定和他身後的長矛叢林。

每一把長矛都有一丈八尺餘，後端戳在泥土中，前端斜向上揚起，高度恰恰與戰馬的脖頸持平。如果那兀納繼續不管不顧埋頭逃命，等同於將自己和坐騎一起送到長矛的鋒刃上，然後變成一具具篩子。

「當年趙宋也與你蒲家無冤無仇，並且有庇護收留之恩！」陳友定將身體縮進長矛叢林內，聲音聽起來異常冰冷。「下馬投降吧！同為閩人，落在我手裡，肯定好過你身後那個殺神！」

「你……」那兀納被氣得眼前一陣陣發黑，卻不得不停住坐騎。

他身邊的大食雇傭兵和聖戰士們也紛紛拉住戰馬，不知所措。如果換做平時，他們可以找出無數辦法來破解長矛陣。可眼下，這道並不厚實的長矛陣卻成了他們的血肉祭臺，而身後追來的淮安騎兵，就是高高揚起的屠刀。

「投降！投降！」眼看著傅友德帶著淮安軍已經越衝越近，有大食雇傭兵果斷地跳下坐騎，雙手高高地舉起。

後面那些魔鬼實在太凶殘了，大食人落在他們手裡，不知道會是什麼下場？而陳友定好歹曾經是大元朝的將領，好歹是蒲家人的同僚，如果他想要長遠在八閩立足，在搜刮足了贖金之後，應該會給大夥留條活路！

「投降，投降！」既然有聰明人開了頭，立刻有人跟上。

淮安軍初來乍到，不會與陳友定爭功。而落在陳友定手裡，肯定比落在淮安軍手裡強，這兩點，幾乎立刻就成了心照不宣的共識。即便有人對此有所懷疑，看到周圍的同伴都果斷做出了選擇，也只好舉起手來。

轉眼間，那兀納身邊就再無一個跨坐在馬上者，他自知無力回天，茫然地嘆了口氣，丟下韁繩，踉蹌著爬下了馬鞍。

・第十章・

治亂輪迴

他不是穿越者，不懂得朱重九為何非要為前人所不為。
治亂輪迴，的確是一件讓人想起來就很不甘心的事，
但自古哪有不滅的朝廷？正天命若不在了，
縱使是漢昭烈和諸葛亮，
最終也不過落個「阿斗入晉，樂不思蜀」的結局。

「全殺了！給大宋皇家報仇！」

就在雙腳落地的瞬間，那兀納耳畔傳來了陳友定的聲音。他驚愕地抬起頭，隨即就看見自己被一道道血光托著飛上了雲霄，雲霄下，則是百餘具無頭的屍骸，像被屠夫殺死的公雞般，搖搖晃晃，最後踉蹌栽倒。

「陳友定，你在幹什麼？」沖天而起的血光中，傅有德的眼睛瞪得滾圓，刀尖遙指陳友定的鼻子。

戰場上講究的是當面不讓步，舉手不留情。對敵人的善意，就是對自己和身邊兄弟的殘忍。所以他出手非常果決，刀刀奪命，但戰後誅殺俘虜，則完全是另外一碼事，莫說此舉嚴重違背了淮安軍的紀律，就算當年做土匪時，綠林道上的也有許多人覺得誅殺俘虜必遭天譴。

「姓陳的，你瘋了。傅將軍把功勞都讓給你了。你又何必多此一舉？」

非但傅友德一個人為發生在眼前的濫殺而感到憤怒，騎兵旅中的其他將領也無法容忍陳家軍的惡行，紛紛開口譴責。

這**不僅僅是貪功，而是極度無恥了**，因為死人不會說話，所以腦袋在誰手裡，功勞就要算在誰的頭上。可他姓陳的也不想想，**如果朱總管真的這麼好糊弄的話，怎麼可能在區區數年之內，打下如此大的一片基業？**如果淮安軍的各級

「監軍」會對他的行為視而不見的話，這支人馬又怎麼可能橫掃江浙？

就在眾人怒不可遏之時，對面的陳友定卻忽然哈哈大笑，「傅將軍，您誤會了。陳某此舉非為爭功，而是替主公剪除一個隱患罷了！哈哈哈哈！」

隨即，他的聲音迅速變冷，道：「這些王八蛋剛剛跟主公簽訂了盟約，轉頭就前來偷襲，他們的投降怎麼能算數？陳某今天不殺了他們，早晚他們會再跳出來給主公添麻煩！」

說罷，也不待傅友德反駁，又用力揮了下胳膊，命令道：「來人，去，把那兀納的人頭給傅將軍送過去！功勞該是誰的就是誰的，傅將軍一番美意，咱們也別做那市儈小人！」

「是！」立刻有幾個陳氏子弟從血泊中挑起那兀納的首級，小跑著奔向傅有德，然後在距離的盧馬三尺外躬身下拜，高高地將腦袋舉過自己的頭頂。

「陳友定，你……」

下一個瞬間，傅友德的眼睛裡頭已經冒出了火來。如果不是礙著軍紀，他甚至有一種縱馬過去將陳友定一刀砍翻的衝動。

什麼叫別辜負了傅將軍的一番美意？什麼叫為了主公消除隱患？姓陳的分明是故意拿那兀納的人頭來噁心自己！來堵軍法官和監軍的彈劾之口！難道作為成

名多年的「老將」，自己還能真的將人頭毫不客氣地據為己有？而傅某人拒絕收下人頭，豈不正中了他陳某人的下懷?!

「傅將軍不必客氣，陳某原本就不是那不知好歹之人！」見自己一句話就將傅友德擠兌得進退兩難。陳友定拱了拱手，這一刻，他的心裡充滿了快意。

「這份功勞是您的，至於陳某，且到別處去取！」略作停頓，他又迅速舉起彎刀，將目光看向自己身邊的嫡系，「傳我的命令，迅速清理戰場，然後去取泉州，蒲家還有不少子弟縮在泉州城裡邊！拿下他們，給大宋皇族復仇！」

「是！」陳家子弟扯開嗓子回應。隨即一個個點起各自的手下，直撲戰場上的蒲家殘兵，只要對方反應稍慢，就是朝著脖子一刀剁去，血光飛濺。

而那些蒲家殘兵，突然發現自家主帥不知所蹤，隊伍中的聖戰士和大食雇傭兵也紛紛策馬逃走，原本就所剩無幾的士氣頓時徹底崩潰。或者丟下武器，四散逃命，或者跪在地上，任憑陳家子弟砍掉自己的腦袋。

「陳友定，住手！」看到對方變本加厲，傅友德再也無法忍住心頭怒火。雙腳一夾馬腹，就準備衝上前用鋼刀逼迫陳友定停止屠殺。

而陳友定卻早就豁出去了，對已經近在咫尺的雁翎刀視而不見，梗著脖子，故作困惑的問：「又怎麼了，我的傅將軍。難道他們不肯投降，咱們淮安軍還要跪下來求他們麼？」

「你……」傅友德白皙的面孔徹底變成了青紫色，手裡的雁翎刀再也無法向下移動分毫。

正怒不可遏間，耳畔忽然傳來一聲斷喝：「傅有德，你這是幹什麼？趕緊把刀放下。陳友定，別胡鬧，趕緊跟傅友德兩個過來聽令，大總管吩咐，第一階段戰鬥結束之後，你們二人立刻轉去執行下一輪任務！」

「你！」傅友德聞言回頭，剛好看見獨立旅長徐洪三那焦急的面孔。

「是！」陳友定的反應比傅友德痛快得多，立即從馬背上跳下來，脫離了雁翎刀的攻擊範圍。「徐將軍，末將陳友定，帶領三萬八閩兒郎，聽候主公差遣。」

「末將陳有順！」

「末將陳先！」

「末將陳有義！」……

陳友定身邊幾名暫時沒有離開的子弟將領，也紛紛下馬，一邊主動給徐洪三見禮，一邊用眼裡的怒火不斷朝傅友德身邊燒。

殺俘和殺降對他們來說是最正常不過的事情，或者說自古以來此舉在八閩一帶便是慣例，不殺，非但勝利方無以立威，失敗方也會害怕被秋後算帳，而惶惶不可終日。

「徐將軍，請下令！」看到陳家軍的表現，騎兵團長夏君才怕傅友德吃虧。輕輕拉了後者一把，然後下馬躬身。「末將披著鎖甲，行動不便，還請徐將軍切莫責怪！」

「徐將軍，請恕我等甲冑在身！」其他騎兵將領也紛紛在馬鞍上舉手施禮。

雖然徐洪三也是旅長，但由於統帶的是近衛旅，軍銜比普通旅長高出了整整兩級。而他與朱總管的親密程度，也令大夥不得不對他高看一眼。

在眾人的期盼和恭維的目光中，徐洪三緩緩吸了口氣，朗聲道：

「傳淮揚大總管府總參謀部令，著陳友定在第一階段目標達成後，立刻南下奪取泉州城，剿滅蒲家餘孽，恢復地方安寧。著傅友德所部騎兵，火速飛奔泉州港，盡最大可能扣留蒲家的船隻，避免其為禍海上！」

「是！」陳友定喜出望外，立刻上前接過令箭，轉身跳上馬背，以最快速度去收攏麾下弟兄。

傅友德則無法相信自己的耳朵，愣愣地看著徐洪三，半晌之後，才在對方的催促下接過令箭，喃喃地質問道：「你說這真是大總管的意思？奪取碼頭不是什麼大事，可讓陳友定去接管泉州，豈不是以狼為牧麼？」

這一仗勝得乾淨俐落，所以蒲家在短時間內很難得到戰敗的消息，而騎兵不惜馬力地飛奔過去，絕對可以將眼下泉州港內大部分沒有攜帶足夠糧食和淡水的艦船都留在碼頭上。進而變廢為寶，快速壯大淮安軍的水師。

但派遣陳友定去接管泉州，卻是一道十足十的亂命，且不說陳家原本就跟蒲家不太和睦，一定會借機報復，就憑陳友定剛才亂殺降兵的狠辣舉動，其率部控制了泉州之後，蒲家還有那些泉州蒲家的輔從家族，怎麼可能還有丁點兒活路？

「未必是大總管親自下的令，但大總管未必不知情！」被傅友德的目光逼得無從逃避，徐洪三迅速四下看了看，用極低的聲音回道：「咱們沒時間了！蒙元內亂，淮安軍必須儘快揮師北伐！」

「沒時間了！」朱重九坐在一艘北行戰艦的指揮艙裡，面前擺著一幅碩大的輿圖。袞州、冀寧、真定、益州、大都、飛狐關、井陘關……中書省的各大城市和戰略要地歷歷在目。

這麼大一片地方，按照他原本的預計，至少要等到三年之後，淮揚大總管府才有可能將其收歸治下。並且還要分為幾個階段，一步步壓縮蠶食，而不是一口鯨吞，為此，他甚至不惜花費大量錢財，誘惑北方的王公貴族們大肆飼養綿羊，用成片的牧場取代農田。只待發起北伐時，在糧食供應上給蒙元致命一擊。

只是，他們打破腦袋都沒想到，**自己沒條件北伐，妥歡帖木兒父子卻爭相給自己創造條件**。做兒子的與他老娘聯手逼宮，失敗後帶領兵馬遠走冀寧。當爹的將沒來得及逃走的后黨和皇太子黨人物砍殺一空，然後將朝政交給定柱、汪家奴、桑哥失里和李思齊，自己繼續躲進深宮修煉演蝶兒秘法。

定柱當政後，不思穩定政局，所幹的第一件事就是給脫脫平安昭雪，然後下令對當年「迫害」脫脫的哈麻、雪雪兄弟追查到底。結果雪雪走投無路，乾脆帶著一幫貪兵貪將直接逃到了膠州；而哈麻，則從直沽出海後奔赴遼東，被剛剛自立為帝的阿魯輝帖木兒禮聘為左相，與阿魯輝帖木兒的戶部尚書耶律昭一道負責通好淮揚事宜……

「天予良機於大吳，人若不取，天必棄之！」面對迅速一分為三的蒙元朝廷，淮揚大總管府治下的官員們立刻沸騰起來。大聲呼籲揮師北伐。在他們看來，蒙元皇室父子相殘，絕對是末世之兆，而眼下淮揚距離大都最近，也最有實力取而代之！

朝野雙方的觀念，自打淮揚大總管建立以來，從未如此地一致過，逼得留守揚州的逯魯曾、蘇明哲和羅本等人，接二連三地用快船和信鴿向福建發奏摺，請求大總管迅速給出明確決斷。

一向敢於冒險的朱重九，在這當口卻猶豫了，**他不知道老天爺給與自己的，到底是一個機會，還是一個巨大的陷阱。**

他現在想做的，是建立一個完全不同於以往的政權，而不是去大都撈一票就走。在他有限的歷史知識中，造反者打下首都最後卻以悲劇收場的例子太多了。

「當年朱元璋北伐，到底是什麼情形？」朱重九搜腸刮肚，在記憶裡尋找成功案例。

如果想參考朱元璋的成功方式，淮安軍絕對應該果斷拒絕北伐，立刻出手幹掉張士誠、彭瑩玉和劉福通，將所有紅巾力量整合到一處，然後再與蒙元一決雌雄。

但是他朱重九可不是老天爺的私生子，得不到和另一個時空中朱重八一樣的待遇，等他把張士誠、劉福通等人收拾完，估計北方的動盪也早就平息，**北伐大業就會變成一場前所未有的豪賭！贏，則華夏重興！輸，則永世沉淪！**這個賭局太大，朱重九不敢輕易下注。

思來想去，無論從任何角度，此刻北伐，時機都絕對不成熟，但如果放棄眼前這個機會，必然會嚴重打擊淮揚的軍心和民心，畢竟淮揚上下公認的大義是「驅逐韃虜」，如今「韃虜」自己都把屁股轉過來了，你卻遲遲不肯從背後踢上一腳，豈不是證明自己當初的口號並非出於真心?!

「主公，劉樞密求見！」正瞻前顧後地想著，近衛排長連國興推門走了進來。

「劉樞密?讓他進來就是！」朱重九的思路被打斷，忍不住皺起了眉頭。

「他好像身上背了根荊條，主公，您是不是到門口接他一下？」連國興小心地提醒道。

他是連老黑的長子，因為身分可靠，畢業成績優異，所以被派遣到朱重九身邊擔任侍衛。對於自家主公，也不像別人那樣畏懼，有什麼話都敢當面直陳。

「嗯？」朱重九一愣，旋即臉上便布滿了怒容，吩咐道：「宣劉伯溫入內陳詞！」

「是！」連國興敏銳地感到氣氛不對，抬手敬了個標準的軍禮，立刻快步跑了出去。

「呼！」朱重九長長吐了口氣，在帥案後正襟危坐，臉色冷若寒冰。

「宣樞密副使劉伯溫入內陳詞！」不一會兒，門外就響起了連國興的呼喝聲。

隨即劉伯溫一襲長衫，背著根竹蔑寬窄的荊條走了進來，屈身下拜，「臣，樞密副使劉伯溫叩見主公，望主公千歲，千歲，千千歲！」

「哼！」朱重九故意仰起頭，直到劉伯溫按照標準的臣子叩見君王的大禮拜足了三次，才從帥案後走了下來，一把抽出對方背後的竹篾，狠狠折成了數段，「這下你滿意了？朱某徹底成了惡魔屠夫，名字可以止小兒夜啼！」

「微臣一時疏忽，居然安排陳友定去接管泉州，的確難辭其咎，請主公按律責罰！」劉伯溫難得老實了一次，既不反駁，也不求饒，躬下身去，任憑處置。

「狗屁，按律你一點兒錯都沒有！調遣誰去佔領泉州，都是你這個樞密副使職權範圍內之事，朱某也在調兵遣將的命令上用了印，出了簍子，又怎麼能把責任都往你頭上推！姓劉的，行，算你狠，你什麼都算計到了，你就不怕在青史上留下屠夫之名？」朱重九怒不可遏，將手中竹蔑折了又折。

「屠夫之名？主公此言差矣！」劉伯溫非常平靜地回應，「屠泉州者，陳友定也，與劉某何干，更與主公何干？況且那泉州蒲家當年殘殺趙姓皇族和兩淮傷兵三千有餘，主公假陳友定之手為趙宋復仇，乃天經地義之事，史家提起來只能大讚主公忠義無雙，怎麼可能會罵主公嗜殺?!」

一番話居然說得理直氣壯，把個朱重九氣得臉色鐵青，卻找不出任何話來反駁，咬牙切齒好一會兒，才將揉碎的竹篾摔到劉伯溫身上，數落道：

「我明白了，**你果然是故意為之**！你……你既然做下這等事，將來我淮揚如何還能收攏泉州民心？如何令那些海商效力？若是民心盡失，朱某千里迢迢拿下一個死港又有什麼鳥用?!」

他對著劉伯溫，手指關節握得咯咯作響。

蒲家和依附於蒲家的其他幾大家族被陳友定屠殺殆盡的消息，是昨天晚上由水師派專門的快船從海上追趕著送過來的。

據接收蒲家船隊的水師統領朱強的彙報，陳友定兵臨城下時，留在泉州的各家已經主動投降，而陳友定卻扣押了前來請罪的幾家主事，然後揮師衝入城內，一夜之間將當年背叛宋室的幾大家族連根拔起，城內所有天方教的寺廟也都付之一炬。

第二天朱強和傅友德兩人聽聞慘訊，趕緊出面阻止，然而到了此刻，已經血流成河。蒲、黃、夏、尤等各家的成年男丁、天方教的狂熱信徒，以及與蒲家往來密切的大食胡商，都因為試圖起兵作亂，被陳友定連夜鎮壓，從主謀到脅從者，俱是橫屍街頭。

因為不滿陳友定濫殺無辜，朱強和傅友德立刻聯手封鎖了泉州港口，將剩餘的海商給保護起來，同時上奏摺彈劾陳友定濫殺無度。

派陳友定去接管泉州，是總參謀部的提議，劉伯溫這個參謀長當初給朱重九的理由是，陳友定熟悉當地情況，並且陳家在當地影響力很強，可以幫淮安軍快速穩定泉州。朱重九認為他說得有道理，便在命令上用了印。**而現在，這樣一個泉州，朱重九還要來何用？失去了當地民心，淮安軍又如何在那裡長久立足？**

「淮揚商號所辦的商校，這兩年也培養不少人手。主公只要一聲令下，商號立刻就可以全盤接管泉州，包括所有海上貿易！」

早就準備好了如何應對朱重九的怒火，劉伯溫不疾不徐地道：「至於民心，主公更不必多慮。傅友德將軍驍勇善戰，又素來仁厚，剛好可以入城去收拾殘局！只要他迅速恢復城內秩序，趕走陳友定這個殺神，當地百姓肯定會視其為萬家生佛。」

「那陳友定呢，你讓我是殺了他，還是將他抓起來交給有司審判？我真的抓了他，其餘投降的浙軍怎麼可能不兔死狐悲？」朱重九盯著劉伯溫，大聲逼問。

「嚴旨申斥，然後讓他戴罪立功，帶兵去收復漳、汀諸路。」劉伯溫迅速給出了答案。

「讓他戴罪立功去收復閩南各地？你還嫌他殺得人少麼？」朱重九聞聽，心中剛剛降下來一些的怒火又熊熊而起。

「閩南各地宗族林立，主公哪裡有時間跟他們慢慢耗？」劉伯溫一臉淡然。彷彿談論的是船艙外的天氣，而不是幾萬條人命。「殺光了，自然地方就太平了，主公再派些心腸好的文官下去，不出三年，當地必然大治；至於陳友定，主公即便下旨不准他濫殺，他也不會手軟，他是當地人，不把當地豪族都得罪遍了，如何才能取信於主公？」

「這……？」朱重九的身體晃了晃，腦中電閃雷鳴。

陳友定是降將，手握重兵，並且家族在閩南樹大根深。將此人留在那裡，對自己來說，原本就是無奈之舉，誰也不敢保證當淮安軍主力北撤之後，陳友定會不會變成下一個蒲壽庚！而他被劉伯溫利用，在地方大開殺戒之後，就徹底砍斷了他在民間的根基，再也不可能擁兵自重，大總管府也得償所願，用最快速度穩定了八閩。

一石兩鳥，真是完美的一石兩鳥，可是，這個妙計竟如此黑暗血腥，血腥到**朱重九想起來就眼前一片殷紅，呼氣沉重如山。**

他不願意殺人，連俘虜的蒙元將士都不願意殺，然而隨著時間推移，他卻發現自己殺的人越來越多，也變得越來越冷血。**也許，這就是帝王之路吧！**

拳頭緊握許久之後，他緩緩將手指鬆開，喟然長嘆：

「也罷！你有本事，有道理，朱某說不過你！更無法治你的罪。可這樣下去，朱某和當年的蒙元開國皇帝又有什麼不同？」

「至少，主公在殺戮之後帶來的是一個太平盛世！」劉伯溫幽幽地回應。「臣堅信會如此，主公也必須如此。畢竟，前朝的歷史要由新朝來書寫！」

「果然是**勝利者書寫歷史！**」朱重九嘴角浮起一絲冷笑。

劉伯溫的話說得很有氣魄，然而，朱重九卻不敢苟同，**歷史不是任人打扮的妓女，而是人類在世界上活動的一份忠實記錄，勝利者可以將歷史篡改一時，卻不可能篡改永遠。**

所以，儘管蒙元勝利之後，強調「夷狄入華夏則華夏」，拼命宣揚自己的「混同南北」之功，短短七十年後，依舊會有漢家男兒記得他們當年的暴行，帶領大夥奮起討還血債。

而那些試圖篡改歷史者，無論打的是什麼旗號，都註定和他們精心編織的謊言一道，最終成為歷史的笑話，貽羞萬年！

「微臣的意思是，驅逐韃虜，功在千秋，即便中間手段有所暴烈，亦屬無奈之舉，不會有損於主公之聲名！」劉伯溫強辯道。

他學的乃是帝王術，講究的是**只問結果，不問手段和過程**，故而只要能迅速蕩平北方，殺多少人根本不在考慮範圍之內。如果殺戮能帶來太平，他不在乎將剛剛施展於泉州的手段，在所過之地統統施展一遍。

只是，朱重九顯然不甘心他給的答案，冷笑道：「是啊，只要事成，哪怕血流漂杵，最終亦會落下個聖德神功文武皇帝之譽，至於你我身後，何必管他洪水滔天！」

「聖德神功文武皇帝」乃元世祖忽必烈的謚號，元代腐儒為拍當政者馬屁，故意顛倒黑白，以褒獎他殺人千萬之武功。劉伯溫對此謚號的來歷，當然清清楚楚。但後面那句，遠遠超出了他所知道的典故範圍之外，只好道：

「臣所謀，乃是如何保證主公迅速直搗黃龍，平定天下。而不是如何活人，那是主公與宰相所慮，微臣智拙位卑，恐不能及也！」

「我就知道你會這麼說！」朱重九搖搖頭。「若是朱某想請先生在謀劃北伐方略時，儘量避免不必要的殺戮，先生可有良策教我？哈麻出海之前，曾經有言贈予朱某，我淮安軍若想在大都站穩腳跟，關鍵在北地漢人，而不是蒙古人。既為同族，朱某希望能少殺一些，就少殺一些。」

劉伯溫思量再三，終是長嘆了口氣道：

「主公仁德，真令伯溫自慚形穢！然古來朝代鼎革，哪有不死人的可能？況且北方百姓之生計，比幾年前的淮揚要艱難十倍，田產土地，幾乎無不集中於豪門大戶之家，地方官員也十有七八出於望族。」

理想歸理想，現實歸現實，追隨朱重九這麼長時間，劉伯溫早就摸清了自家主公的脾氣和心態，否則，他也不會故意欺騙朱重九，不說明自己派陳友定去接管泉州的真實意圖了。

現實就是這樣，你朱重九既想要「百姓耕者有其田」，就不可能不動世家大戶的利益；你既然堅持士紳與百姓一起納糧，就等同於砍掉了大部分有錢人的特權，那些利益受損的大戶們，怎麼可能不造你的反？即便大軍經過時暫且蟄伏下去，待大軍一走，立刻又會衝突再起，**一旦雙方動起手來，結果要麼是殺人，要麼是被殺，哪裡會有第三個選擇？**

朱重九也知道自己的要求太不現實，又道：「據傅友德昨日所奏，騎兵旅在泉州市舶司所獲甚多。陳友定也有本上奏，他從蒲家抄沒金銀珠玉甚巨，折合不下百萬餘貫，請求派船解往揚州！」

陳友定殺完了人心虛，所以把所得拿出一大筆來邀功，朱重九原本不打算收下，現在，既然陳友定的罪行追究不得，這筆錢對於大總管府來說，就不要白不要了，不如拿出來從北方豪門手裡收買田產，進而緩和雙方之間的衝突。

「主公必為千古仁君！」劉伯溫聞聽，再度給朱重九施禮。「然百萬鉅資未必足用，況且許多人在乎的不是錢財，而是**與君王共治天下之權**！」

「共治絕不可能！」朱重九搖頭，「天下為公而非為私。君王不過是百姓之代言人，要集天下之力，為天下人謀求共福而已；至於士大夫，他們想要獲取權力，必須拿出些真本事來，而不是光憑著壟斷知識。」

天下為公乃是禮記中的名句。也是自周朝以降，世間讀書人們公認的至理，所以劉伯溫對此並無異議。但「君王是百姓的代言人」、「士大夫憑壟斷知識而獲取權力」等語，他以往聞所未聞，驟然聽在耳裡竟宛若驚雷。

古人早就知道，欲獲取最大利益，就必須獨佔經營。而自有科舉以來，士大夫把持朝堂的手段，**憑的就是對知識的獨佔性**，你改朝也好，換代也罷，只要國家需要治理，就必須用到讀書人，而只要用到讀書人，則十有七八出自地方望族。地方望族出來的讀書人把持了政務，就會主動替本族或者同窗謀取好處，進而與其他讀書人聯手，為全天下士紳張目。

而那些窮人家的孩子，則一般都讀不起書，即便勉強讀得起，大多數情況下，也會像趙君用那樣，因為找不到舉薦人而無緣參加地方上的考試，更無緣於官場。所以中國的士大夫階層，從不在乎改朝換代，也不在乎外族入侵，反正無論誰當政，他們這個階層的權益都能得到保障。

倒是眼下淮揚所推行的那一套生而平等的理念，他們非常在乎，因為此理念嚴重觸犯了他們的根本利益，令他們口誅之，筆伐之，哪怕有朝一日朱重九死了，他們也恨不得要掘墓鞭屍。

「回到揚州後，我會立即向天下宣布，最遲到明年夏天，大總管府將於揚州再多開一次科舉。凡願意為大總管府效力者，不問出身，皆可前來應考。連考三場，能過兩場者，進入大學受訓六個月後，即可派往地方為官；連過三場者，進入大學受訓一年，而後視其成績充實入政務、監察和樞密三院以及下屬各局任職。」

「這個？」聽朱重九說得認真，劉伯溫沉吟片刻之後，帶著幾分試探的意味問道：「主公肯開科舉，讓他們下場一試，不問出身。想來肯定會有許多人欣然回應。但士紳與百姓一樣繳稅納糧……」

「這一點絕不可變！」朱重九想都不想，斬釘截鐵道：「除非他窮得納不起稅，否則，就是天皇老子也得跟百姓一樣！包括朱某自己也會交！」

「可是……」

劉伯溫眉頭緊鎖，不知道該說些什麼好。照他的構想，淮安軍還可以再多做一些退讓，給孔家、孟家、顏家這些讀書人們眼中的聖人後裔一些優待，給佛門、道門甚至北方數得出的幾大望族，或者漢軍世侯一些超出普通百姓的特權，換取他們的合作，降低他們的反抗之心。等將來淮安軍在北方站穩了腳跟，再徐徐將當初授予的特權收回便是。

「沒什麼可是不可是！」出乎他的預料，朱重九在納稅這個問題上，一改平素勇於納諫的作風，強勢地道：「不納稅者，憑什麼擁有權利？在朱某看來，**權利和義務必須是對等的**，除非你是先天殘疾，或者已經到了垂暮之年，否則，**盡多少義務，就享受多少權利，誰也不能排除在外！**」

「這……恐怕阻力會非常大，那些世家大族一下子失去得太多，畢竟幾百年來……」

「幾百年來約定俗成的事，未必是對的，否則大宋也不會被逼到崖山。」朱重九斷然說道。

宋朝養士三百年，對和尚與道士也給予充分的優待，但蒙古大軍到來時，和尚、道士爭相給蒙古人當細作，把南宋的軍情探了個底；士大夫則相繼迎降，真正能留下來與大宋同生共死的，不足萬分之一。

這還不是最殘酷的例子。好歹崖山之難，還有上百名士大夫跟著小皇帝一塊兒跳了海。到了明朝，士大夫照樣不繳糧納稅，士大夫把持下的礦山，連太監都無法拿走一分一毫，結果滿洲大兵一到，士大夫們立刻跪倒恭迎王師，倒是被他們逼反的闖賊和西賊，為國家流盡了身體裡頭的最後一滴血。

記憶裡有這麼多荒誕的例子在，所以在養士這個問題上，朱重九根本不打算向任何人妥協。

「朱某可以讓大總管府拿出泉州抄沒所得，以及未來海貿所得紅利，從世家大族手裡贖買一部分土地，而不是直接剝奪。如果他們願意投身工商，朱某可以讓淮揚商號拿出一部分股權來公開發售，或者讓有司直接找一部分已經建設好的工坊轉賣給他們；若是他們熱心從政，朱某剛才說過，我淮揚也可以放開科舉，吸引更多的讀書人來一道建設新的國家，甚至在考題上做一些調整，令這些終生只修孔孟的士紳們不至於都名落孫山，但是，**讀書人、豪門望族和各級官員們，卻別指望再享有任何特權！」**

「主公?!」腳下的甲板又劇烈地晃動了一下，劉伯溫的身體也跟著前仰後合。

「朱某想建立的，是一個完全不同的國家，而不是簡單的改朝換代，幾十年或者幾百年後，又陷入另外一個治亂輪迴！」朱重九走到窗前，拉開窗，讓外面的海風呼嘯而入。

「朱某不喜歡殺人，但是如果能讓華夏徹底走出治亂輪迴這個宿命怪圈，朱某不忌憚再度舉起屠刀！哪怕漫天神佛都阻擋在前，朱某也要從中殺出一條路來！否則朱某這輩子，還有朱某在世間所作所為，將沒有任何意義！」

「轟隆隆，轟隆隆，轟隆隆！」海浪很大，起伏之間發出驚雷般的巨響。劉伯溫的心也隨著海浪起起伏伏。

重建太平盛世，是他先前能想到的最高目標，他萬萬沒想到的是，朱重九的志向居然如此高遠，高遠到不止甘心做一個開國雄主。朱重九要建立一個完全不同於以往的朝代，結束歷史上一再出現的治亂輪迴，怪不得他剛才不甘心地問：這樣的北伐成功之後，他跟蒙元開國皇帝有什麼不同？怪不得他當年酒醉後所填的詞中，將「秦皇漢武」和「唐宗宋祖」都視作無物。

平心而論，輔佐一個胸懷大志的主公，是劉伯溫平生之幸，主公的志向高遠，意味大總管府不會故步自封，意味著朱重九不會像徐壽輝、張士誠等人那樣，才打下一畝三分地來就忙著選妃子，修皇宮，沐猴而冠。但志向如果大到了沒有邊際，或者與實力嚴重不符，就物極必反了。

當年秦王苻堅有志一統天下，但出兵的願望卻屢屢被宰相王猛所阻，結果待王猛一死，苻堅立即整頓大軍，揮師南下。本以為能勢如破竹，誰料在肥水被東晉打了個丟盔卸甲，草木皆兵，轉眼間就身死國滅。

在劉伯溫看來，**今日之朱重九，何嘗不是另外一個苻堅?!**肥水戰前，天下哪個國家能與苻秦比肩？苻堅當年因為好高騖遠而死，**你朱重九若是逆天而行，豈不是會落到同樣的下場！**連累麾下的謀士和將領都跟著一起身敗名裂！

「轟隆隆，轟隆隆！」海浪聲不斷破窗而入，料峭的寒風吹動劉伯溫鬢角的華髮。

他的臉被海風吹得很白，從天而降的寒氣彷彿穿透了他的衣服，穿透了他的肌肉、骨骼，一直穿進了他的五臟六腑，令他不受控制地戰慄。

他不是穿越者，不懂得朱重九為何非要為前人所不為。**治亂輪迴**，的確是一件讓人想起來就很不甘心的事，但自古以來，**哪有不滅的朝廷?**正如四季中有春就有秋，天命在時，英雄豪傑乘風而起，青雲直上；天命若不在了，縱使是漢昭烈和諸葛亮，一個拼了性命，一個嘔心瀝血，最終也不過落個「阿斗入晉，樂不思蜀」的結局。

但是，朱重九的提議，劉伯溫卻不知道自己該如何去拒絕。對方對他有知遇之恩，他的性命與功業早已跟對方牢牢捆綁在一起，對方待他以國士之禮，他必須以國士之行報之，僅僅是輔佐對方一統天下，這樣的報答卻遠遠不夠，因為對方剛才那句話說的是實情，憑著眼下淮揚的實力和發展態勢，即便沒有他劉伯溫，換任何人來當軍師，只要不是太蠢，**天下早晚必然姓朱**！

「主公，人力有時而盡！」沉默很久之後，劉伯溫微微躬下被寒風吹僵的身體，無力地說道。

「你是要告訴我，天道無窮可止麼？」朱重九淡然道：「天道根本就不存在，或者早就變了。伯溫，你上過觀星臺，三十二倍天文望遠鏡下星空是什麼樣子，你也清楚，古人沒做成的事，咱們未必就做不到，畢竟咱們比古人看得更遠，也更真實。」

「主公，此天非彼天也，淮安軍雖勇，不能與全天下的人為敵。」劉伯溫又打了個哆嗦。

天道早就變了，或者古人曾經堅信的天道根本不是真正的天道。自打登上觀星臺那一刻起，對於曾經堅信的易經八卦，陰陽五行以及五德輪迴，劉伯溫就開始深深地懷疑，只是為了不給淮揚和他自己找更多的麻煩，他沒有宣之於口罷了。

此刻，聽朱重九質疑天道，劉伯溫心裡竟湧起一股伯牙子期之感。然而，想想移風易俗的難度，想想自古以來商鞅、晁錯等人的下場，他不得不將心中的衝動壓制下去，強迫自己告訴朱重九必須量力而行，只是，他的一番苦心，被朱重九直接無視。

「是與全天下不甘心失去特權的士大夫為敵，不是全天下士紳，不是全天下百姓！伯溫，我知道你是一番好心，但是，我希望你能跟我一起來試試。即使做不成，頂多是咱們退回淮揚，休整幾年，然後再按照你原來的設想重頭來過。」

說著話，他將手緩緩伸向劉伯溫，靜待對方的回應。

「也罷，大不了重頭來過！」劉伯溫無法拒絕朱重九眼裡的期待，硬著頭皮伸出手，與對方凌空相擊。

「這就對了！」朱重九的臉上寫滿了陽光，「這才是我知道的後諸葛亮劉伯溫，而不是一個畏首畏腳的垂垂老朽！」

「主公又拿微臣說笑！」劉伯溫被朱重九突然冒出來的古怪言語弄得臉色微紅，訕笑著搖頭，「微臣這點兒事，怎麼能跟諸葛丞相相比？算了，咱們不說這些！但是，既然主公捨易求難，恐怕就甭指望一戰而定天下了，主公必須一步步來，徐徐圖之，才更有勝算！」

「不急，朱某原本也沒指望一鞠而就！」朱重九點點頭，走向地上的輿圖，

「伯溫，你過來看，眼下的局勢是這樣。蒙元其他各行省顯然也被妥歡帖木兒父子相殘的事打了個措手不及，左相汪家奴乃為鞏昌汪氏之後，數代經營陝甘，所以陝、甘的張良弼、拜帖木兒等人都表態支持大都。

「遠在雲南的梁王把匝剌瓦爾密聞訊之後，一邊派平章達里麻帶兵封鎖四川入雲南的通道，一邊上本進諫，勸妥歡帖木兒與太子以祖宗基業為重，實際上則打起了割地自立的主意。先前跟劉福通對峙的四川行省丞相答矢八都魯聽聞梁王封鎖邊境，擔憂自家後路，不得不帶兵回返，結果兵馬剛剛渡過長江，留在襄陽負責責斷後的達麻失離就被劉福通斬殺，陝州、荊門諸路轉眼就歸了汴梁紅巾……」

淮安軍擁有這個時代最完整的諜報系統，所以即便在南征途中，朱重九對局勢的最新變化也瞭若指掌。

劉伯溫看了一會兒，撫鬚道：「北方還有阿魯帖木兒的牽制，齊魯一帶，太不花雖然手握重兵，卻因為雪雪的出走，軍心混亂不堪，故而，微臣以為，眼下妥歡帖木兒能拿出來抵抗我軍北伐的力量很少，主公若是打算徐徐圖之，不妨找一個表面上比較能迷惑對手的理由，第一步暫且只以大都為目標。太行山以西則暫且置之不理，由著偽太子和察罕帖木兒兩個跟陝西與甘肅兩省的張良弼等人自相殘殺！」

「善！」朱重九興奮地擊掌。到底是劉伯溫，只要肯出手，便是一劍封喉。

太行山是後世河北省與山西省的天然分界線。只要派遣少量精兵攜帶火器堵住井陘、飛狐等雄關，便可以將冀寧的元軍隔離在外，屆時，即便太子愛猷識理達臘幡然悔悟，想救援他的父親，都無法及時趕往大都。

「除了主力之外，主公還可以遣一支偏師，從水路出發，以膠州為中轉，奔赴直沽，只要盡取沿海各地，我軍主力即便攻勢受阻，所需的糧草輜重也能確保無憂！」劉伯溫又用手指在輿圖上畫了幾下。

朱重九笑道：「我已經命令鄒笑逸夫婦兩個，押著俘獲的五十艘福船北返，去江寧接應；也命令俞通海的北方艦隊在膠州待命，只要時機合適，立刻就可以護送偏師北上！」

「如此，我軍一路打到大都城外應該不難。」聽朱重九提前做了準備，劉伯溫眼神一亮，道：「**難的是打下之後如何安穩地方**！但既然主公不準備與士大夫共治天下，新克之地就必須有足夠的官員，否則前頭剛剛大開殺戒……」

「回去之後，我會下一個徵召令，命府學、大學、商校和百工技校的高年級學子，凡有志北上光復華夏故土者皆應徵入幕，然後由羅本帶領，尾隨大軍出發。」朱重九用力一掌拍在甲板上。

甲板上的輿圖跳了跳，山川河流彷彿活了過來，在海風的吹拂下輕輕顫抖。

「嗚嗚，嗚嗚——！」龍吟般的號角聲突然從旗艦上吹響，瞬間響徹整個海面。

風向變了，難得地由南吹向了北方。一艘艘戰艦鼓足了帆，劈波斬浪，在瀲灩的冬日下，整個艦隊就像一條騰淵而起的巨龍，鱗爪飛揚。

請續看《燕歌行》16 乾坤倒轉（最終回）

燕歌行 卷15 一決雌雄

作者：酒徒
發行人：陳曉林
出版所：風雲時代出版股份有限公司
地址：10576台北市民生東路五段178號7樓之3
電話：(02) 2756-0949
傳真：(02) 2765-3799
執行主編：朱墨菲
美術設計：許惠芳
行銷企劃：林安莉
業務總監：張瑋鳳

初版日期：2020年11月
版權授權：蔡雷平
ISBN ：978-986-352-881-4
風雲書網：http://www.eastbooks.com.tw
官方部落格：http://eastbooks.pixnet.net/blog
Facebook：http://www.facebook.com/h7560949
E-mail：h7560949@ms15.hinet.net
劃撥帳號：12043291
戶名：風雲時代出版股份有限公司

風雲發行所：33373桃園市龜山區公西村2鄰復興街304巷96號
電話：(03) 318-1378
傳真：(03) 318-1378
法律顧問：永然法律事務所 李永然律師
北辰著作權事務所 蕭雄淋律師

行政院新聞局局版台業字第3595號 營利事業統一編號22759935

國家圖書館出版品預行編目資料

燕歌行 ／酒徒 著. -- 初版 -- 臺北市：風雲時代，2020.04- 冊；公分

ISBN 978-986-352-881-4（第15冊；平裝）

857.7　　109000129